KB162860

86
— 에이티식스 —

Rest well.
Prepare for the next war.

[글]
아사토 아사토

[일러스트]
시라비

[메카닉 디자인] **I - IV**

[EIGHTY SIX Ep.**7**]

ASATO ASATO PRESENTS

The number is the land
which isn't
admitted in the country.
And they're also boys and
girls from the land.

미
스
트

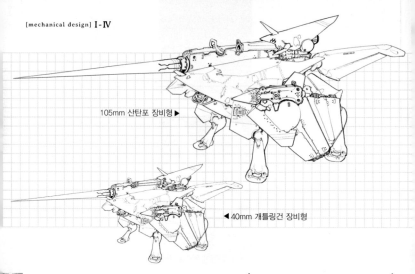

105mm 산탄포 장비형▶

◀40mm 개틀링건 장비형

발트 맹약동맹 주력 펠드레스

〈스톨른부름〉

[S P E C]

[제조원] 야센 제3공창

[전장] 4.5m / 전고 3.5m (교환 장비 미포함)

[고정 무장]

상부 포탑 : 105mm 산탄포, 40mm 개틀링건 등을 선택 가능

어깨 파일런 : 고주파 랜스*1 & 와이어 앵커*1, 또는 와이어 앵커*2

[특수무장] 동체 파일런 : 활공익 한 쌍

국토 대부분이 산악지대인 발트 맹약동맹에서 자국 영토 방위를 위해 최적화, 첨단화를 목적으로 개발한 기체. 활공익을 도입해 지형을 활용하는 기동전을 특기로 삼는 콘셉트에 따라 기체의 경량화, 경장갑화가 이루어졌지만, 귀한 파일럿들의 생존성을 향상하기 위해서 연방의 보병부대에서도 운용되는 '장갑강화외골격'을 장비하고 탑승하게끔 설계되었다.

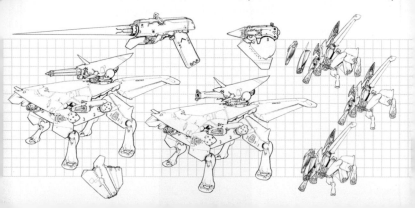

STATES [TITLE]

시리즈 등장 국가 해설

[EIGHTY SIX]

The number is the land
which isn't admitted in the country.
And they're also
boys and girls from the land.

산마그놀리아 공화국
(1권, 4권 등장)

백계종이 아닌 사람들을 〈에이티식스〉로 규정해 차별하고 '자칭' 무인기에 태워서 싸우게 한 국가. 결국 〈레기온〉의 대공세에 전선이 붕괴하고 기아데 연방군의 지원으로 가까스로 살아남았지만, 아직 자치권을 가지고 있으며 불온한 움직임이 있다. 국기, 국장에 들어간 색깔은 '자유, 평등, 박애, 정의, 고결함'을 뜻한다.

기아데 연방
(2, 3권 등장)

〈레기온〉을 개발한 기아데 제국이 정변으로 무너지고, 멸망한 뒤에 생겨난 민주주의 국가. 산마그놀리아 공화국에서 탈출한 신과 〈에이티식스〉들을 보호했다. 잠정 대통령인 에른스트 침머만은 적잖은 희생을 치르면서도 폭주하는 〈레기온〉을 상대로 선전하고 있다. 국기, 국장에는 쌍두 독수리가 그려져 있다.

로아 그레키아 연합왕국
(5권, 6권 등장)

기아데 연방의 북쪽에 있는 국가. 신과 레나가 소속된 〈제86독립기동타격군〉에 지원을 요청했다. 인공지능 방면으로 뛰어난 기술력을 보유해서, 〈레기온〉을 제어하는 AI의 시조인 〈마리아나 모델〉을 제작한 바 있다. 또한 그 기술을 더욱 활용하여, 죽은 병사의 뇌 조직을 이용한 인조병사 〈시린〉을 개발했다. 국장에는 일각수가 그려져 있다.

발트 맹약동맹
(이번 권에서 등장)

기아데 연방 남쪽 산악지대에 있는 국가. 전자가속포형 토벌 작전(2, 3권 이야기)에서 로아 그레키아 연합왕국과 함께 기아데 연방과 공동전선을 펼쳤다. 기술 강국이며, 연방의 레긴레이브를 비롯한 다각형 기갑병기 [펠드레스]의 기초를 만들고 최초로 실용화한 국가이기도 하다. 국장에 있는 강인한 염소가 그 나라의 특색을 보이고 있다.

st well. Prepare for the next war.

Illustration : shirabii & I-IV

Ep.7
—미스트—

[글]
아사토 아사토
[일러스트]
시라비
[메카닉 디자인] **I-IV**

86
—에이티식스—
Rest well.
Prepare for the next war.

그들은 이미 영웅이기에.

프레데리카 로젠폴트 『전야추상』

서장 전장의 안개

용의 둥지. 사람들은 그렇게 말한다.

신령한 산봉우리, 부름네스트 산. 그것을 중심으로 이어지는 산맥. 하늘을 찌를 듯한 고도와 톱날처럼 날카로운 절벽이 이어지는 험준함으로 대륙을 남부와 중북부로 분단하는, 무역로에 위치한 요충지이다.

푸른 하늘을 깔쭉깔쭉하게 찢는 산봉우리는 만년설을 머리에 이었고, 가느다란 기둥이 모인 듯한 주상절리 절벽에는 이 토지에 사는 인간을 빼면 약간의 야생염소와 매, 살쾡이와 늑대 정도가 오갈 뿐이다.

그 험준함이 바로 이 산악의 나라에서 으뜸가는 천연 요해다.

[호크아이 세븐이 토치카에. 제2파가 접근.]

정상 부근에 자리를 잡은 색적기지에서 날아온 정보가 유선회선을 통해 방어진지 곳곳에 퍼졌다.

[적 병종 확인. ──질리지도 않고 또 근접엽병형 무리다. 덫에 빠뜨리고 측면에서 해치워라.]

[알았다.]

쇳빛의 눈사태가 역류했다.

놈들이 지배한 지 오래된 산기슭에서, 아직까지 발을 들여놓지 못하는 정상을 향하여.

날카로운 발끝으로 바위 표면을 움켜쥐고, 작은 돌기도 발판으로 삼아서 질주하는 그것은 근접엽병형 무리였다.

아무리 전차형이라도 가파른 절벽을 등반할 순 없다. 중전차형이라면 더더욱 그렇다. 또한 평지를 주전장으로 삼는 전차는 부앙각의 제한이 크다. 같은 이유로 포탑 상면의 장갑은 얇게 만들어지기도 해서——일반적으로 기갑병기는 고지대로 치고 올라가는 전투를 꺼린다.

그런고로 이 전선에서는 경량과 고기동성을 자랑하는 근접엽병형이 〈레기온〉의 주력을 맡는다.

그에 맞서는 것은 일단 급경사면 그 자체와 곳곳에 설치된 이빨 모양의 대전차 장애물. 장기인 속도를 잃은 채로 돌격하는 적을 향해 뾰족한 이빨을 들이대는 철골의 울타리로 저지하고, 전투 때마다 공병들이 재설치하는 지뢰밭이 아래를 겨누는 절묘한 지향성으로 산탄을 뿌렸다.

이동을 멈추면 토치카에서 사정없이 날아드는 중기관총과 기관포의 일제사격. 얇은 장갑과 함께 내부 장치를 찢어발기고, 등에 달린 로켓 런처를 유폭시켜서 주저앉게 한다.

그래도 두려움을 모르는 자율기계는 터럭만치도 움직임을 멈추지 않았다.

강철의 비가 쏟아지는데도 달려 올라갔다. 동료들의 잔해를 태연히 뛰어넘고, 혹은 짓밟으며 쇄도했다.

부조리할 정도의 고성능으로 인류를 압도하는 〈레기온〉답게, 근접엽병형 또한 인류에는 위협적인 병종이다. 인간은 물론이고 인류 측의 모든 다각기갑병기^{필 드 레 스}를 능가하는 기동성에, 전차의 정면 장갑도 찢는 고주파 블레이드와 등에 장비한 6연장 대전차 미사일.

하지만 〈레기온〉 중에서는 결국 자주지뢰나 척후형^{아 마 이 제}과 마찬가지로 보병전력에 해당되는 잡졸이다.

얼마든지 대체할 수 있고, 따라서 아무리 많이 상실하더라도 큰 타격이 되지 않는다.

"제길……."

마침내 최전선 토치카가 잡아먹혔다.

살아남은 기계화보병이 중기관총이나 기관포를 껴안고 굴러 나와서 근접엽병형의 이빨을 피했다. 과거에는 기동차량을 도입한 보병을 의미한 말이지만, 이 땅에서 기계화보병이란 말 그대로 기계화를 마친, 조작성 향상을 위해 신경과 접속하는 강화외골격^{엑 소 스 켈 톤} 장비 병사의 총칭이다. 인구가 적고 병사가 가장 귀중한 이 산악국가는 모든 보병에게 강화외골격을 장비시켰다.

대륙 중남부에 위치하는 산악과 군사 대비의 나라, 발트 맹약동맹. 국시로 독립불기(獨立不羈)를 외치는 이 나라에서는 국민 모두가 호국의 검이요, 바위산과 절벽으로 이루어진 국토는 그 자체가 요새다.

"제3대대에서 호크아이 세븐에! 제3진지는 일시 포기, 후퇴하겠다."

[라저, 제3대대. 이제부턴──.]

[──우리에게 맡겨라.]

그림자가 드리웠다.

열심히 방어전을 펼치는 기계화보병들을 굽어보는 부름네스트 산 남쪽에서, 병사들의 머리 위를 넘어서 맹약동맹의 염소 문장을 장식한 다각기갑병기가 차례로 내려왔다.

동물과 비슷한 네 개의 다리에 긴 꼬리 같은 스태빌라이저. 동물의 등에 해당하는 위치에는 단포신 주포를 장비하고, 어깻죽지에는 송곳니처럼 뻗은 와이어 앵커가 있다.

그것은 숲속의 어둠에 녹아드는 늑대의 적갈색으로 장갑을 칠하고, 한 쌍의 광학 센서를 육식동물의 두 눈처럼 금색으로 번쩍였다. 무엇보다 특징적인 것은 다소 대형인 콕핏 블록의 좌우에 착착 접혀 있는, 전설 속 그리폰을 떠올리게 하는 한 쌍의 금속 골격[날개].

"Mk6 〈스톨른부름〉── 와주었나. 기갑부대가."

[물론이다, 동포여. 태세를 재정비해 줘. ……되찾는다.]

그 순간, 달려오는 근접엽병형의 무리에 〈스톨른부름〉이 돌진했다.

그리고 수직에 가까운 급경사를 거의 곤두박질치듯이 뛰어내렸다. 얼마 안 되는 발판을 네 다리로, 그걸로 부족하면 동체에 접힌 보조다리로 재주 좋게 붙잡으면서 순식간에 교차한다.

포성.

근접거리에서 날아든 기관포 사격에, 혹은 산탄에 맞은 근접엽병형이 폭발했다. 근거리 전투가 주류인 산악 전장에 특화된 〈스톨른부름〉은 경량인 만큼 움직임이 섬세하고 선회가 빠른 단포신 포를 장비했다.

아무리 근접엽병형이라고 해도 중력을 거슬러 등반해야만 하는 이 전장에서는 평지만큼 속도와 민첩성을 발휘할 수 없다. 애초부터 장갑이 얇은 병종이다. 팽팽한 비단이 하얀 칼날에 찢겨지듯이 군세의 안쪽부터 잘려나갔다.

그중에서도 선두에 있는, 머스킷이 교차하는 퍼스널마크가 달린 〈스톨른부름〉은 각별했다.

보병과 마찬가지로 숫자가 적은 상황에서, 효율적으로 기동방어를 수행하기 위해 맹약동맹의 펠드레스는 이동보조를 위한 활공익을 갖추었다. 산 정상 부근의 기갑기지에서 바람을 받아 활공하고 거리를 확보해서, 땅을 달리는 것보다 빠르게 최전선에 도달하기 위한 장치.

물론 제공권을 〈레기온〉에 빼앗긴 것은 맹약동맹도 마찬가지만, 땅바닥에 스칠 듯 활공하는 〈스톨른부름〉은 대공포병형의 방공 레이더에 잘 걸리지 않는다. 추진을 위한 제트 엔진도 없으니까 <ruby>방전교란형<rt>아인탁스플리게</rt></ruby>의 방해에 걸릴 리도 없다.

그 활공익을, 머스킷 마크가 달린 〈스톨른부름〉은 전투에도 이용했다.

어디까지 활공용, 스스로는 추진력을 낼 수 없는 날개다. 전투 중에는 도움이 되지 않을 날개를 때로는 접었다가, 때로는 전개하고. 맞바람을 순간적으로 받아서 급제동한 다음, 방향을 전환

하는 데 이용해서 매처럼 자유롭게 질주했다. 마치 바람이 부는 순간이, 그 흐름이 눈에 보이는 듯 정확하게.

후방, 지금은 아득한 머리 위에 있는 토치카에서 통신이 왔다. 탈환 성공. 그 직후 사령부에서도 후퇴 지시가 내려온다. 귀중한 병사와 기갑병기를 잃을 수 없는 맹약동맹은 우세를 이용해서 깊게 추적할 수 없다.

"〈안나마리아〉, 알았다. 각기, 전투를 중지. 기지로 돌아가자."

양쪽 모두에게 답하고 부하에게 지시를 내린 뒤, 머스킷 마크가 달린 〈스톨른부름〉의 조종사는 슬쩍 한숨을 흘렸다. 항상 그렇지만 어중간한 싸움이라서 감질난다.

펠드레스의 콕핏은 어느 나라, 어느 기종이라도 좁지만, 이 〈스톨른부름〉은 한층 비좁다. 광학 스크린은 한 면도 없고, 강화외골격 내부의 헤드마운트 디스플레이와 망막 투영이 그걸 대신하며, 공간의 태반을 차지하는 장갑강화외골격과 충격흡수기를 겸하는 고정부—— 기체 중량의 경감과 조종사 보호의 양립, 그리고 강렬한 가속도와 충격에 대처하기 위해서 맹약동맹의 조종사는 장갑강화외골격을 입고 펠드레스에 탑승한다.

한참 늦게 뒤따라온 부하가 통신으로 말했다.

[항상 그렇지만 대단하십니다, 대위님.]

"익숙해지면 누구나 할 수 있어, 상사."

[으음, 영웅께서는 어려운 말씀을 하시는군요.]

[또 외계의 전투 민족이 고향 별에서 이상한 전파를 수신했네요.]

부하 하나가 끼어들어 농담을 던지고, 웃음소리가 한동안 통신기 너머에서 울렸다.

[이 작전을 끝으로 이동이라고 했던가요. 다음 임지는 연방이라고 들었습니다. 저번에 이야기가 나왔던…….]

"그래."

조국에게 버림받아 인간의 이름과 권리를 모조리 빼앗긴, 하지만 그래도 죽음의 전장에서 계속 싸운 자들.

〈레기온〉의 비장의 카드인 거포── 전자가속포형을 적진 깊숙한 곳에서 격파한 자들. 공화국 북부의 〈레기온〉 생산 거점과 연합왕국 용해산맥 깊숙한 곳에 있는 용아대산 거점을 함락한 자들. 결국에는 고철들의 여왕을 포획한 정예부대. 날선 연방의 검. 지금은 연방의 사냥개 처지를 받아들인 전투광들.

전장에서 자라고, 전장의 불길로 담금질되고, 전장의 소용돌이로 연마된── 전투밖에 모르는 괴물들.

나와 같다…….

"제86기동타격군── 그 무시무시한 에이티식스 부대다."

86
―에이티식스―

Rest well.
Prepare for the next war.

[Ep.7]
― 미스트 ―

EIGHTY SIX

The number is the land which isn't
admitted in the country.
And they're also boys and girls
from the land.

ASATO ASATO PRESENTS

[글] **아사토 아사토**

ILLUSTRATION/SHIRABII

[일러스트] **시라비**

MECHANICALDESIGN／I-IV

[메카닉 디자인] **I-Ⅳ**

DESIGN／AFTERGLOW

그레테

연방군 대령. 신 일행의 이해자이기도 하고, [제86독립기동타격군]의 여단장을 맡게 되었다. 신형 펠드레스 〈레긴레이브〉의 개발자이기도 하다.

베르노르트

연방군에서 신의 부하로, 숙련된 용병. 자기보다 어린 신을 지휘관으로 모시며, 신설 부대에서는 1개 전대를 맡아 신 일행의 싸움을 돕는다.

아네트

레나의 친구로 〈지각동조〉 시스템 연구주임. 신과는 과거에 공화국 제1구에서 소꿉친구 사이였다. 레나와 함께 연방군으로 파견되어 신과 재회한다.

마르셀

연방군인. 원래는 펠드레스의 오퍼레이터였지만 전투 중 부상의 후유증 때문에 레나의 지휘를 지원하는 관제관으로 종군한다.

시덴

〈에이티식스〉 중 한 명으로 신 일행이 떠난 뒤로 레나의 부하가 되었다. 신설 [제86기동타격군]에 합류해서 레나의 호위전대를 이끈다.

더스틴

공화국 붕괴 전에 〈에이티식스〉들의 처우를 비난하는 연설을 했던 공화국 학생으로, 연방에 구원된 후에는 [제86기동타격군]에 지원했다. 양쥬의 소대에 소속된다.

비카

로아 그레키아 연합왕국 제5왕자. 왕실의 이능력자로, 이상할 정도의 천재인 당대 [자수정], 인간형 제어장치 〈시린〉을 개발해 연합왕국 전선을 지탱했다.

리토

공화국 붕괴에서 살아남아 [제86기동타격군]에 합류한 〈에이티식스〉소년. 과거에 신이 있었던 부대 출신.

레르케

비카가 직접 제작한 반자율병기의 제어장치 〈시린〉의 1번기. 비카의 소꿉친구였던 소녀의 뇌 조직이 사용되었다. 이상한 말투로 말한다.

빌렘

기아데 연방군 서방 방면군 참모장. 속 모를 남자지만, 나름대로 신 같은 젊은 군인들을 걱정한다. 그레테와는 과거 무슨 일이 있었던 것 같은데……

기 아 데 연 방 군
〈제86독립기동타격군〉

신

산마그놀리아 공화국에서 인간이 아닌 존재——
〈에이티식스〉의 낙인이 찍혔던 소년. 레기온의
'목소리'가 들리는 이능력을 지녔으며, 탁월한
조종스킬도 있어서 수많은 전장에서 살아남았다.

레나

과거에 〈에이티식스〉들과 함께 싸웠던 지휘관제
관(핸들러) 소녀. 사지로 향했던 신 일행과 기적의
재회를 이루었고, 그 뒤로 기아데 연방군에서 작
전총지휘관으로 다시금 함께 싸우게 되었다.

프레데리카

〈레기온〉을 개발한 옛 기아데 제국 황실의 핏줄.
신 일행과 협력하여 옛날 가신이자 오빠 같은 존
재였던 키리야와 싸웠다. 〈제86독립기동타격군〉
에서는 레나의 관제보좌를 맡는다.

라이덴

신과 함께 연방으로 도망친 〈에이티
식스〉 소년. '이능력' 때문에 고립되
기 일쑤인 신을 도와준 오랜 인연.

크레나

〈에이티식스〉 소녀. 저격 실력이 탁월
하다. 신에게 어렴풋한 연심을 보내지
만——?

세오

〈에이티식스〉 소년. 쿨하고 다소 입이
험한 야유꾼. 와이어를 구사한 기동전
투에 능하다.

앙쥬

〈에이티식스〉 소녀. 다소곳하지만 전
투에서는 과격한 일면도 있다. 미사일
을 사용한 면 제압이 특기.

제1장 Haze blue

실내의 전등이 전부 꺼져서 큰 창문으로 들어오는 햇빛만이 광원인 희미한 어둠 속에서, 담배 연기가 희미하게 일렁거렸다.

"당장 급한 안건은——."

창밖은 너무 밝아서 눈에 들어오는 모든 것이 눈부실 정도로, 눈을 깜빡이기도 힘든 햇볕이 내리쬐는 여름철의 정오. 연합왕국 정도는 아니라고 해도 대륙 북방에 위치하는 기아데 연방의 짧은 여름.

마치 열심히 삶을 노래하듯이 꽃이 흐드러지게 피는 계절이다. 시내에서도 들판에서도, 여기 서부전선의 전장에서도 찬란할 만큼 선명하고 아름답게 꽃들이 피면서 왕성한 생명력을 자랑하고, 검은 빛이 돌 정도로 녹음이 진해진 초목이 이 시기 특유의 전체가 빛나는 듯한 푸른 하늘을 향해 가지를 뻗었다.

창밖의 여름 햇살과 실내의 어둠이라는 명확한 대비 속에서 거의 실루엣밖에 보이지 않는, 검은 안대로 한쪽 눈을 가린 외눈박이 장군이 말했다. 쇳빛 군복과 왼쪽 가슴에 늘어뜨린 약장, 옛 제국의 귀족계급 특유의 야흑종 순혈을 드러낸 칠흑색 머리칼과 눈. 기아데 연방 서방 방면군 제177기갑사단 사단장, 리하르트

알트너 소장.

주위에 있는 실루엣 중에서 공군 기장을 아직도 왼쪽 가슴에서 떼어놓지 않은 차림에 한쪽 다리가 의족인 소장이 담배 연기를 내뿜은 뒤에 답했다. 굵직한 손가락으로 딱 소리가 나게 두드려서 재를 떨어내는 멋진 은세공 재떨이와 그것이 놓여 있는 황갈색 쪽매붙임세공 테이블.

"제86기동타격군, 제1기갑 그룹. 그 선혈의 여왕과 목 없는 저 승사자가 이끄는 부대."

"그들은 불필요한 경험이 너무 많았다. 볼 필요가 없는 것을 너무 많이 보았다고 할까."

리하르트 소장의 침울한 말에 줄줄이 앉은 실루엣들이 끄덕였다. 하나같이 연방군 군복에서 장성의 계급장이 칙칙하게 빛나는 —— 서방 방면군의 장성들.

여름의 눈 부신 햇빛을 피하려는 듯한 어둠 속에서 장성들의 밀담은 이어졌다.

"곧바로 대책이 필요하겠습니다."

"다행이라고 해야 할까, 〈레기온〉의 공격도 지금은 잦아들었지. 아무래도 재편 중인 모양이니까, 이참에."

"아무리 살육기계들이라고 해도 생산거점이 두 개 깨지고 지휘관기 하나가 노획되면 타격이 없지는 않은 모양입니다."

"잘된 일이지요. 대책을 세울 시간을 많이 만들었습니다."

제86독립기동타격군. 에이티식스 소년병들을 중핵으로 삼은 유격부대.

그들의 공로는 기대를 넘어섰다. 부대가 발족하고 석 달 만에 깨뜨린 〈레기온〉 거점이 두 개.

〈목양견〉과 고기동형의 존재를 까발리고, 존재 자체는 추정되고 있었지만 아직 관측된 바 없었던 전자사출기형을 발견해서 노획했다. 용아대산 거점에서는 자동공장형, 발전공장형 내부의 광학 영상과 일부 〈레기온〉 부품 샘플을 회수했다. 그리고 그 작전으로 궁지에 몰린 연합왕국을 구원하고, 나아가 〈레기온〉 지휘관기 하나를 노획하는 데 성공했다.

서방 방면군만이 아니라 연방군 전체, 동맹국인 연합왕국과 맹약동맹의 그 어느 부대와 비교해도 견줄 수 없는, 틀림없이 크나큰 전과다.

하지만……

실루엣 하나가 씁쓸하게 내뱉었다.

"〈무자비한 여왕〉. 제레네 빌켄바움일지도 모르는 지휘관기. 그걸 사로잡은 것도 그 저승사자입니까. 참 난처하군요."

"요즘 세상에 영웅이 있어선 안 되는데."

"대체할 수 있는 부품이 병사의 올바른 모습—— 한 명의 영웅으로 성립되는 군대는 존재하면 안 되지."

"그 점 말인데……."

속삭이는 실루엣들 사이에서 여태까지 침묵을 지키던 서방 방면군 참모장, 빌렘 에렌프리트 준장이 입을 열었다.

"이미 손을 썼습니다. 곧 보고가 올라올 것입니다."

리하르트 소장이 "흥." 하고 코웃음을 쳤다.

"항상 그렇지만 일처리가 빠르군, 빌렘. 에렌프리트의 사람 써는 식칼이라는 별명은 헛것이 아니었나."

빌렘 참모장은 쓴웃음을 지었다.

그것조차도 어딘가 예리하고 섬뜩한, 잘 갈린 군도 같은 느낌.

"과찬이십니다, 소장님. 단순한 사무 처리입니다. 그저 다소 귀찮은 서류 하나에 사인을 해서 결재함에 넣었을 뿐입니다."

그리고 다소 과장스럽게 어깨를 으쓱였다. 담배를 들지 않은 손에 쥔 것은 방금 말한 '대책' 자료겠지. 이미 필요 없다고 판단했는지, 뒤에 있던 부관이 소리도 없이 다가와서 당연하다는 듯이 내미는 그것을 받아들고 원래 자리로 돌아갔다.

빌렘 참모장이 데리고 있는 부관은 원래 그의 집안을 대대로 모신 집사 일족 출신이다. 필요할 때까지 마치 그림자처럼 뒤에 있고, 부르기 전에 먼저 주인의 일을 정리하고, 일이 끝나면 다시금 그림자로 돌아간다. 어렸을 때부터 그렇게 교육받고 그렇게 일하는 소년 부관은 이때도 괜한 군소리 없이 조금 전까지 있던 벽 옆에 다시 섰다.

군더더기 하나 찾아볼 수 없는 움직임을 보고도 주인인 참모장이나 장성들은 칭찬하지 않았다. 기아데 연방이 성립할 때까지 제국의 대귀족이었던 장성들에게 고용인이란 그림자인 것이 당연하다. 또한 부관으로서도 하루 근무가 끝날 때 주인이 치하하는 말이 전부여야 한다. 눈에 비치지 않는 그림자여야 할 자신이 칭찬을 들을 정도로 사람들 눈에 오래 머물렀다는 것을 의미하니까.

그러므로 용무를 마치자마자 그 존재를 잊은 것처럼 재개된 장성들의 대화에도 부관은 전혀 불만이 없었다. 직무를 보는 동안에는 항상 인형처럼 무표정으로, 숨소리조차도 최소한으로 낮추며 꼿꼿이 섰다.

다만.

검은 눈동자가 힐끔 움직여서, 조금 전에 참모장에게서 받은 '자료'를 내려다보았다.

10년에 걸친 〈레기온〉 전쟁 동안 갱신할 필요도, 수단도 없었던 '자료'다. 그래서인지 그 표지는 다소 낡았다. 서방 방면군 사령부 기지의 장성들이 모인 화려한 방, 담배 연기가 자욱한 어둠 속에 있기에는 다소 어울리지 않게 화려하고 다소 튀는 색깔을 사용한 타이틀.

『발트 맹약동맹 관광 가이드』.

그것을 내려다보면서, 부관은 생각했다.

굳이 말하자면 공화국 탈환 작전에서 창고에 가득한 백골시체를, 연합왕국 구원 작전에서 절벽을 가득 메운 우군기의 잔해, 그렇게 계속해서 처참한 광경과 직면한 불운한 소년병들에게 위로를 겸해서 피서지로 여행을 보내주고 싶다는 것뿐인데.

잠시 담배를 즐기는 휴식시간이라고는 해도, 참모장 각하나 장성분들은 대체 왜 악당 간부들 같은 분위기를 내면서 노는 걸까.

"아이, 캔."

하얀 돌바닥을 박차고, 아직 성장 중이라서 가녀린, 하지만 싱글싱글하고 풍요로운 곡선을 그리는 몸이 하늘을 날았다. 빛을 반짝 반사하는, 또래 소녀 특유의 섬세하고 화사한, 그리고 살짝 볕에 탄 피부.

"플라～～～～～이!"

너무 신나서 평소의 자신을 내버린 듯한 환성을 지르며, 크레나는 천천히 물결이 치는 수면으로 힘차게 뛰어들었다. 텀벙! 하는 성대한 물소리와 물보라가 일었다.

숲의 향기를 우유에 녹인 듯이 살짝 녹색이 깃든 유백색 물이라서 바닥이 거의 보이지 않았지만, 뛰어들기에 문제없을 정도로 깊다. 일단 밤색 머리를 완전히 담갔다가 물을 뿌리면서, 크레나는 수면 밖으로 얼굴을 내밀었다.

그리고 그대로 팔다리를 뻗으며 천천히 떠올랐다.

"후와아아아아아아아아…… 따뜻해……."

우연히 낙하지점 근처에 있다가 미처 대피하지 못하는 바람에 물을 제대로 뒤집어쓴 프레데리카가 귀엽게 눈꼬리를 세웠다.

"크레나! 버릇없지 않느냐, 어린애도 아니고!"

"그치만 이렇게 넓은 목욕탕은 처음인걸……."

목욕탕. 그렇다, 목욕탕이다. 다만 그냥 목욕탕이 아니라 대욕장이라는 말로도 부족할 정도로 광대하고 사치스러운 곳.

원래는 아득한 고대에 세워진 황제의 별장에 딸린 목욕탕이었다는 듯하다. 육상경기용 트랙이 통째로 들어갈 넓이에, 타원형 돔 천장이 있는 건물이었다. 오래되긴 했어도 잘 손질된 대리석이 바닥을 가득 메웠고, 색깔이 다른 석재를 꼼꼼하게 조합하여 기하학적인 무늬를 그리는 그 정교함. 직사각형 욕조는 바닥을 파내는 형태로 만들었으며, 그 넓이 또한 경기용 수영장도 저리 가랄 정도로 거대했다.

　그 광대한 벽면은 역시나 대리석판으로 만들어졌고, 반투명하게 일렁대는 물이 채워진 욕조의 바닥은 놀랍게도 이음매가 전혀 없다고 한다. 믿기 어려울 정도로 거대한 대리석을 통짜로 써서 이 광대한 욕조를 만든 것이다. 그 정도로 거대한 석판을 고작해야 인간과 말밖에 없는 시대에 어떻게 이런 험준한 산 위에 있는 목욕탕까지 운반했는지는 아직도 수수께끼라는 모양이다.

　욕조 중앙에는 욕조를 딱 양분하듯이 대리석 받침대와 황제의 석상 등이 배치되었고, 고대의 기둥들이 욕조를 이중으로 둘러쌌다. 그 사이사이에는 선명한 녹색과 흐드러지게 핀 꽃들이 님프 석상들에 바치는 꽃바구니 안에서 피었고, 수증기에 섞여서 예스럽고 우아한 라벤더 향기가 흘렀다.

　그리고 무엇보다도 욕조와 기둥과 수증기 너머로 보이는 험준하고 웅대한 산자락.

　제각기 만년설을 머리에 이고, 침엽수림의 짙은 녹색 옷에 은색 안개의 겉옷. 고대의 용처럼 차분하게 이어지는 그것들을 여왕 밑의 신하처럼 거느리며, 눈부실 정도로 푸른 하늘을 아름다운 능선으로 찌르는 영봉(靈峯) 부름네스트의 아름다운 자태. 그것이 내부 설비는 최신식으로 바뀌었어도 눈에 닿는 부분은 고대의 우아함과 아름다움을 남긴, 사치의 극에 달한 욕조를 유리 너머로 내려다보고 있었다.

안개가 길게 깔린 산악국가의, 천 년 전부터 변함없는 유구함과 변함없는 장엄함.

프레데리카는 한숨을 쉬었다.

"그야 여기서 그렇게 호들갑을 떨고 싶어지는 것도 모를 바는 아니다만."

"그래. 이 정도면 이미 목욕탕이 아니라 온수 풀장이야."

그렇게 말하면서 크레나와는 대조적으로 물소리도 내지 않는 우아한 동작으로 앙쥬가 욕조에 들어왔다. 물에 닿지 않게 틀어 올린 머리를 의식하면서 긴 팔을 뻗어 기지개를 켠다.

"으음, 기분 좋아. 조금 미지근한 것 같기도 하지만, 오래 있을 거면 이 정도가 딱 좋네."

"온천수일까요. 이런 온수가 산속에서 항상 나오고, 게다가 이게 원래는 황제 혼자만을 위한 것이었다고 하니까 대단하네요……."

반투명한 물을 두 손으로 뜨면서 미치히가 감탄했다. 극동흑종^{오리엔타}의 피가 진한 검은 눈동자는 섬세하게 조각된 지붕을 멍하니 올려다보고 있었다.

"여기에 대체 몇 명이나 들어올 수 있을까. 그렇게 생각하는 게 서민의 발상이겠네."

아마도 미끄럼 방지를 위해서인지 덩굴장미 무늬를 희미하게 새긴 욕조 가장자리에 등을 기대면서, 아네트가 말했다.

주위를 둘러보는 은색 눈동자에는 주위에서 욕탕에 몸을 담근, 혹은 세면장에서 떠드는 소녀 수십 명이 비쳤다. 제86기동타격군 제1기갑 그룹에 처음 배속된 백 명 남짓한 에이티식스. 그중에서 살아남은 소녀들이다.

이들이 있는 곳은 조각상으로 나뉜 욕조의 오른쪽 절반뿐인데도, 사람이 없는 공간이 훨씬 더 많았다.

근처에 있던 시덴이 젖은 빨강머리를 쓸어 올리며 어깨를 으쓱했다.

"공화국 제1구에서 곱게 살았던 아네트가 서민이면, 우리 에이티식스는 어쩌라고?"

"나도 지금은 집 없는 아이야. 일단 옛 귀족 집안이나 정부 고관이 후견인이 된 너희 에이티식스보다도 더 궁색하지 않을까?"

그렇게 말한 시덴도, 대꾸한 아네트도, 듣기에 따라서는 야유처럼도 들리는 말을 태연하게 주고받았다. 박해의 피해자인 에이티식스와 가해자인 백계종. 그 거리감도 이 기동타격군 내에서는 꽤나 흐려져서, 임무 시간이 아니라면 이렇게 이름으로 부르는 사람들도 늘었다.

그건 그렇고.

아네트는 주위를 슥 둘러보며 말했다. 목욕탕 입구에 모자이크 타일로 만들어진 아치, 그 앞에 가만히 서서 갓 태어난 새끼 사슴처럼 바들바들 떠는 그림자를 향해서.

"레나~. 자꾸 그런 데 있지 말고 얌전히 이리로 와!"

그 말에 레나는 몸을 움찔 움츠렸다. 기둥 사이에 있는 대리석 요정상, 재스민 꽃바구니를 든 조각상 뒤에서.

"하, 하지만……."

진짜 소녀와 헷갈리는 고대 조각상, 다시 말해 진짜 소녀 정도의 크기와 부피라서 숨기에는 미덥지 않다. 그 뒤에 간신히 숨은 레나는 안절부절못하는 눈치다.

"하지만, 알몸으로 사람들 앞에 나간, 경험이 없어서……."

레나는 학교도 군대도 자택에서 다녀서 기숙사 생활을 경험한 바 없다. 연방에서도 본거지에 있는 레나의 방에 전용 욕실이 설치되어 있다.

대공세 후 공화국 지원을 맡았을 때나 파견 나간 기지 등에서 공용 샤워 시설을 사용한 적이 없는 건 아니지만, 그것도 어느 정도는 개인용 부스처럼 만들어진 것이니까.

이렇게 탁 트인, 게다가 다른 사람이 수십 명이나 있는 장소에서 맨살을 드러낸 경험은 없다.

하지만 아네트는 태연하게 코웃음을 쳤다.

그렇게 부끄러운 듯이 머뭇거리며 다리를 모은 모습이 본인의 의도와 달리 더 선정적이니까 그만두었으면 좋겠다. 다른 세계로 통하는 문이 열릴 것 같다.

"나도 없어. 애초에 여기는 수영복을 입잖아. 딱히 알몸도 아니고, 그렇게 부끄러워하지 않아도 될 텐데?"

"그렇긴 하지만, 설마 이렇게 주위에서도 보이는 곳일 줄은."

널찍널찍한 욕조와 그것을 둘러싼 고대의 기둥. 그 너머에 탁 트인 만년설산.

즉.

이 대욕장. 외부 시선을 가로막는 것이 전혀 없다.

애초에 이 땅을 지배했던 기아데 황제의 별장이다.

지존의 자리에 있는 자에게 시종이나 민초는 사람 축에 들지 않는다. 버러지에게 알몸을 보인다고 해도 부끄러울 리가 없다.

게다가 전망을 최우선으로 하려면 밖에서도 목욕탕 내부가 잘 보이는 형태가 되는 법이다.

물론 완전히 터놓으면 겨울에 추우니까 지금은 단열성이 높은 이중 유리가 벽 대신 설치되어 있다. 하지만 전망을 위해서 일부러 잘 흐려지지 않는 유리를 썼으니까 가림막으로는 전혀 도움이 되지 않는다. 외부의 시선이라고 해도 말 그대로 산 하나 정도 거리가 있긴 하지만, 아무래도 마음이 편치 않은 것에는 변함없다.

"게다가…… 저기, 아니, 바로 옆에……."

"그것도. 그러니까 수영복 착용일 텐데."

딱 잘라 말하고.

아네트는 갑자기 빙긋 웃었다.

"부끄럽다, 부끄럽다 하는 것치고 꽤나 힘을 준 수영복이잖아. 저번에 같이 나가서 산 그거야?"

"아, 아네트……!"

아네트는 계속해서 싱글거렸다.

"기왕 샀으니까 보여주러 가면 될 텐데. 말 그대로 근처에 있으니까."

"아네트!"

그렇게 놀리는 말에 레나는 새빨간 얼굴을 한층 더 붉혔다.

청초한 릴리 화이트. 그런 색상과는 다르게 다소 어른스러운 느낌으로 등과 허리에서 끈으로 묶는 타입의 새 비키니 수영복.

그레테가 여행 이야기를 할 때 목욕탕에서는 수영복을 입으니까 미리 준비하라고 해서 휴일에 아네트, 앙쥬, 크레나, 시덴과 함께 외출해 산 수영복이다. 모두와 함께 시끌벅적하게 떠들고, 이것저것 비교하며 끙끙 고민했다. 그 시간도 즐거웠지만, 역시 여행 때 입을 것을 기대하면서. 그때는 이게 제일 잘 어울릴 거라며 산, 오늘을 위한 수영복.

하지만, 그렇다고 해도…….

힘을 준 것은 아니라고 생각한다.

애초에 그렇게 말한 아네트도 실컷 고민해서 산, 타고난 하얀 피부와 은발을 돋보이게 하는 밝은 오렌지색 비키니를 입었고.

그 너머에서 둥실둥실 떠다니는 크레나는 선명한 에메랄드색을 띤 어깨끈 없는 비키니 차림으로, 허리 양옆과 커다란 가슴을 가득 채우는 리본 장식.

목부터 가슴 아래까지 완전히 뒤덮은, 하지만 그렇기에 아름다운 가슴의 형태를 확실히 보여주는 연한 파란색 수영복 차림의 앙쥬. 그리고 본인 나름대로의 발돋움이 왠지 흐뭇한 느낌을 주는,

프릴이 가득한 검은색 비키니 차림의 프레데리카.

그 핏줄인 동방풍의 적색과 금색, 한쪽 어깨를 드러내는 비대칭 비키니를 입은 미치히는 상아색 피부와 수영복의 대비가 화려하고, 볕에 탄 피부와 이 자리의 누구보다도 풍만한 가슴을 아낌없이 보여주도록 천 면적이 아주 적은 검정 비키니를 당당하게 입은 시덴.

그렇다. 그러니까 딱히 레나라고 딱히 야한 차림인 건 아니다.

수영복은 애초에 팔이나 가슴이나 몸매를 보이는 것이다. 게다가 온천에 들어가는 거니까 피부 노출이 많은 것을 고르는 게 당연하다.

혹시나 그 사람이 보면 어떻게 생각할지는, 전혀 생각하지 않았다.

하물며 보여주고 싶다고는.

의식한 적은, 없다.

좋아.

고개를 끄덕이고, 기세를 타고 한 발 내디딘 레나는.

"꺄악……?!"

기합이 너무 들어간 탓에 바닥을 미처 살피지 않았고, 밟고 넘어지지 말라고 일부러 눈에 띄는 노란색으로 만든 비누를 제대로 밟고 자빠졌다.

[아니, 레나?! 괜찮아?!]

[아, 아야야야…….]

[아, 잠깐, 잠깐, 잠깐, 레나! 일어나면 안 돼, 풀렸어, 브래지어 끈 풀렸다고!]

[어, 어머……?! 끈, 끈 어디 있나요……?!]

[여왕 폐하, 몸이 굳었네. 등 뒤의 끈도 못 묶다니.]

[하아, 가만히 있어봐. 묶어줄 테니까.]

"……………………………뭐라고 해야 할까."

황제상 너머에서 들려오는…… 아니, 숨길 생각도 없이 떠들어 대는 새된 목소리에 진절머리를 내면서 세오는 말했다.

크게 들려오는 물소리에 무심코 의식이 갔지만, 겉으로 드러내지 않도록 필사적으로 참았다.

"86구에서 익숙해졌다면 익숙해졌고, 솔직히 크레나나 그런 애들은 이제 와서 대수롭지도 않지만. 하지만 아무리 그래도 목소리 좀 낮추든가, 내용을 생각해달라고…….."

"안 보인다고 해서 우리가 없는 것도 아닌데."

천장을 올려다보는 라이덴도 다소 질색하는 기색이었다. 욕조에 들어온 지 얼마 안 되었는데 이미 새빨개진 리토, 한 손으로 눈을 가리고 부활하지 않는 더스틴, 화풀이처럼 연방의 군가를 작은 소리로 계속 부르는 마르셀.

그들이 있는 것으로도 알 수 있듯이 이 대욕장은.

남녀 혼욕이다.

욕조를 양분하는 듯한 이 조각상도 딱히 양쪽을 가르기 위해 있는 게 아니라 단순한 장식이다. 돌아서 가면 쉽사리 소녀들이 있는 곳으로 갈 수 있고, 일어서면 조각상 틈새로 건너편이 보인다. 애초에 기둥 사이에 있는 세면장은 공용이다.

참고로 연방이나 이 목욕탕이 있는 호텔을 포함한 대륙 서부의 문화권에서 이런 대욕장은 대개 수영복이나 전용 의류를 착용한 혼욕일 때가 많다.

그럴 테지만, 왠지 모르게 소녀들이 황제상 오른쪽, 소년들이 왼쪽에 모이는 식으로 나뉘었다.

86구에서는 소년병보다 소녀병의 생존율이 낮았으니까, 여기에 있는 사람들도 소년이 두 배 가깝게 많다. 그래도 폭격기도 들어갈 만큼 커다란 욕조인 만큼 그 절반을 점유한다고 좁은 것은 아니다.

다만 그 소년들 전원이 미묘한 얼굴로 침묵하고 있으니까 분위기가 이상해질 만하다.

이럴 때도 무슨 생각을 하는지 전혀 가늠할 수 없을 만큼 무표정인 유토라면 또 모를까, 어지간한 일에도 꿈쩍하지 않는 신도, 일부러 분위기를 깨는 성격인 비카조차도 입을 다물고 있다.

전체적으로 배겨내기 어려운, 아주 어색한 분위기였다.

"임무가 있는 나는 몰라도, 경들은 휴가일 텐데……. 이래선 정말이지 불편하군."

"다음부터는 시간을 바꾸는 편이 좋을지도 모르겠어……."

소녀들에게 바꿔 달라고 해도 좋은 반응을 기대하기 어렵겠지.

레나라면 의미도 없이 끙끙거리며 시간을 바꾸었다가 결과적으로 또 신과 딱 맞닥뜨릴지도 모르지만.

거기까지 생각했다가.

세오는 문득 심술궂은 고양이처럼 히죽 웃었다.

"신, 살아있어? 아니, 지금 무슨 생각해?"

"조용히 해……."

시선을 돌려보니, 들어왔을 때부터 아무 말도 없던 신은 세오를 보지 않았다.

이 대욕장. 욕탕 자체는 혼욕이더라도 수영복으로 갈아입는 라커룸은 따로따로 있다.

그리고 대욕장은 혼욕이니까, 라커룸에서 욕탕으로 들어오는 출입구는 하나뿐이다.

그 하나밖에 없는 출입구에서, 무슨 우연인지 신과 레나가 딱 마주친 것이다.

거듭 말하는데, 수영복 착용이 원칙이다. 서로 알몸인 것도 아니다.

86구에서는 막사만이 아니라 샤워실조차도 남녀 구분 같은 배려가 없었고, 그런 곳에서 오래 산 에이티식스는 소년도 소녀도 이성의 알몸에 어느 정도 내성이 생겼다. 적어도 세오는 그렇고, 신도 마찬가지다.

하지만 레나는 에이티식스가 아니다.

게다가 남자 형제도 없었고, 아버지도 어렸을 적에 잃었고, 또래의 친구도 동성인 아네트 정도밖에 없는 상황에서 자랐다.

레나가 얼어붙은 것과 순간적으로 반응할 수 없었던 신이 정지한 것은 잠시. 다음 순간 레나는 귀까지 새빨개져서 비명을 지르며 욕탕 구석으로 도망쳤다. 이 광대한 욕탕 전체에 울릴 정도였으니 정말로 대단한 비명이었다.

레나가 잔뜩 부끄러워하는 것도 근본적으로는 이게 원인이다. 주위에 수영복을 입은 또래의 남자가 있고, 자신도 알몸이나 마찬가지인 수영복 차림이라고 의식한 거겠지.

신 또한 레나가 갑자기 새빨개져서 비명을 지르며 도망친 것이 조금 충격이었는지, 그 이후로는 평소보다 더욱 말수가 적어졌다.

아니지…… 이 침묵은 아무래도 충격 탓만이 아니라.

"끈이었어?"

"조용히 해."

단칼에 베듯이 말을 곧장 잘랐다.

떠올리고 싶지 않다. 아니, 떠올리지 않으려는 모양이다. 즉, 자제하지 않으면 떠오를 정도로 그 한순간에 많은 것을 본 모양이다.

"의외로 대담하네, 레나도."

"알까 보냐."

"컸어?"

"윽……."

핏빛 두 눈동자가 노려본 것은 한순간.

다음 순간 미처 도망치지 못한 세오의 뒷머리를 손으로 붙잡고, 힘껏 물속에 처박았다.

왠지 모르게 경계선이 된 황제상 너머에서, 남자들이 갑자기 시끄럽게 떠들기 시작했다.

[푸핫! 신, 이번엔 내가 잘못한 거 맞지만, 갑자기 폭력을 쓰진 마!]

[손이 미끄러졌다.]

[변명이 뭐 그렇게 낡고 어색해! 하다못해 좀 멀쩡한 걸로 해!]

[세오, 너무 놀리지 마. 이 녀석은 그런 쪽으로 여유가 없어.]

[아니, 재미있으니까 오히려 더 해보는 게 어떤가. 그리고 고귀한 희생은 경 혼자서 하고.]

[너무해……?!]

시끄럽게 다투고, 황당해하고, 부채질하고.

"저쪽은 저쪽대로 좀 시끄럽지 않아?"

"씨, 씩씩해서 좋은 거 아닐까……."

아네트가 눈살을 찌푸리는 옆에서, 흉부장갑을 무사히 다시 장착한 레나는 입까지 물속에 담근 채로 말했다.

남자들의 목소리가 이렇게 들리는 걸 생각하면, 어쩌면 아까 소동이 들렸을지도 모르겠다.

그렇다면…… 정말로 경박한 짓을 했다.

부끄럽다.

그런 두 사람과 우연히 그 사이에 있던 앙쥬를 보면서, 샤나가 문득 깨달은 듯이 고개를 갸웃거렸다.

"저기."

샤나가 볼 때 세 사람은 레나, 앙쥬, 아네트 순서로 있는데.

"대, 중, 소란 느낌으로 있네."

그 말에 세 사람은 서로를 보았다.

대중소라고 했으니까, 머리 길이 이야기일 리가 없다. 신장이라면 여기서 앙쥬가 제일 크니까. 그렇다면 순서가 맞지 않는다.

즉.

세 사람과 주위에서 그 말을 들은 소녀들의 시선이 일제히 아래로 내려갔다.

유백색 물을 밀어내고 있는, 색색의 천에 감싸인 부드러운 두 언덕에.

잠깐의 침묵.

그리고 소녀들은 벌떡 일어나서 서로 크기를 비교하기 시작했다.

"나, 나, 앙쥬 이상, 레나 미만!"

"아네트 이상 샤나 미만……일까."

"큭…… 역시나 시덴. 압도적인 크기……!"

"아니, 누가 소야?! 보통 정도는 돼!"

"그렇습니다! 아네트가 소라면 나는 어떻게 되나요?!"

"크레나는 알고 있었지만, 레나도 나보다 크네. 음, 신경 쓰지 않을 거지만, 조금 분해."

"이, 이런 건 불편할 뿐이야! 흔들리면 아프고, 전투 때는 특히 그렇고, 여름에는 덥고 무겁고 어깨 결리고!"

"잠깐만! 왜 내가 다짜고짜 제일 끝인 것이냐. 납득할 수 없다!"

"그야 대중소 이전에 전혀 없으니까 그렇지, 꼬맹이."

왁자지껄 떠들면서 크기 순서로 위치를 바꾼다.

그것에 무슨 의미가 있는지는 본인들도 모른다.

"자, 레나는 그쪽. 제길, 크네. 뭘 먹으면 그렇게 돼?"

"아니, 미, 밀지 마세요……! 그보다 말이죠!"

등을 떠밀어서 시덴과 크레나 다음 위치로 이동시키려는 프로세서 소녀를 뿌리치고, 레나는 필사적으로 말했다.

놀라서 움직임을 멈춘 주위 소녀들에게 두 손을 움켜쥐면서 호소했다.

"아무리 그래도 너무 노골적입니다! 이 호텔을 우리가 다 빌렸다고는 해도, 저기, 여, 옆에는."

목소리도, 일어서면 시선까지도 그대로 통과하는 황제상 너머에는.

신이.

"남자들이 있잖아요! 조금 더 얌전히 있어요!"

"그래! 작작 좀 하라고!"

참다못해 세오가 절규했지만, 애석하게도 레나 이외의 소녀들은 듣지 않았다. 정확하게는 들어줄 생각이 없었다. 높은 천장에 울리는, 특유의 맑고 톤이 높은 웃음소리.

급기야 바보 하나가 황제상에 기어 올라가서 얼굴을 내밀었다.

"말하는 꼴 하고는! 바보들! 속으로는 남몰래 엉큼하게 기대하는 주제에!"

시덴이 평소처럼 악어 같은 웃음을, 평소보다 훨씬 더 빛나는 웃음을 보이면서 무의미하게 한 손을 높게 쳐들었다.

듣고 싶지도 않다……는 건 아니지만, 안 듣는 것이 예의라고 필사적으로 흘려 넘기던 화제의 대상을 발칙하게도 황제폐하의 월계관 위에 떡하니 올려놓고서.

"어이어이, 뭐 해? 갈채는 없냐? 휘파람이라도── 끄헉?!"

그렇게 생각한 다음 순간, 아무 말 없이 신이 투척한 대야가 다음 말을 무정하게 끊으며 시덴의 이마에 딱 맞았다.

그 바람에 두 손이 황제상에서 떨어졌다. 첨벙. 성대한 물소리가 났다.

시덴이 모습을 드러내자마자 대야를 날리는 솜씨에 라이덴은 혀를 내둘렀다. 눈에 들어오자마자 공격에 들어가는 반응속도도 대단하지만, 그 이전에.

"넌 정말 시덴한테는 봐주는 게 없구나."

황제상 너머에서 샤나의 차가운 목소리만이 울렸다.

[신, 미안하지만. 이럴 때 상대해 주면 시덴은 더 기가 사니까. 그냥 무시해.]

일부러 가라앉은 채로 있는 모양인 시덴이 그대로 부글부글 물거품을 내면서 뭐라고 주장하는 게 들렸다. 물론 들리지 않지만, 아마도 '그래, 더 떠들어 주마!' 인 모양이다.

그만 좀 하라고 다들 생각했다.

"뭐, 그야 전부터 크다고 생각하면서 보긴 했지만……."

엉뚱한 방향으로 시선을 돌린 채로 마르셀이 투덜거렸다.

수영복을 입은 지금이니까 아는 레벨이 아니라, 평소의 군복이
나 기갑탑승복^{판처야케}을 입은 상태로도 알 수 있을 만큼은 크다.

아니, 한정적이나마 방검, 방탄, 난연 사양에 안티 G성능까지도
가진, 다시 말해 꽤 단단하고 두꺼운 기갑탑승복을 입은 상태로
도 확연하게 알 수 있을 만큼 가슴이 크다면 대체.

떠올리다 보니 뭔가 끓어오르는 게 있었는지 주먹을 움켜쥐고
역설했다.

"아니, 로망이잖아, 큰 가슴은! 여신상이! 하나같이! 가슴이 큰
것처럼!"

"그 말에는 찬성할 수 없군. 손에 딱 들어올 정도가 최고다."

"어, 유토, 이 화제를 받는 거야? 그리고 하다못해 이럴 때는 표
정이라도 좀 바꿔."

"더스틴……은, 됐다, 물을 것도 없고. 노우젠은 그런 쪽으로
어떻지? 이 기회에 물어보고 싶은데."

"무슨 의미야?!"

"크다고 다 좋은 것도 아니야. 그리고 아무리 옆에서 신경 쓰지
않는다고 해도, 근처에서 해서 좋을 이야기도 아니다."

"신, 너는 좀 더 배려해서 말해. 지금 크레나가 가라앉았어, 물
리적으로."

어쩌다가 날벼락을 맞은 크레나가 부글부글 거품 소리를 내는
것을 넘기면서 라이덴이 말했고, 신은 아뿔싸 하는 얼굴로 말을
흐렸다.

"뭐, 그건 밤에나 꺼낼 화제겠지. 그게 정석이라는 모양이고."

"어어……. 아무리 그래도 왕자 전하가 한밤중에 야한 이야기를 즐긴다고……?"

뭔가 꿈이 깨진 듯 절망적인 얼굴로 리토가 신음하고, 비카가 무시한다. 그런데 바보가 또 하나 나타났다. 얌전히 벽 쪽에서 대기하다가 튀어나와서 기운차게 한 손을 쳐들고.

"맡겨 주십시오, 전하! 원하신다면 불초 레르케, 지금부터 화제에 어울리는 소재를 찾아오겠으니, 윽?!"

조금 전에 시덴에게 맞고 튕겨서 황제 폐하가 멋지게 쳐든 한 손에 걸려 있던 대야를, 비카가 일부러 물을 가르며 회수하러 가서 그대로 말없이 던졌다. 역시나 상무정신 나라의 왕자 전하라고 해야 할까, 멋진 폼과 상당한 강속구였다.

"닥쳐, 일곱 살 꼬맹이. 그보다 너, 뜻은 알고 하는 말이냐?"

"며……면목이 없습니다……."

통각이 없으니까 아플 리도 없겠지만, 이마를 누르며 몸을 웅크린 레르케는 이 자리에 어울리지 않게 군복 차림이었다.

에이티식스들도 슬슬 익숙해졌지만, 레르케는 인간이 아니라 인간 형태의 무인기 부품이다. 외모가 소녀일 뿐이지, 내용물은 펠드레스의 기술을 유용한 기계다.

방수성이 없는 건 아니지만 아무래도 온천에 들어갈 정도는 아니라서, 조금 전부터 목욕탕 구석에서 예비 타월이나 비누나 차가운 음료가 든 주전자 등을 쟁반에 받쳐 든 채로 대기하고 있었다.

아무래도 좋은 일이지만…….

레르케를 포함한 〈시린〉들은 얼굴 외의 몸 구조가 어떤지, 소년들은 문득 생각했다.

머리색이나 이마에 박힌 신경결정을 제외하면 얼굴 생김새는 인간과 구분이 가지 않지만, 옷 아래까지 진짜 여성과 다름없다면 조금, 아니, 엄청나게.

무섭다.

노골적으로 더스틴이 화제를 돌렸다.

"뭐라고 할까. 오히려 여자들이 그런 이야기는 거리낌 없는 것 같네. 어……?"

'어, 하필이면 그런 위험한 화제를 여기서 꺼내?' 라는 시선을 전원이 보내는 바람에, 더스틴은 허둥댔다.

리토가 작은 목소리로 거들어주었다.

"어어…… 저기. 실제로 자주 해. 우리가 없는 때는 특히나."

"아니, 있어도 하잖아. 지금도 그렇고."

"근육이 섹시하다든가, 목이 섹시하다든가. 자주 들리거든."

한편, 남자들의 대화를 몰래 엿듣던 소녀들은 고개를 끄덕였다.

"음, 그래. 실제로 근육은 섹시해."

"그래. 자주는 못 보지만, 장딴지부터 발목까지가 군살 없이 탄탄한 느낌이라든가."

"목덜미, 아니, 어깨 주변 전체를 포함해서 그렇지. 어깨와 등에서 이어지는 곡선이."

"아, 그리고 연방에 온 뒤에 처음 봤는데, 담배 피울 때의 손! 그거 좋아!"

"역시 팔을 빼놓을 순 없어. 땀에 젖거나 볕에 탄 흔적이 뚜렷하게 있고, 소매를 걷어붙여서 힐끗 보이는 게. 혈관이 드러난다든가."

"혈관은 좋아."

"흉터도 멋질 때는 멋져. 너무 아파 보이는 건 얼마나 아플지 대충 상상이 가니까 그렇지만."

"실제로 남자들은 남자들대로 지금 흉터 자랑을 하고 있고."

이건 어디어디서 싸웠을 때 전차형에게 당한 상처라든가, 이건 강제수용소에서 억지로 펜스를 넘다가 철조망에 걸린 상처라든가, 에이티식스가 아니면 전혀 웃을 수 없는 에피소드가 들려왔다.

아까 하던 야한 이야기에서 순식간에 무슨 맥락으로 흉터 자랑으로 넘어갔는지는 엿듣던 소녀들도 도무지 알 수 없지만, 애초에 잡담에 맥락이 있을 리도 없다. 아마 소년들 자신도 모르겠지.

그러고 보면 신도 흉터가 많았다고 문득 떠올리면서 레나는 얼굴을 찌푸렸다.

오래된 것은 7년도 더 되었을 텐데 뚜렷하게 남은 수많은 자국들. 아직 유래를 듣지 못한 목의 흉터를 시작으로, 그가 여태까지 헤치고 온 수많은 사투와 고통을 말없이 보여주는 것들.

그 태반이 86구에서 생긴 것이리라.

그런데……

비명을 지른 것치고. 부끄러워서 도망친 주제에.

천박할 정도로 똑똑히 다 본 게 아닐까 싶기도…….

그걸 깨닫자 갑자기 부끄러워져서 레나는 몰래 얼굴을 붉혔다.

그것은 이를테면 기나긴 전장 생활을 말하는 것들이다. 원래 피부색과 볕에 탄 피부의 경계라든가. 마른 체격이면서도 확실하게 붙은 근육이라든가.

키는 슬슬 성장이 멎을 테니까, 앞으로는 성인 남성의 다부진 모습으로 변해갈까.

애초에 평소 군복이나 기갑탑승복 차림 때도, 자신과 전혀 다른 골격이나 근육이나 피부의 질감에 무심코 눈이 가고…….

그런 식으로 생각에 잠겨 있는데.

"레~에~나~아~?"

고개를 들어보니 넓은 욕조 여기저기로 흩어졌던 에이티식스 소녀들이 어느새 사냥감을 노리는 고양이처럼 슬금슬금 다가온 탓에 레나는 깜짝 놀랐다.

"어, 어어……?"

거리가 가깝다. 숫자가 많다. 게다가 다들 눈빛이 변해서.

왠지 무섭다.

"레나는 피부가 매끈매끈하네."

"볕에 타지도 않았고 흉터도 없고. 저기, 조금, 만져도 돼?"

"괜찮아요, 조금만. 아주 살짝 건드리기만 할 테니까요. 예?"

"아, 자, 잠깐만요. 아."

저항도 헛되이 붙잡히고, 여기저기서 손을 뻗어서 만지고 문지르고 찔러보고 잡아당기고 하는 바람에, 레나는 꺄악꺄악 비명을 질렀다.

　어느새 소년들이 또 입을 다물고 있었다.

　그런 식으로 머리가 조금 어질어질해진 기색인 소년들과 너무 떠들어서 입욕 전보다 지친 소녀들은 모두 대욕장 출입구 바로 앞에 있는 홀에서 축 늘어졌다. 고대의 건물을 살린 이 별관에 있는, 지금은 유리로 정원 윗부분을 막아놓고 기둥으로 에워싼 페리스틸리움 홀.

　호텔이 된 현재는 휴식용 공간인 모양이다. 한두 명이 눕거나 몸을 기대기 딱 좋은 크기의 소파 여러 개가, 이웃 소파가 거슬리지 않을 정도의 간격을 지키면서 쭉 늘어섰는데, 그 하나하나에는 엷은 구름 같은 새끼양 모피가 깔렸다.

　딱 좋게 냉방이 도는 선선한 공간에서 시원한 음료와 글라스를 쟁반에 받친 민족의상 차림의 급사들이 기민하게 오갔다.

　소파는 몸을 기대면 그대로 파묻히는 재질이고, 깔린 모피는 푹신푹신하고 부드럽다. 유혹에 쫓기는 채로 눈을 감으면 그만 잠들어버릴 것 같아서 신은 무거워진 눈꺼풀을 억지로 떴다.

　긴장이 풀렸다고 생각하지만, 억지로 긴장할 마음도 없다.

　연합왕국, 용아대산 거점 공략작전을 마치고 약 한 달. 그동안 작전행동을 떠나 특별사관의 일반교육 과정을 겸한 휴가를 보내 전장에 있을 때와는 의식이 달라졌다. 지금 있는 여기는 마음을 쉬기 위해 머무는 곳임을 알기에 더더욱.

여기는 발트 맹약동맹—— 연방의 남서쪽 국경에 인접한 산악 국가의 제2수도 에스트호른과 가까운 휴양지의 호텔이다.

대륙에서 제일가는 험준함을 자랑하는 대영봉 부름네스트 산을 중심으로 하는 작은 연합국가. 산과 산 사이의 좁은 평지에 각 주가 띄엄띄엄 있어서 국토 면적과 인구를 보면 비교적 소규모 국가지만, 건국 이래로 남녀불문의 징병제를 실시해서 국민 모두가 병사일 만큼 정강한 나라이기도 하다.

700년 정도 전에 당시 기아데 제국의 지배를 벗어나서 독립했고, 그 이후로는 왕을 두지 않고 각 주 유력자들의 합의를 통한 공화제로 이행했다가, 산마그놀리아 공화국보다 백여 년 늦은 160년 전부터 모든 국민이 투표권을 갖는 민주공화제로 이행했다.

"옆자리, 괜찮을까요?"

목소리로 알았지만, 시선을 주니 레나였다.

2인용 소파의 빈자리를 가리키자, 얌전히 앉았다. 긴 머리는 아직 촉촉한 듯한데, 여태까지 말리느라 시간이 걸린 모양이었다.

왠지 부끄러워하듯이 입을 열었다.

"목욕탕에서는 미안했습니다. 저기, 갑자기 비명을 질러서."

"아뇨……."

그것보다는 그 후의 대화가 더 문제였지만, 그걸 말하면 더 꼬일 것 같아서 말하지 않았다.

또각또각 부츠 소리를 내면서 여성 급사가 다가오더니, 물 흐르듯이 세련된 동작으로 잘 식힌 유리그릇을 내밀었다.

"아이스크림 드시죠. 즐겁게 노신 모양이니 덥지 않습니까?"

산들 사이에 점점이 있는 여러 개의 주로 이루어져서 다양한 민족이 혼재하는 맹약동맹에서 가장 비율이 많은 청계종의 푸른 눈동자. 진한 금발과 보라색에 가까운 눈동자의 색채를 보면 벽제종의 순혈이겠지. 이 호텔이 있는 라에리나 지방의, 녹색 숲에 대비되는 붉은 민족의상.

"위에 올린 연유는 우리 맹약동맹의 명물입니다. 낙농업이 왕성해서 유제품에는 자신이 있지요. 맛보시지요."

"예." "고맙습니다."

각자 인사를 하고 받았다. 여성은 빙그레 미소를 지었다.

"지금은 먹고 싶은 대로 먹을 수 있는 시기가 아니니까, 하다못해 이 정도라도."

맹약동맹은 산악국가다.

지금도 철도를 깔기 힘들 정도로 험준하고, 농사에 전혀 적합하지 않은 바위와 높은 산으로 이루어진 나라다.

산과 산 사이의 손바닥만 한 농경지만으로는 국민 전원의 배를 채우기 부족하다. 그렇게 부족한 부분을 무역과 기술로 얻은 외자로 외국에서 식량을 수입하여 채우는 것이 맹약동맹의 식량 사정이다.

그렇기에 〈레기온〉 전쟁으로 대륙 각국이 각각 포위, 분단되는 바람에 식량 수입도 끊긴 것은 맹약동맹에 그야말로 사활문제였다. 식량의 거의 100퍼센트가 공장에서 만든 합성식이던 공화국만큼 극단적이지는 않았지만, 맹약동맹도 10년 동안 식량을 거의 공장에 의존했다.

갈린 얼음에 연유를 끼얹고 얼린 과일로 장식한 빙과는 입에 넣자 사르르 녹아버렸다. 살짝 피어오르는, 과일 향기와는 다른 특징적인 풋내.

옆에서 마찬가지로 스푼을 입으로 가져간 레나는 눈을 휘둥그렇게 떴다.

"정말로 맛있네요. 게다가 향기가 좋아요. 이건 뭔가요?"

"솔잎 같습니다만."

"솔잎? 헤에……."

신기하다는 듯이 스푼으로 뜬 얼음을 이리저리 살펴보았다.

"나라가 다르면 정말로 음식도 다르네요……. 솔잎을 넣은 건 처음 봤습니다."

"앞선 말에는 동감합니다. 하지만 솔잎은 연방이나 86구에서도 차 대용이나 고기 누린내를 없앨 때 쓰지요."

더불어서 에이티식스는 원래——신에게는 아직 그 실감이 없는 모양이라고 인정하고 싶지 않지만——공화국 시민이었으니까, 솔잎차가 공화국의 문화에 전혀 존재하지 않았던 것도 아니다.

"그럴지도 모르지만요……."

레나는 뾰로통한 표정을 했다.

그걸 보며 신은 어깨를 으쓱였다.

"레나도 한 번 정도는 86구에 오는 게 좋았을까요? 폐허의 풍경과 합성식량을 만끽하러."

레나도 농담일 게 뻔한 그 말투를 눈치챈 모양인지 슬쩍 웃으며 받아쳤다.

"알아요. 대공세로 실컷 먹었으니까요."

"뭐와 비슷하다고 생각했습니까? 화내지 않을 테니까 말해 보시죠."

"으음⋯⋯. 그렇군요."

에이티식스들이 으레 하는 농담이다. 레나도 재미있어하는 얼굴로 잠시 생각하는 척했다.

""플라스틱 폭약.""

그리고 동시에 말했다.

레나가 소리 내어 웃고, 그 모습에 신도 가만히 표정을 풀었다.

웃음이 잦아든 뒤 레나는 살며시 눈을 떴다.

기둥으로 에워싼 홀 같은 공간. 그중에서 옛날에는 정원이었던 여기도 지금은 천장 부분을 기하학적인 무늬가 있는 유리로 막아서 빛의 무늬가 하얀 바닥을 꾸미고 있었다. 시간에 따라 미묘하게 색채가 변한다는, 손을 댈 수 없는 빛의 예술.

그 아련한 광채를 바라보며.

"여기는 좋은 곳이네요. 조용하고—— 아름다운 풍경밖에 없고."

"——."

맹약동맹의 국토가 좁다고는 해도, 이 호텔이 있는 휴양지에서 〈레기온〉 전선까지는 멀다. 과거 세계 최초로 개발한 다각기갑병기로 제국의 15개 전차사단을 막아냈다는 산악민족의 강건함은

〈레기온〉과 대치하는 지금도 건재하다.

그러니까 이 땅에 전쟁의 불길은 닿지 않는다.

희미한 포성도 들리지 않는다.

격납고의 소음도 없다.

그치지 않는 〈레기온〉들의 한탄조차도 여기에서는 멀다.

신에게는 아직 익숙하지 않은 정적이다.

신의 일상은 항상 전장의 소음과 함께 있었다.

포성이 그치지 않고, 기계유와 초연의 냄새가 대기에 배고, 모래와 전장의 먼지가 뒤섞인 세계.

그 일상에 익숙해진 몸으로서는 이 고요함이 일상이라는 말에 실감할 수 없다.

그래도.

불안하다는 느낌은——들지 않는다.

"그렇군요."

저녁 식사까지 아직 다소 시간이 있어서, 레나는 목욕용품들을 돌려놓기 위해 일단 호텔 객실로 돌아갔다.

레나는 2인실을 아네트와 함께 쓰고 있지만, 아네트는 아직 방으로 돌아오지 않았다. 목욕하는 동안에 완벽하게 베드 메이킹이 끝난 자기 침대의 주름 하나 없는 시트 위에서 뒹굴며, 레나는 잠시 멍하니 있었다.

역시 목욕이 너무 길었든가, 너무 흥분해서 떠들었던 모양이다.

혼자가 되어서 마음이 풀어진 순간, 그 편안함에 정신이 아득해졌다.

야옹 소리와 함께, 새끼고양이 적부터 높았던 울음소리를 내면서 방을 지키고 있던 티피가 다가왔다. 연합왕국으로 파견될 때는 데려갈 수 없어서 꼬박 두 달 넘게 주인들과 떨어져 지냈던 검은 고양이는 이전보다도 조금 더 어리광쟁이가 되어 있었다. 스스럼없이 배 위로 올라오는 티피를 눈을 감은 채로 한 손으로 쓰다듬어주자 기분 좋게 골골대는 소리가 들려왔다.

기분 좋게 꾸벅꾸벅 졸면서 오늘이나 최근 일을 떠올려보니, 자연스럽게 의식이 그것에 도달했다.

연합왕국, 눈 덮인 전장에서 들은 말.

최근 한 달 동안 계속 마음에 걸렸던 말.

고기동형과의 전투 후, 신은 말했다. 매달리듯이, 미아가 된 아이처럼, 그 자신의 연약함과 고통, 그리고 바라지 않을 수 없었던 단 하나의 소망을 알게 된 그 말.

——반드시 돌아가겠습니다. 그러니까…… 두고 가지 말아 주세요.

——나는 당신에게, 바다를 보여주고 싶습니다.

……그건 즉.

그런 뜻으로 생각하면…… 되는 거지요……?

거기까지 생각하니 갑자기 부끄러워져서 두 손으로 뺨을 누른 채, 레나는 침대 위를 데굴데굴 굴렀다.

괜히 의식하는 걸까…….

하지만 그런 의미로밖에 생각할 수 없다.

반드시 돌아오겠다니. 두고 가지 말아달라니…… 바다를 보여주고 싶다니. 그런 의미가 아니라면 도대체 뭘까.

하지만 역시 지나치게 의식한 걸까.

최근 한 달 동안 신은 휴가로 기지 근처 도시에 있는 학교에 다녔고, 고등교육을 수료한 레나도 어째서인지 학생 취급을 받아서 그 학교에 함께 다녔다. 그동안 신은 마음을 추슬렀는지, 웃기도 하고 농담도 하면서 조금 여유를 보이게 되었다.

레나에게도 정말로 즐겁고 눈부셔서 잊기 어려운 학교생활이었지만…… 그동안 신은 그때 맡긴 소망에 관해서는 일절 언급이 없었다. 그렇게 특별한 감정을 조금이라도 내비친 적도 없었다.

그러니까 역시 괜히 의식한 걸지도 몰라서, 하지만 역시 그런 의미로 생각되어서.

이 문제를 생각하다 보면 반드시 마지막에 이르는 갈등이다. 점점 빨개지는 얼굴을 붙잡으면서, 레나는 계속 데굴데굴 굴러다녔다.

그때는 작전 중이니까 신과 레나 자신도 전투로 바빠서 도저히 확인할 수 있는 상황이 아니었지만. 하지만 이런 기분이 될 거면 작전이 끝나고 조금 차분해진 뒤에 똑바로 확인하면 좋았을 것을…… 아니지, 작전 후에? 차분해진 뒤에, 냉정해진 뒤에?! 그런 건 불가능하다. 절대로 무리. 무리무리무리, 창피해. 어떻게 물으라고.

그보다.

혹시.

확인해서.

아니라면 어떻게 되지……?!

새빨개진 얼굴을 누르면서 레나는 침대 위를 이리저리 데굴데굴, 데굴데굴 굴러다녔다. 부끄러움과 두려움에 도저히 가만히 있을 수 없었다.

혼자 쓰기 충분한 세미더블 침대 전체를 좁다는 듯이 굴러다니는 주인님 때문에 티피가 귀찮다는 얼굴을 하며 아네트의 침대로 넘어갔다.

애초에 이렇게 신의 마음이 궁금해졌는데. 괜히 혼자 의식한 것이라면, 착각이라면 어쩌나 싶어서.

그렇다면 나는, 나야말로, 신을 어떻게…….

철컥 소리를 내며 문이 열렸다.

"나 왔어. 레나, 레몬수 받아왔는데 필요해? 레몬 향료는 합성이지만, 민트는 진짜래. 어어……."

아네트는 내려다보며 의아한 표정을 지었다.

"넌 뭐 하는 거니?"

"아네트……."

그 말에 레나는 매달리듯이 친구를 올려다보았다. 침대는 완전히 흐트러졌고, 조금 전에 잘 손질했을 터인 은발도 여기저기 헝클어져서 난리도 아니다.

"아네트, 있잖아. 신은 나를 어떻게 생각하는 것 같아……?"

아네트는 침묵했다.

정말이지 오랜 시간 동안 침묵했다.

그리고 천천히, 속에서 압력을 낮추듯이 한숨을 내뱉었다.

"레나……."

"우우."

"네가 그런 성격인 건 잘 알지만, 아무리 그래도 한 대 때려주고 싶은데 괜찮을까?"

"………………………………죄송합니다."

야옹. 티피가 동의인지 무관심인지 모를 소리로 울었다.

목욕을 너무 오래 한 탓도 있지만 그보다도 마음이 과하게 풀어졌던 모양인지, 객실에 돌아와서 좀 쉬고 났더니 갑자기 산만하고 정리되지 않는 추상이 머릿속을 채웠다.

목재를 복잡하게 맞춰서 세공한 천장을 올려다보며, 신은 재생되는 기억을 멍하니 쫓아갔다.

그것은 며칠 전까지 겪은 한 달 동안의 학교생활이나 그때 동료들과의 대화. 아무래도 좋은, 대수롭지 않은, 이렇게 돌이키지 않으면 기억하는지도 인식할 수 없는, 말하자면 흔해 빠진 것들.

그런 것 중에서 최종적으로 뇌리를 채우는 것은 레나였다.

한 달 전, 연합왕국의 설산에서 했던 대화.

했던 말.

──두고 가지 말아 주세요.

아무리 그래도 이래선.

자각해야 한다고── 외면하지 말아야 한다고 생각했다.

자신이 뭘 바라는지를…… 무엇이 있으면, 자신이 살아있다고 거짓으로라도 말할 수 있을까를.

자신이 레나를 어떻게 생각하는가를.

그 감정을 의식하자, 아무리 신이라도 창피해져서 눈을 질끈 감고 거칠게 베개에 머리를 묻었다.

익숙하지 않은 감정 탓인지, 주체할 수 없는 듯하면서 한심한 듯한, 뭔가 진정되지 않는 기분이었다. 어째야 좋을지 알 수 없었다. 실수하는 게 무서워서 좀처럼 한 걸음을 내디딜 수 없었다. 겁쟁이 소리를 들어도 할 말이 없다. 요 한 달 동안의 학교생활 동안, 몇 번이나 말하려고 했으면서도 결국 레나에게는 아무 말도 할 수 없었던 자신의 작태를 돌이켜보니 조금 기가 죽었다.

그게 언제부터였는지, 신 자신도 잘 모른다.

어느새 마음 한쪽에 그녀가 있었다. 재회하고 같은 전장에서 함께 싸우게 되면서, 그 비율은 차츰 커졌다. 결국에는 자기 자신을 속일 수 없어질 정도로.

그리고 자각한 이상 더는 숨길 수도 없다.

생각해 보면 얼마 전에는 멋대로 자신의 소원을 떠밀었다. 기억해 달라고. 살아남아 달라고. —— 다른 사람들처럼 두고 가지 말아 달라고.

그 모든 것에 응해 준 그녀에게, 그 호의에, 더 기대어서는 안 되니까.

바다를 보여주고 싶다고—— 그녀와 함께 바다를 보고 싶다고.

그 소망을 통해 정말로 원하는 것을—— 깨달아버린 지금은.

그렇긴 해도.

"야……."

그 소망은 역시나 신 혼자 멋대로 바란 것이며, 여태까지 응해주었다고 해도 앞으로도 레나가 응해 주어야만 할 이유는 없다.

"신……."

당연히 거절당할 수도 있다.

"신, 야."

애초에 여태까지 자신만 도움을 받았지, 신 자신이 도와준 적은 없으니까.

레나에게 그럴 마음이 전혀 없었다면 어떻게 한다…….

"야, 부르잖아, 이 바보야."

퍼뜩 정신을 차르고 바라보자, 어느 틈에 돌아온 라이덴이……뭐라고 할까, 여태까지 본 적 없는 얼굴로 문 앞에 서 있었다.

기막힌 기색, 진절머리 내는 기색, 먹기 싫은 설탕과자를 억지로 먹기라도 한 얼굴.

"왜 그러지······?"

"그게 네가 할 말이냐?"

절절한 기색으로, 묵직한 한숨을 내뱉고 라이덴은 말했다.

"너 진짜 변했구나."

†

합성대용품이나 성장촉진제를 쓴 청과물이 많다고는 하지만, 전쟁 전부터 수입으로 부족한 식량을 생산공장에서 만든 것으로 보충한 맹약동맹은 비교적 품질이 좋았다.

오래전부터 무역으로 번영한 나라인 점도 있어서 대륙 중북부와 남부의 맛이 뒤섞인 독특한 요리—— 에이티식스나 레나에게는 신기한 전통요리가 많았던 까닭도 있어서, 테이블 옆의 급사들 모두가 흐뭇하다는 얼굴을 할 정도로 저녁 식사 분위기는 참으로 떠들썩했다.

맹약동맹은 연방과 마찬가지로, 그리고 공화국이나 연합왕국과 달리 커피가 다수파다. 연방의 커피와는 향이 다른 대용 커피와 디저트까지 즐긴 뒤 각자가 만족스럽게 한숨을 내쉬었다.

그때 저녁 식사를 한 커다란 홀 입구에 쇳빛 그림자가 나타났다.

"다들, 시간 됐어."

아주 짧은 금발에 선명한 붉은색으로 칠한 입술. 사복 차림의 소년 소녀밖에 없는 이 자리에는 어딘가 불길한 쇳빛 군복.

그레테.

분위기가 긴장감을 띠었다. 그 등장에 반응하여 몇 명이 일어섰다.

레나도 그중 한 명이었다. 테이블에 있는 동료들에게 인사를 남기고 자리를 떴다. "수고해." "힘내." "고생이 많구나."라고 앙쥬와 크레나와 프레데리카가 답해 주었다.

레나는 방으로 돌아가 옷장을 열고.

트렁크에서 꺼내 걸어두었던 군청색 군복을 입었다.

군청색 가장자리에 금테두리를 두른, 공화국의 군복. 휴가 동안에는 착용할 일이 없었으니까 한 달 만에 입는 군인의 의상.

한 달 만에 군복을 입으니 자연스럽게 의식이 바뀌었다. 마지막에 은색 장발을 걷어서 등 뒤로 넘기고, 마찬가지로 군복으로 갈아입은 아네트와 함께 방을 나섰다.

호텔 로비로 가 보니 그레테와 신, 비카, 레르케가 기다리고 있었다.

쇳빛과 자흑색과 진홍색. 각각의 군복을 입고서.

"죄송합니다, 기다리게 했군요."

"아니…… 이제 출발하자."

평소처럼 선명한 붉은색으로 칠한 입술로 미소 지으며 그레테가 몸을 돌리고, 레나와 아네트가 뒤따르고, 그 뒤를 신과 비카, 레르케가 따라갔다. 쌍여닫이문을 열어주는 도어맨과 그 자리에 있던 포터가 고풍스럽고 우아한 제복에는 다소 어울리지 않게 눈이 번쩍 뜨일 만한 거수경례를 했다. ——맹약동맹은 남녀를 불문하고 시민들에게 징병제를 실시하는 국민개병 강국이다.

건물 입구에는 이미 황갈색과 진한 갈색의 삼림위장도색을 실시한 대형 차량이 대기하고 있었다.

앞뒷문에는 둥글게 말린 뿔을 자랑스럽게 하늘을 향해 꼿꼿이 쳐든 염소의 문장.

밖에 나와 기다리던 조종사와 부조종사가 문을 열어 주어서, 일행은 뒷좌석에 탔다. 포화가 미치지 않는 후방지역까지 화물이나 인원을 수송하기 위한 차량이다. 열 명 가까운 인원이 타도 여유가 있었다.

문이 닫히고, 잠시 뒤 시동을 거는 진동과 함께 차는 부드럽게 발진했다.

전송하려는 걸까. 방에서 커튼을 걷고 내려다보던 세오가 가볍게 손을 흔드는 것이 흐릿한 유리 너머로 보였다.

"미안해. 이디나로크 중령. 노우젠 대위. 본래 전투요원인 당신들까지 거들게 해서."

"아닙니다."

산이 많은 국토의 얼마 안 되는 평지에 도시가 점점이 있는 맹약동맹은 조금만 차를 몰면 금방 숲들이 시야를 가린다. 달빛 말고는 광원이 없는 지금은 시커먼 창들이 늘어선 것으로도 보이는, 밤하늘을 잘라내는 그 실루엣.

차창이 그 실루엣에 가려졌을 때 그레테가 입을 열었고, 그 맞은편 옆자리에서 신이 살짝 고개를 내저었다.

레나와 아네트는 이번에 어디까지나 입회자 역할이다. 이 자리에 이유가 있어서 호출된 것은 신과 비카뿐이다.

"제1기갑 그룹은 사실 지금쯤 휴가를 마치고 훈련에 들어가야 했지만. 테스트 장비가 아직 배치되지 않았으니까 이번 일만 아니었으면 대기 상태로 시간만 죽였겠죠. 마침 잘된 일입니다."

기동타격군의 프로세서는 대략 2천 명씩 4개 기갑 그룹으로 나뉜다. 그리고 2개 그룹이 작전을 담당하고, 1개가 훈련을 받고, 1개가 휴가를 겸하여 병설된 학교에 다닌다.

연합왕국 파견을 다녀온 뒤 한 달 동안의 휴가에 들어간 제1기갑 그룹은 그 한 달이 슬슬 끝나서 다음으로 훈련기간에 들어갈 타이밍이다.

그런 시기에 바로 그 훈련 일정에 추가되었던 신장비가, 아무래도 급하게 추진된 탓도 있어서 사실은 아직 최종 테스트 중이다.

완전한 신규 개발이 아니라 원래 맹약동맹이 자국의 펠드레스용으로 가지고 있던 무장을 연방과 연합왕국이 제공해 준 기술을 이용하여 〈레긴레이브〉용으로 개수한 장비인데, 그래도 고작 한 달 만에 그 정도까지 진전시켰다. 역시나 기술대국 맹약동맹이라고 해야 할까.

당연히 그 신장비를 이용한 훈련도 할 수 없으니까, 훈련 개시는 잠시 연기했다.

그리고 한가해진 사이 다른 일로 호출받은 신과 비카를 포함, 대대장급과 그 밑의 전대가 테스트 협력을 겸하여 맹약동맹을 방문한 형태다.

맹약동맹이 호의로 제공해 준, 평소 동맹군의 휴양지로 사용되는 온천 호텔에. 두 사람만이 아니라 전대원 모두가.

조금 전까지 있었던 야단법석을 떠올리며 신은 어깨를 으쓱였다. 그렇다, 이건⋯⋯.

"휴가가 다소 연장된 것으로 생각하고 있습니다. 실제로 저를 포함해서 모두가 즐겁게 지내고 있으니까요."

"그건 다행이네. 제1기갑 그룹, 특히 중핵이 된 당신들 6개 전대는 짧은 기간에 안 좋은 것을 너무 많이 봤으니까. 동요할 일도 많았을 테니 특별히 치료가 필요할 거라고 상층부가 판단해서 맹약동맹에 제안한 거야."

샤리테 시 지하 터미널에 있었던, 부패한 시체들의 산. 레비치요새 기지에서는 〈시린〉과 〈알카노스트〉로 쌓은 공성로. 애초에 유년기부터 받은 박해로 정신이 불균형한 기미가 있는 프로세서들에게 쌓인 부담에 대해 정신위생반이 '그 해소가 필요하다.' 라고 보고했다.

임무로 생긴 스트레스는 본래 휴가 기간에 해소해야 하지만, 에이티식스 경우는 그 휴가 기간을 보낼 장소도 고향이나 가족의 곁이 아니라 기동타격군의 본거지인 뤼스트카머 기지 근처에 신설된 학교. 강 하나를 사이에 둔 이웃 도시에 있고 휴가 중에는 학교 기숙사에서 생활하지만, 멀리서 기지의 모습도 보이고 포 사격 연습 소리도 들린다.

에이티식스가 몇 년 동안 몸을 담가서 평화보다도 더 익숙해진 전투의 분위기를, 휴가 동안에도 완전히 씻어낼 수 없다. 그래서는 부담이 쌓인 정신이 쉴 수도 없을 것이라는 이유.

"너희도 들었을 테지만, 다른 제1기갑 그룹 아이들도 지금은 연방 각지의 관광지로 휴양을 보냈어. 베르노르트 상사 이하의 노르트리히트 전대원은 그럴 거면 고향 가족들과 보내고 싶다면서 거절했지만."

"그런 모양이더군요."

참고로 여기에 없는 프로세서들이 각각 머무르는 관광지는 대부분 그들의 서류상 보호자인 옛 귀족들이 과거에 소유했던 영지에 있는 휴양지다. 아직도 은근히 권력을 가지고 있으므로 이 보호자들은 이 부대들에 대한 특별 대응에 편리하게 사용되고 있다.

"전쟁이 끝나거든. 그때는 부대 모두가 남쪽 바다의 리조트에라도 가고 싶네. 그러지 않으면 불공평하겠고, 진짜로 전쟁이 끝났다는 마음도 들 테니까."

바다.

신의 옆에서 듣고 있던 레나는 그 말에 가슴이 두근거렸다. 그레테가 알고서 그런 말을 한 건 아니겠지만.

──당신에게, 바다를.

레나는 본 적 없는, 시야 가득한 파란색.

언젠가 전쟁이 끝나거든, 그때.

함께. 둘이서.

단둘이서……?

문득 그런 생각을 했다가, 황급히 떨쳐냈다. 지금은 일할 시간이다. 그걸 생각해도 될 때가 아니다.

그런데 사실 〈레긴레이브〉의 미션 레코더에는 프로세서의 발언이 기록되며, 여단장인 그레테는 문제의 대화 중 신이 한 발언에 대해 파악하고 있지만, 그 사실을 레나는 깨닫지 못했다.

그레테가 제대로 놀릴 생각으로 발언하고 의미심장하게 신을 바라보는 것도, 신이 노골적으로 눈을 돌리고 무시하는 것도.

여태까지 밤길 운전에 주의를 기울이며 침묵을 지키던 운전수 하사가 뒤돌아보지 않고 말했다.

"전쟁이 끝나거든 꼭 다시금 우리 맹약동맹에 찾아와 주십시오. 다음에는 순수하게 관광으로—— 저 진절머리 나는 고철들에게 빼앗긴 장소 중에도 볼만한 곳이나 명소가 많이 있습니다. 우리는 꼭 그걸 보여주고 싶습니다."

그레테가 미소를 지었다.

"고마워, 하사."

차가 멈췄다.

춥긴 하지만 일조량은 연방, 연합왕국보다 많은 맹약동맹의 녹음 짙은 삼림. 천연의 엄폐물이 되는 그것을 일부러 베어내지 않아서 나뭇가지와 이파리들로 만들어진 두꺼운 천장, 그 밑에 파묻히듯이 그 시설이 있었다.

아마도 원래는 지형의 기복으로 위장된 사령부 기능. 주위에 이중의 철조망과 보초를 세워둔 그 엄중함은 레나도 에이티식스들도 연방에 있는 자신들의 본거지에서 익히 본, 기밀도가 높은 군사시설의 경계 태세였다. 침입은 물론이고 안을 엿보는 것도 제한되는, 호국의 검을 지키기 위한 울타리.

조종사가 ID카드를 제시하자 게이트가 열렸다. 직선이 아니라 몇 번이나 구부러지는 외길을 한동안 달려서 건물 정면으로 이동하고, 거기서 하차한 뒤에는 한 사람씩 ID를 제시하고서야 간신히 금속문이 열리고 안에 들어갈 수 있었다.

문이 완전히 닫힌 뒤에 그레테가 입을 열었다.

"그래서, 상황은 어디까지 들었지?"

이 건물에 운전수 두 사람은 들어갈 수 없다. 안의 정보를 들을 자격도 없다. 그러니까 일행을 태우고 온 차량에서는 확인할 수 없었던 질문이다.

"연방과 연합왕국, 그리고 맹약동맹. 그 세 나라의 정보부가 공동으로 심문에 임하고 있다고 들었습니다. ——맹약동맹은 저번 작전에 관여하지 않았을 텐데요."

"우방인 맹약동맹을 조사에서 배제할 이유는 없어. 대가로 일전의 신장비 개발도 맡아 주는 거고."

과거에 세계에서 최초로 펠드레스를 개발하고, 고저차가 심한 산악지대인 자국 방위에 투입한 발트 맹약동맹.

그 일화가 말하듯이 맹약동맹은 기술의 나라다. 산 틈새의 손바닥만 한 경작지와 목초지밖에 없는 맹약동맹은 그 땅에 비해 인구가 많다. 그렇게 남는 일손을 무역과 군대, 그리고 연구와 공업에 투입해서 과거부터 고도의 기술력과 공업력을 보유하고 유지한 나라다.

광대한 영지와 수많은 영민의 수확과 수입을 세금으로 빨아들인 대귀족의 남아도는 재력, 생산에 관여하지 않기에 남아도는 시간을 모두 소비해서 각 가문이 경쟁하듯이 연구가 이루어졌던 옛 기아데 제국의 초월적인 기술력에는 아무래도 따라갈 수 없었지만.

"게다가 맹약동맹의 중립 원칙은 이럴 때 가치가 있으니까. 〈레기온〉을 만든 제국과 같은 국토에 세워진 기아데 연방. 〈마리아나 모델〉을 개발한 연합왕국. 가령 앞으로 각국에 정보를 공개한다고 해도, 두 나라에서만 하는 것보다도 중립국인 맹약동맹이 참여하는 편이 신뢰성이 다소 늘어나."

주요시설이 지하에 있는 것은 연합왕국의 레비치 요새기지나 예비진지대와 마찬가지다. 몇 층을 내려가서 딱딱한 느낌이 나는 복도로 이동한다.

묵묵히 듣고 있던 비카가 말했다.

"그 세 나라의 정보부가 공동으로…… 한 달 동안 아무런 성과도 얻지 못했나."

"예?"

레나가 눈을 치떴다. 시선만 이쪽으로 돌린 그레테가 눈을 가느다랗게 떴다.

암기한 책의 내용을 읊듯이 가벼운 기색으로 비카는 말을 이었다. 이 정도는 그에게 추리도 아니다.

"그게 아니라면 전투요원인 나나 노우젠에게 정보부란 놈들이 도움을 청할 리가 없지. 야만스러운 폭력 대신 지혜와 말을 휘두르는 것이 정보를 전장으로 삼는 자의 긍지. 전투요원을 그 전장에 불러들이는 건──본래 그들의 체면을 망치는 짓이지."

그레테는 살짝 탄식했다.

"그래, 맞아. 아무 말도 들을 수 없었어. 생전의 이름조차도."

이름과 계급, 생년월일과 인식번호.

전시조약에 따라 포로가 대답해야만 한다고 정해진 정보다.

물론 어디까지나 전시조약에 따른 이야기로, 포로도 잡지 않고 군인과 민간인을 무차별 살상하는 〈레기온〉의 프로그램에 그것들을 모두 금하는 전시조약이 있을 리가 없다. 그렇더라도 그렇게 기본적인 정보조차 들을 수 없었다면, 정보부원의 체면 문제겠지.

그리고 기계인 〈레기온〉에는 약물이 통하지 않는다.

〈레기온〉에는 통각도 없으니까 고문해도 의미가 없다.

하지만 약물도 고문도 쓰지 않고 상대에게서 정보를 끌어내는 것이 심문관이다. 더 실력 있는 자는 상대에게 상처를 내기는커녕 손가락 하나 대지 않고, 상대가 알아차리지도 못하는 사이에 정보를 빼낸다고 한다.

"커뮤니케이션에 일절 응하지 않는다나 봐. 음성, 문자, 모두 무반응."

"흐음, 그것참."

그래서는 역전의 심문관이라도 힘들다.

"정말 대화가 가능할까? 정말로 그녀일까? 인간으로 치면 기억이나 인격 같은 것이 있는지조차 의심스러워."

"그래서 우리를 부른 겁니까……."

지상과 마찬가지로 적에게 돌입을 허용했을 경우 침공 속도를 늦추기 위해 몇 겹으로 구부러지는 긴 복도. 그 종착점. 거기에 자리를 잡은 엄중한 삼중 잠금장치의 금속문이 열렸다.

스피커 너머로 안에서 들려오는 지시 명령은 지금으로선 익숙한 연방 억양. 일행은 그 말에 따라 실내로 들어갔다.

연방의 쇳빛과 연합왕국의 자흑색, 맹약동맹의 적황색 군복의 군인들이 돌아보았다.

그들 사이에 선 연방의 쇳빛 군복 차림에 붉은 머리, 붉은 눈의 젊은 여성 사관이 신을 힐끗 보고 그만이 알 수 있을 정도로 살짝 웃었다.

그 이능력을 살려서 연방군에 있는 특기병 중 하나라고 신은 깨달았다. 아마도 마이카의 혈통─── 신의 외가 쪽 일족 사람이다. 정신감응 관련 이능력을 갖는 혈통의 사람.

겔다 마이카 여후작에게 들은 이야기로는 마이카의 분가 쪽에는 친족 이외의 사람과 정신감응이 가능한 일족이 있다고 했다. 그 일족의 사람일까.

그런 그녀가 생각을 읽을 수 없다면…… 대상의 인격이 정말로 존재하는지 의심하는 것도 당연할까.

이곳은 원래 개발 중인 병기를 실험하는 지하 시설이었다고 한다. 전자적 방해 용도인지 벽은 온통 금속판으로 덮였다. 그리고 광대한 안쪽 감금실과 그 앞에 있는 좁은 관찰실 사이를 엄중하게 나누는 장갑판. 그곳에 달린 특수 강화 아크릴 창문.

　아마도 방탄, 내폭 사양일 창문. 그 특수소재의 편광을 조작하여 안쪽 감금실에서는 관찰실 쪽을 볼 수 없게 하는 그 두꺼운 창문 너머에.

　다리가 분리되고, 다수의 볼트로 바닥에 고정된 모습으로. 척후형 한 대가 구속되어 있었다.

　달빛과도 같은 새하얀 장갑에, 이 기체에만 있는 보름달 같은 금색 광학 센서. 노획 이전에 이미 사라져서 존재하지 않는 무장, 초승달에 기댄 여신의 퍼스널 마크.

　〈무자비한 여왕〉.

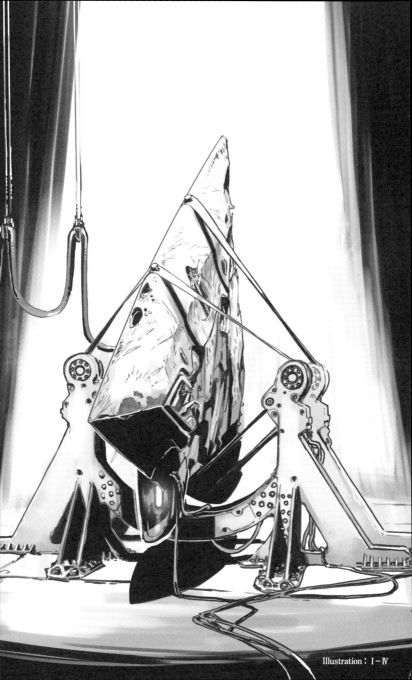

Illustration：I−IV

제2장 Mist blue

"결국 어제는 아무런 응답도 얻어낼 수 없었네요."

아침 식사는 맹약동맹의 대다수 호텔에서 그렇듯 뷔페 형식이었다.

담당 요리사가 틀림없이 맛있을 것이라고 호언장담하며 권한, 눈앞에서 가열해 녹인 치즈를 잔뜩 끼얹은 감자 요리. 레나는 정말로 맛있는 그 마지막 한 조각을 입에 넣고 삼킨 뒤에 말했다.

가늘게 썬 감자는 합성 전분으로 만든 대용품이지만, 치즈는 진짜였고 아주 맛있었다. 같은 음식이 눈앞에 있는 사람의 접시에도 있는 것을 확인하고 내심 고개를 끄덕였다.

"당신이나 비카, 연방이나 연합왕국의 정예부대를 유인하는 미끼일 가능성은 처음부터 지적된 바지만, 혹시나 그렇다면 지난번 연합왕국에서 치른 작전의 희생자에게는……."

"적어도 기록에 남은 생전의 목소리와 내가 들었던 여자 목소리는 같다고 생각합니다. 그런 결론은 아직 이르겠지요."

맞은편 자리에서 대답하는 신의 앞에서는 치즈 오믈렛과 버터를 잔뜩 끼얹은 스크램블드 에그가 하얀 접시 위에 금색 산을 이루고 있었다. '둘 다 맛있는데 뭘 먹을 거지? 아니, 성장기니까 다

먹어!' 라면서 달걀 요리 담당 요리사가 권한 결과다.

맹약동맹군의 휴양소로도 이용되기에 대식가인 군인에게 익숙한 호텔 요리사들도 소년병밖에 없는── 한창 잘 먹을 시기의 소년 소녀로만 이루어진 부대는 신선했던 모양이다. 전원이 왕성한 식욕을 발휘한 어제 식사부터 요리사들은 다들 엄청나게 신이 난 눈치로, 빵은 이게 좋다는 둥, 수프를 새로 추가했다는 둥 하면서 일행의 먹을 것을 챙겨 주었다.

"게다가 어제 경우는 반응이 없는 게 당연하다고 생각합니다. 어제 나는 마이크를 끄고 불렀으니까요."

†

먼저 한 가지 실험해 보고 싶다.

"편광 설정은 이대로. 노우젠, 마이크를 끈 채로 말을 걸어 봐."

의도를 알 수 없는 지시에 신은 비카에게 눈살을 찌푸렸다. 심문실의 은색 어둠 속에서.

감금실 안에서 심문자의 모습이 보이지 않는 것처럼, 관찰실의 음성도 감금실에 닿지 않는다. 말을 걸려면 전용 마이크가 필요하다.

"무슨…….."

"용아대산 공략작전. 〈무자비한 여왕〉은 마지막에 경 앞에 스스로 모습을 드러내었지. 함락 직전인 거점의 지휘관이 취하기에는 무의미하고, 유해하기만 한 행동인데도."

신이 갇혔던 용암호는 용아대산 거점의 제일 밑바닥, 그 이상 진행할 수 없는 막다른 곳이었다. 통신조차도 두꺼운 암반에 가로막혀서 고립되는 감옥이다.

기동타격군의 침공으로 거점이 함락되는 상황에서 〈레기온〉 지휘관기인 〈무자비한 여왕〉이 가야 할 곳이 아니다. 길은 더 없고, 지휘를 위한 통신조차도 닿지 않는 곳이니까.

"우연일지도 모르지. 인간인 우리가 헤아릴 수 없을 뿐이고 〈레기온〉으로선 합리적인 목적이 있었을지도 몰라. 하지만—— 경 앞에 일부러 모습을 드러낸 것이 아니라고 단언할 수도 없지. 일단은 그걸 확인해 보고 싶군. 그리고 경이 목적이라면, 경의 무엇이 목적인지를."

〈무자비한 여왕〉은 그저 실수로 기동타격군에 포착되어 노획된 것일까. 아니면 일부러 모습을 드러낸 것일까.

모습을 드러냈다면, 누구를 대상으로 드러낸 것일까. 근처에 있는 인간이라면 누구든 무관했을까, 아니면 그 자리에 있었던 것이 신이었기에 나타난 것일까. 신이 목적이라면 노획 대상으로 본 것일까, 아니면 고기동형에 담긴 메시지를 본 자이기 때문일까. 신이 지닌, 옛 제국의 황족과 같은 색채 때문일까. 최종적으로 고기동형을 파괴한 것이 신이기 때문일까. 〈레기온〉의 한탄을 듣는 자의 목소리가 여왕에게 닿았기 때문일까.

무엇이 〈무자비한 여왕〉이 행동하게 만든 방아쇠이며, 그것으로 유추할 수 있는 그녀의 목적은 무엇인가.

"〈레기온〉의 목소리는 들려도 대화는 할 수 없다. 그 이야기는

했을 텐데."

"들었지. 하지만 경이 망령들의 한탄을 듣는 이상, 망령들에게도 저승사자의 목소리가 닿을지도 모른다고── 그렇게 생각하는 건 당연하다고 보는데."

†

그 결과, ……〈무자비한 여왕〉은 역시 부름에 응하지 않았다.

"내 목소리가 〈레기온〉에게 들린다고 여겨지는 것은…… 극히 드문 경우지만, 상대가 내 위치를 특정하는 일이 있는 것은 맞습니다. 하지만 의사소통은 여태까지 성공한 적이."

"그랬죠. 만약에 의사소통이, 대화가 가능하다면…… 저기. 형과 싸우지 않아도 되었을 테니까요. 다만……."

소리를 내지 않고 나이프를 내려놓고 입술에 손가락을 댄 모습으로 기억을 더듬으면서, 레나는 끄덕였다.

어제 보았던 새하얀 척후형.

그 달빛의 광학 센서가 순간. 아주 순간적이지만.

"그 사람── 보이지 않을 터인 당신을 본 것 같았습니다."

핏빛 눈동자가 이쪽을 바라보았기에 레나는 살짝 고개를 갸웃거렸다.

"왜 그러나요?"

"레나는 〈레기온〉을 사람으로 칭한다고── 고철이라고 말하지 않는구나, 싶어서."

그 말에 레나는 눈을 껌뻑였다. 그러고 보면.

그리고—— 듣고 보니 신도.

"싫었나요……?"

고철이라고—— 괴물이라고. 기계 망령들을 그렇게 부르는 것은.

〈레기온〉에 흡수된 형의 망령도 그냥 괴물처럼 다루는 것은.

"싫다고 할 정도는 아닙니다만……."

그렇게 말을 꺼낸 신은 잠시 생각할 시간을 가졌다. 자신의 생각을, 감정을, 조심스럽게 더듬어가는 듯한 시간.

손대지 않은 채로 어중간하게 방치했던 자기 마음을.

잘 모르겠다고 말하고 그냥 놔두는 행동을, 신은 아무래도 그만둔 모양이다.

손대지 않고 방치했던 것은, 86구의 전장에서는 그럴 여유가 없었던 탓도 있고, 그리고 어느 정도는 현실 도피이기도 했겠지. 생각하기 싫은 것을, 직시하기 싫은 것을 그대로 못 본 척해도 되었다. 생각하고 이해해도 어쩔 수 없는 일이었으니까.

언젠가—— 반드시. 에이티식스의 운명에 따라 전장에서 스러질 터였으니까.

그랬을 텐데도 계속 살아남고. 죽음의 운명에서 해방된 뒤에도, 언젠가 죽는다는 의식으로 있으면서—— 사실은 직시할 필요가 있었는데도 계속 거부하고.

그 결과가 저번 연합왕국에서 있었던, 차마 눈 뜨고 볼 수 없는 혼란이었다.

똑같은 짓을 반복하지 않겠다. 그렇게 생각하고 말했다.

"그렇군요. 나는 그렇게 부르고 싶지 않았습니다. 〈레기온〉이 된 뒤에도 형은 형으로 생각할 수밖에 없었고, 카이에나 끌려간 다른 사람들도 그렇습니다. 그들과 같은 〈레기온〉을—— 나는 고철이라고 부르고 싶지 않습니다."

전사자의 망령을 흡수한 것도, 지금은 얼마 남지 않은 순수한 기계 망령도, 그들은 모두 다름없이 돌아가고 싶다고 한탄하며 방황하는 망령이니까.

그 한탄이 들리니까.

레나는 희미하게 웃음을 띠었다.

"신은 착하니까요."

"요즘 들어서 그 말을 자주 하는데, 나한테는 그렇게 말하기만 하면 된다고 생각하는 것 아닙니까, 레나?"

신은 놀리는 투로 말하고, 레나는 못마땅한 표정으로 볼을 부풀렸다.

"정말로 그렇게 생각해서 말했는데…… 본인은 여전히 잘 모르니까요."

"실제로 그렇게 생각할 수 없으니까 말이죠."

"정말이지……."

그렇게 말하면서 때로는 무의식중에, 당연한 일처럼 태연하게 자기 자신을 희생하니까, 가까이서 보고 있는 사람으로서는 걱정이 된다.

"아, 그리고 확인할 예정이던 그 장비 말인데요. 〈무자비한 여왕) 조사는 아무래도 시간이 더 걸릴 것 같으니까 신은 조사에 주력하고, 테스트 협력은 라이덴 쪽에 맡겨도……."

한순간 신이 조용해져서, 레나는 슬그머니 웃었다.

"신, 지금 장난감을 빼앗기려는 아이 같은 모습이에요."

이렇게…… 아침부터 둘만의 세계에 들어간 작전지휘관님과 전대총대장님을 조금 떨어진 테이블에서 신물 나듯 바라보며, 라이덴은 이야기를 정리했다.

"그런고로, 신 녀석은 아무래도 각오를 굳힌 모양이야."

동료들에게 말하던 것은 어제 객실에서 뭔가 생각하던 신의 모습이었다. 대체 뭘 생각했는지는 옆에서 보면 뻔하지만.

"그렇게 뻔히 보이는데, 본인이 각오는 물론이고 자각도 없었다는 게 오히려 이상해."

"잘 모르는 나라도 알 만큼 알기 쉬웠으니까, 저기 두 사람은."

고기 기름으로 더러워진 포크를 손에 든 채로 턱을 짚고 있던 세오가 답하고, 대용 빵을 찢던 손을 멈추고 더스틴이 말을 이었다.

이제는 카운터 대기 임무를 내팽개치고 갓 구운 소시지(일부 합성육) 그릇을 들고 테이블 사이를 오가던 여자 요리사가 활짝 웃으면서 '더 먹을래?'라고 물어보니까, 모두가 요리로 가득한 접시에 공간을 만들어 그것을 받았다.

갓 구워서 뜨겁고, 뽀득뽀득 좋은 소리를 내는 소시지. 그것을 깨물고 뜨거운 숨을 내뱉은 뒤에 마르셀이 말했다.

"이제 슬슬 익숙해졌지만…… 특별사관학교 때부터 알던 사람으로서는 엄청 의외야."

"걱정하지 말라고. 우리도 그러니까."

"86구 때부터 알던 사람이라도, 저런 대장은 의외 정도가 아니라 상상도 안 되겠지요."

감자튀김을 열심히 먹으면서 리토가 말하자, 다 먹은 크림수프 그릇을 옆으로 치우며 유토가 물었다.

"그래서 우리는 이제부터 어쩌는 거지?"

"어쩌긴……."

라이덴이 콧김을 내뿜었다.

"여기서 또 헛걸음이라도 했다간 귀찮잖아."

"그렇지."

"솔직히 나는 이미 귀찮은데……."

전원이 질색하듯 한숨을 쉬었다.

"거들어 줘야지."

그리고 앙쥬와 시덴과 아네트와 미치히와 샤나는 비슷한 이야기를, 레나 쪽에 기운 입장에서 소곤소곤 의논했다. 다른 테이블과 다름없이 요리로 가득한 접시를 사이에 두고.

봐서는 참가할 마음이 없다는 듯이 베리 소스를 듬뿍 뿌린 3단 팬케이크를 묵묵히 자르는 크레나와 속으로는 납득하지 않았다는 얼굴로 벌꿀이 흘러넘치는 프렌치 토스트를 입에 덥석 무는 프레데리카는 불쌍하지만 일단 방치하기로 했다.

"문제는 그거야. 레나가 아직 자각하지 않았다는 점이야."

앙쥬가 저며서 구운 사과를 채워 넣은 토스트의 마지막 한 조각을 삼킨 뒤에 말하고, 아직 기름이 튀는 베이컨을 한꺼번에 포크에 꿰면서 시덴이 대꾸했다.

"그보다 저러고도 아직 자각이 없다니, 오히려 여왕 폐하가 대단한 거 아닌가."

"신도 뭐라고 할까…… 엄청 알기 쉬운데……."

"그래서 어떻게 할 건가요?"

맹약동맹 전통의 말린 과일이 들어간 시리얼을 먹으면서 아네트가 한숨을 쉬고, 그 옆에서 미치히가 고개를 갸웃거렸다. 덥석물었던 딸기가 예상보다 시어서 얼굴을 찌푸렸다가 입가심으로 잼을 바른 바게트를 쪼개면서 샤나가 개탄했다.

"거드는 건 좋지만, 레나가 마음의 준비가 안 된 게 문제야."

"그러네……. 하지만 이제 와서 여기서 도망치기라도 하면 귀찮고."

"솔직히 말해서, 이미 조금 귀찮은 기분이지만요."

크레나와 프레데리카 이외, 그 자리의 전원이 절절한 기색으로 한숨을 내쉬었다.

"레나가 도망치지 못하게 해야지."

"나 원, 사랑이네 연애네, 평민들은 마음이 편해서 부럽군."

그런 신과 레나, 그리고 그걸 지원할 생각으로 보이는 에이티식스들을 무시하고, 비카는 성가시다는 듯이 내뱉었다.

혼잡한 게 싫다면서 아침 식사는 방에서 하고 식후 커피만을 식당에서 우아하게 즐기는 모습이지만, 하는 말이 이래서야 우아하고 자시고 할 것이 없다.

왕위계승권을 박탈당하고, 시체와 죽음을 가지고 노는 냉혈한 살모사로 두려움을 사더라도, 비카는 왕족이다. 더군다나 자영종의 마지막 이능력 혈통인 이디나로크, 그 이능력의 계승자.

다음 대로 피를 남기지 않는 것도, 그 피에 다른 색을 섞는 것도, 비카에게는 허락되지 않는다. 철이 들 때 정도가 아니라 태어나기 전부터 그에게는 정실도, 그게 필요할 경우의 측실 후보도 정해져 있었다. 그만이 아니다. 이디나로크 왕가 사람은 다 그렇다.

연애 감정 같은 개인적인 이유로 혼인 상대를 고를 자유 따위, 일각수의 혈통에는 없다.

애초에 연애란 것은 인류라는 종이 옛날부터 가졌던 습성이 아니라 근현대에 와서 새로 생긴 개념이다. 예로부터 이어지는 전통을 중시하는 연합왕국의 가치관과는 어우러질 수 없다.

그렇기에 눈앞에서 전개되는 달콤새콤하고 풋풋한 청춘 군상극은 비카에게 단순히 답답하고 짜증이 난다……. 조금 부럽다는 생각은 전혀 하지 않는다.

맞은편 자리, 마시지는 않아도 구색만 갖추어놓은 커피컵을 두 손으로 감싼 레르케가 천천히 입을 열었다.

"전하. 저기, 약혼자인 야로슬라바 영애와 슬슬 정식으로 혼례의 의식을……."

"닥쳐, 일곱 살 꼬맹이."

레르케는 커피컵을 든 채로 상반신을 쭉 내밀었다.

"하오나 아가씨께서는 전하께서 아직껏 의식을 보류하신 것에 고민한 끝에, 마지막에는 일개 기계인형에 불과한 소생에게 의논하러 오셨을 정도입니다. 도움이 되지 못하는 거냐고, 자신에게 아직 부족한 점이 있는 게 아니냐고, 갓 피어난 장미가 아침이슬을 흘리듯이 뚝뚝 눈물을 흘리시고…… 소생은, 도저히 보고 있을 수 없어서."

"……."

알고 있다.

내키지 않은 간언이 거슬려서, 그리고 약간의 켕기는 마음에 비카는 침묵했다.

연합왕국의 권문세가, 일각수의 혈통에 속하는 가문, 그 혈통만이 높게 평가되는 소녀.

지아비가 될 왕자의 심기를 해치지 않도록 순종적이게, 정무에 간섭하는 일 없이 다소곳하게, 출산을 견딜 수 있을 만큼 튼튼하게── 그저 이디나로크의 다음 대를 낳을 모체로만 키워진 소녀.

결코 못된 여성은 아니다.

오히려 그에게 불만 한마디 하지 않고, 처지를 보면 아랫사람 정도가 아니라 이미 인간도 아닌 레르케에게도 불평이나 원망을 하지 않을 만큼, 어리석을 만큼 마음씨 착한 소녀.

그래도.

"입 다물어라……."

자신 이외의 사람을 택하라는 말을, 하필이면 그녀에게.

레르케리트와 같은 모습을 한 자에게만큼은—— 아직 듣고 싶지 않았다.

소년 소녀들의 즐겁고 평화로운 아침 식사 자리를 둘러보고.

기동타격군 제27정비중대—— 〈레긴레이브〉 정비를 담당하는 중대에 속한 에이티식스 정비원, 그렌 아키노 중사는 탄식했다.

원래부터 일 때문에 온 자신들 정비반은 몰라도, 이 아이들은 즐거운 휴가 여행일 텐데.

"정말이지 말을 꺼내기 힘들단 말이지…… 갑작스럽지만 너희가 나갈 때라는 말은."

†

《상황 개시.》

《시스템 스타트. WHM XM2 〈레긴레이브〉.》

《Mk1 〈아르메 퓨리우즈〉── 기동. 시스템 체크.》

《다리 고정 장치── 접속 확인. 완료.》

《〈프리그의 날개옷〉── 정상 기동. 링크 스타트.》

《주회로 확인── 정상.》

《예비회로 확인── 정상.》

　추가 무장의 정상 기동을 프로세서에게 전하며 서브윈도우가 닫히고, 신은 한 차례 짧고 세게 숨을 내쉬었다. 광원이 광학 스크린밖에 없어서 어둡고 좁은 콕핏 안.

　출격 명령이 내려온다.

　추가 무장 관제용 홀로윈도우에 그 글자가 떠올랐다.

《진로 양호.》

《〈프리그의 날개옷〉── 전개.》

†

"발키리가 움직였나."

　〈프리그의 날개옷〉이라는 이름이 붙은 새로운 무장── 그 능력으로 나아가는 기영을 보고, 그 조종사는 희미하게 웃었다.

　잘 닦은 뼈 같은 색깔을 한, 아름다우면서도 사나운 기아데 연방의 저 펠드레스는 죽음을 알리는 처녀라는 이름을 받기에 어울리는 성능이다.

　하지만── 그래도 바위와 산의 전장을 영역으로 하는 그리폰들에게 저지대의 기체가 이길 리가 없다.

"자."

엷은 입술로 띤 미소에 담긴 유열.

"갈까, 제군. 우리의 요새를 달려 내려가서, 염소처럼 민첩하게, 매처럼 흉악하게."

†

《상황 제1단계 종료.》

《제2단계 개시. 〈프리그의 날개옷〉 해제.》

전개했던 서브윈도우가 그 메시지를 마지막으로 사라진다. 폭발 볼트가 작동하고, 콕핏 내부에서는 보이지 않는 그 무장이 날아갔다. 그 직후에 찾아오는 것은.

충격.

"큭……!"

예상했던 것보다, 딱 한 번 경험했을 때보다 거센 충격이 〈언더테이커〉를 차올렸다. 혀를 깨물 뻔한 진동에 신은 이를 악물고 버텼다. ──그러고 보면 이번에는 완충 패널도 없었던가.

그 뒤에 깨달았다.

──제2단계?

그 순간 전술 상황 화면의 동료 〈저거노트〉를 알리는 광점 중 두 개가 갑자기 사라졌다.

이건.

[샤나?!]

[적――이라고?!]

〈언더테이커〉의 광학 센서를 주위로 죽 돌려보니, 녹음이 짙은 숲의 전장에 적의 모습은 없었다. 하지만 동료기의 레이더에, 혹은 광학 센서에 잡힌 그 그림자가 데이터 링크를 통해 홀로윈도우에 광점으로 표시되었다. ――데이터베이스 미등록. 정체불명기.

――적기…… 아니, 적 부대인가.

이번에는 어디까지나 적 지배 영역에 침공한 시점에서 작전 종료. 적 부대의 전개는 없고, 따라서 교전도 없다고 브리핑에서 들었는데.

잠시 생각하다가 고개를 흔들었다.

상황은 변하는 법이다. 안개가 짙게 깔려서 적의 정세가 보이지 않는 전장에서는 특히나.

시야 한쪽, 녹음 틈새를 그림자가 스쳤다.

그걸 본 순간 신은 〈언더테이커〉를 틀어서 나무들 뒤에 숨은 것에 일단 포격을 날렸다.

1초에 1600미터를 날아가는 초고속을 관통력으로 바꾸는 직경 30mm 텅스텐 창이 엄폐물인 나무를 관통하고 뒤에 숨은 뭔가가 쓰러지는 차가운 굉음―― 나무들을 관통하여 속도가 죽은 포탄으로도 격파했다. 적기의 장갑은 그리 두껍지 않은 모양이다.

〈저거노트〉와―― 그 계보를 이은 이 〈레긴레이브〉와 아마도 비슷한 정도.

한편, 데이터링크에 있는 동료기는 이 시점에서 이미 열 기 넘게 신호가 사라졌다. 〈키클롭스〉의 광점이 사라진 모습에, 설마 시덴까지 당했나 싶어서 눈을 희미하게 떴다. 아무리 기습을 받았다고 해도 적의 전력은 대단하다.

"전대원에 통달."

이 적에게서 한탄은 들리치 않는다. 광학 스크린을 빈틈없이 주목하는 채로 입을 열었다.

"적기의 기동성은 뛰어나지만, 장갑은 얇다. 다소의 엄폐는 신경 쓰지 말고 쏴라. 내 색적은 도움이 되지 않는다. 소대로 연대해서, 탐색을———."

〈언더테이커〉의 발밑에 그림자가 깔렸다.

다리 넷 달린 거미 같은, 기어 다니는 목 없는 백골사체 같은 〈저거노트〉의 그림자가 아니다. 마찬가지로 다리 넷 달린, 하지만 커다란 동물 같은——— 다른 기체.

"윽……!"

〈언더테이커〉가 뒤로 물러난 직후에 격진이 일었다.

조금 전까지 〈언더테이커〉가 있던 장소에 쇠말뚝 같은 금속 창이 꽂히고, 마치 보이지 않는 거인이 걷어찬 것처럼 땅을 후비며 대량의 흙더미를 뿌렸다. 고주파 랜스. 그것도 〈레긴레이브〉의 파일드라이버와 마찬가지로 작약으로 발사되어 근처의 적을 공격하기 위한 발사 시스템을 갖추었다.

[———오호!]

콕핏에 들려온 목소리에 신은 눈을 가늘게 떴다. 적기 안에 있는 적의 목소리. 외부 스피커를 켠 채로, 적기의 조종사는 이쪽에게 들려주기 위해 말하고 있다.

현악기의 음색처럼 화사한 울림의 매력적인 저음.

늑대 같은 갈색 기체가 착지했다. 데이터베이스가 정체불명이라고 말했듯이 처음 보는, 어딘가 그리폰 같은 외관. 오른쪽 어깻죽지에 짐승의 이빨처럼 고주파 랜스를 빛내고, 사출용 레일이 되감긴 랜스가 무거운 금속음을 내며 격발 위치로 재장전되었다.

나무들 너머, 높게 솟은 절벽 위에서 뛰어내린 거겠지. 고기동성을 중시하면서도 기본적으로는 평지인 시가지나 삼림을 주전장으로 설계된 〈레긴레이브〉로서는 흉내를 낼 수 없는 기동이다. 수평 방향이 아니라 수직 방향의 기동성을 중시한 기종.

짐승 같은 한 쌍의, 짐승 같은 금색의 광학 센서가 비웃듯이 번쩍였다.

[오호라, 이런 타이밍에서 습격하는 것도 피하나! 정보로는 〈레기온〉들의 목소리만 듣는다고 했는데!]

신이 눈을 날카롭게 떴다.

상대의 정보를 제대로 얻지 못한 것과 달리, 적 부대는 이쪽의 정보를 어느 정도 파악하고 있는 모양이다.

하지만 그게 어쨌다는 거냐.

"들리지 않는다고 해서 예측하지 못하라는 법은 없겠지."

신 자신은 브리핑대로 무전을 봉쇄하고, 지각동조^{파라레이드}만으로 동료 프로세서들과 연결되어 있으니까 그 말은 적기에 닿지 않는다.

그러니까 대답한 것이 아니라 그냥 혼잣말이다.

　얕보지 마라.

　에이티식스들은 멍하니 그 전투를 바라보았다.
　광학 스크린에 비치는 짙은 녹색 숲의 전장에서, 두 기갑병기는 거의 호각으로 전투를 벌였다.
　그렇다. 호각으로.
　그 모습에 에이티식스들은 멍해졌다.
　네임드인 그들 중에서도 탁월한, 지금은 중전차형조차도 혼자 압도하는 그들의 저승사자, 그것과 근접전으로 어깨를 나란히 하는 자는—— 여태까지 없었으니까.

　마찬가지로 적기에 탄 자들도 경악하고 있었다.
　그들이 자랑하는 안나마리아를, 그 창의 춤을 설마 쫓아오는 자가 있다니.

　적은 〈레긴레이브〉처럼 기동전 특화의 설계 사상으로 만들어진 기체다.
　어지간한 탑승자라면 몸이 상하는, 인체가 견딜 수 있는 한계에 아슬아슬하게 걸치는 운동성능을 자랑하는 〈레긴레이브〉와 속도가 거의 호각인 것이다.

그래도 고기동형이 더 빨랐다.

전투에 몰입하여 차가워진 의식으로 신은 생각했다.

지금은 〈레긴레이브〉를 받았지만, 7년에 걸친 전투 경력의 태반에서 신이 몬 것은 〈저거노트〉였다. 그야말로 움직이는 관짝이라고 에이티식스들이 야유했을 만큼 성능이 떨어지고 둔해 빠진 결함 기체였다.

그 〈저거노트〉를 자기 기체로 삼은 신은 부조리할 만큼 민첩한 〈레기온〉들에게 다리가 둔한 기체로 접근전을 벌이는 것에 익숙했다. 성능이 호각이라면 그 정도의 적에 뒤처질 리가 없다.

투사된 고주파 랜스가 격발하기 직전, 낮은 자세로 돌진하여 그 투사를 피했다. 교차함과 동시에 고주파 블레이드를 휘둘러서 투사용 레일의 중간을 절단하고, 그대로 칼날의 방향을 바꾸어서 적기의 몸을 때렸다.

그 직전에 그리폰은 뒤로 뛰어서 회피했다. 한순간 거리가 벌어졌지만, 신은 즉각 추격했다. 땅을 박차는 동시에 그리폰의 후방에 와이어 앵커를 쏘고 되감아서 질주의 속도에 가산한다. 88mm 장구경 전차포를 가진 〈저거노트〉의 포격 거리는 아니지만, 다리에 파일드라이버를 가진 〈저거노트〉는 발차기만도 공격이 된다.

착지하는 순간, 충격을 완충 장치만이 아니라 관절로도 흡수하는 동작이 필요한 펠드레스는── 그 일종인 그리폰은 〈언더테이커〉의 추격을 봐도 곧바로 움직일 수 없다.

그럴 터였다.

그리폰의 눈이 사납게 웃었다.

뒤로 뛰어 물러나고 착지하는 그 뒷다리 하나가 쭉 뻗어서 팽팽하게 당겨진 와이어를 붙잡았다. 그리고 반대쪽 다리로 먼저 착지하고 몸을 틀어서 회전하는 것으로 그 다리를 축 삼아 선회한다.

〈언더테이커〉와 이어진 와이어를 그 다리로 붙든 채로.

"——?!"

와이어가 당겨지는 바람에 〈언더테이커〉는 자세가 무너졌고, 그 바람에 예정 밖의 가속이 붙은 기체는 상정했던 것보다 살짝 이르게 적에게 도달했다. 반응하기 전에 고주파 블레이드의 칼등 부분이 짓밟혀서 무력화되었다.

그래도 두 앞다리를 억지로 굽혀서 콕핏 블록에 달라붙고 간신히 적기 장갑에 끝부분을 댔다.

무장 선택 전환. 격발.

〈언더테이커〉의 두 개의 파일드라이버는 정확하게 적기 콕핏을 관통하고.

동시에 잘 닦은 뼈 같은 순백의 장갑에 닿을 정도로 근접한 적기의 단포신 전차포가 포효했다.

†

《상황 종료.》

†

 기체 대파. 잔존 동료기 5. 잔존 적기 0.

 표시된 최종 결과를 바라보면서, 시뮬레이터의 캐노피를 열었다.

 마지막에 맞붙은 적기의 결과는 여기서 볼 수 없지만, 아무래도 함께 쓰러진 모양이다. 당했다고 해야 할까, 아니면 해치웠다고 해야 할까.

 아무튼 〈레긴레이브〉의 콕핏을 모방한 시뮬레이터에서 나와 유선형 본체에 등을 기대고 숨을 내쉬었다. 〈아르메 퓨리우스〉──테스트 중인 신장비의 완성을 상정한 시뮬레이터다. 제2단계라는 이름의 모의 전투는 둘째로 치고.

 ──이건 익숙해질 때까지 고생 좀 하겠군.

 온몸의 피와 내장이 떠오르는 듯한 가속도는 완전히 처음인 것도 아니지만, 오랫동안 겪은 바가 없다. 자신이 어느 쪽을 향하고 있는지 전혀 알 수 없어지는 오감의 혼란 역시.

 시뮬레이터가 즐비하게 놓인 가상훈련실, 아무도 없을 터인 캐노피가 열리고 그 안에서 조종사가 밖으로 나왔다.

 맹약동맹의 펠드레스는 조작성 향상을 위해 기체와 직접 신경을 접속해 조작을 보조한다. 척추를 따라 목 뒤로 이어지는 코드가 뽑히고, 뱀처럼 끝을 굼실거리면서 콕핏 안으로 떨어졌다.

한발 늦게 그 궤적을 따르는, 머리 위에서 하나 모아 묶었음에도 정강이에 닿을 정도로 긴 흑발.

"실력이 뛰어나다고는 들었지만……."

"〈여왕〉은 여전히 침묵을 지키고 있지만, 만나게 한 효과는 있었던 모양이군."

가상훈련실을 내려다보는 유리 너머의 브리핑룸. 옆에 나란히 있지 않고 반걸음 뒤에 대기하는 그레테에게 나이 든 여성 장성이 말했다. 붉게 물들인 장발과 청옥종의 푸른 눈, 강철로 심을 박았나 싶을 정도로 꼿꼿한 자세.

맹약동맹군 북방수비군 총사령관, 벨 아이기스 중장. 지난번 전자가속포형 토벌전에서는 맹약동맹군의 대표로 대책회의에 참가했던 여걸이다.

"어제 심문 영상을 해석한 결과, 그것은 노우젠 대위의 부름에 약간의 움직임을 보였다. 반응했다고 봐도 좋겠지."

건국 이래로 남녀불문의 징병제를 실시하는—— 병역을 남성만의 것으로 삼지 않은 맹약동맹에서는 남녀의 어조나 거동에 비교적 차이가 없다. 특히나 군인은 명령이나 전달의 오해를 막기위해 단순명료한 말을 택하기 때문에, 어조에서는 남녀 구별을 거의 찾아볼 수 없다.

"〈레기온〉에 가치가 있는 목표다. 그래서 반응한 것뿐일지도 모르지만."

"앞에다가 세우라고는 하지 말아 주세요."

"나는 안 해. 하지만 본인이 지원한다면 막을 이유도 없지."

그 순간.

두 여군 사이에 차가운, 그리고 손을 대면 베일 듯한 긴장감이 흘렀다.

"아이기스 중장님. 이번 일, 그건 곤란합니다. 그녀는 지금 제 부하입니다. 면회 전에 이쪽에 이야기해 주시지요."

"연방 군인이 그렇게 말하니까 그들도 맹약동맹에 온 이때를 노렸겠지. 맹약동맹은 중립국이다. 딱히 누구를 편들지 않아."

인류 모두의 적인 〈레기온〉에 대치하는 그 순간만을 제외하고.

그래도 내심 생각하는 바가 없는 건 아니겠지. 아이기스 중장은 에이티식스들을 내려다보는 채로, 그레테에게는 시선을 주지 않고 말을 이었다. 엄하고 성격 까다로운 할머니가 정원에서 노는 손주들을 바라보는 듯한 얼굴.

"대령. 이건 혼잣말인데. 저번에 공화국의 서쪽, 극서국들의 생존이 확인되었다."

공화국에 주둔하며 지금도 북부 영역 탈환에 힘쓰는 연방 파견 지원군과 연합왕국 서부 주둔부대가 각각 교신에 성공했다. 현재는 서로의 상황에 관해 정보를 교환하고 있다.

"물론 그 나라는 사악하겠지. 하지만 너무 매정하게 굴다가 극서 쪽에—— 그 미친 나라에 알랑대기라도 하면 곤란해."

과연…….

"신경을 써 주셔서 감사합니다. 아이기스 중장님."

뚜벅뚜벅 군화 소리를 울리며 그 사람이 다가왔다. 도중에 재주 좋게 머리끈을 풀고 검은 폭포처럼 흘러내리는 머리를 익숙한 동작으로 등 뒤로 퍼뜨렸다.

"설마 비기는 게 고작이라니. 너는 강하군. 자칫하다간 반하겠어."

벽면의 소재 때문일까, 조금 울리며 들리는 목소리는 현악기의 음색 같은 알토였다. 매력적으로 울리면서 화려하게, 명령에 익숙한 듯이 명료하게 닿았다.

희미하게 풍기는 달콤한 향수 냄새는 6월의 장미고, 맹약동맹의 적황색 군복을 빈틈없이 갖춰 입은 그 용모는 중성적인 얼굴 탓도 있어서, 맹약동맹의 독립전쟁에서 활약했다고 신봉되는 남장 여인 영웅──안나마리아의 조각상을 떠올리게 했다.

아는 얼굴이었다.

시뮬레이터의 설명도 겸한 브리핑에서 기동타격군에 파견될 인원이라면서 동석했다. 이름은 분명히──.

"그럼 다시 인사할까. 올리비아 아이기스 대위다. 〈아르메 퓨리우즈〉의 운용에 관련하여 앞으로 너희의 지도교관이 된다. 조금 전에는 실로 좋은 대련이었어."

"인사드립니다, 아이기스 대위님. 기동타격군 제1기갑 그룹, 신에이 노우젠 대위입니다."

"잘 부탁해. 아, 그리고 올리비아면 돼. 존댓말도 필요 없어. 나이 때문에 내가 선임이지만, 같은 대위고."

그렇게 말하며 올리비아 대위는 고개를 갸웃거렸다.

"아니, 어쩌면 네가 선임일까? 너희 또래 에이티식스는 이상하게 종군이 일렀다고 하고, 전대장이라면 대위 대접이라고 그랬지. 너는 언제부터……?"

"86구에서의 계급은 말씀처럼 엉망이었으니까 재임 기간으로는 세지 않는다고 생각합니다만."

"존댓말을 계속 쓰려나 보군……. 그래서 언제부터였지?"

"열두 살 때부터. 6년 정도 됩니다."

"그래. 실례가 많았습니다. 노우젠 대위님."

올리비아는 과장되게 경례했다.

올려다보며 신은 쓴웃음을 지었다. 물론 쉽게 친해지려고 장난스러운 태도를 보이는 것임을 이해했다.

"설마 〈날개옷〉의 기동 체험용이라던 시뮬레이터 훈련에서 느닷없이 모의전을 하게 될 줄은 몰랐습니다."

"어라? 브리핑 때 설명하지 않았던가? 실전이라면 〈날개옷〉의 전개 후에 반드시 〈레기온〉과의 전투가 일어날 테니까, 이번 시뮬레이션에서는 내 〈안나마리아〉가—— 우리 맹약동맹의 〈스톨른부름〉이 가상 적기를 맡는다고."

"못 들었습니다."

"어차……. 내가 이런 실수를. 설명을 깜빡한 모양이군."

누가 봐도 거짓말 같은 어조와 표정으로 올리비아는 슬쩍 치뜬 눈을 이리저리 돌렸다. 처음부터 기습할 작정이었던 모양이다.

"〈안나마리아〉의 마지막 기동—— 이쪽이 어떻게 움직일지 확신하지 않았으면 불가능한 움직임이었습니다. 설명해 주실 수 있습니까?"

〈언더테이커〉의 와이어 앵커를 착지 순간에 붙잡아서 거리를 어그러뜨리는 그 움직임.

아드레날린의 작용으로 연장된 것처럼 느껴지는. 하지만 실제로는 1초도 안 되는 시간의 움직임이고 판단이다. 앵커를 쏘는 것을 보고서 움직여서는 늦는다. 그때 올리비아는 앵커를 쏘기 전부터 그것을 예측하고 있었다.

"미안하지만 기밀 사항이다. 그걸 밝힌다면…… 네가 내 적이 되어서 내게 패해 죽을 때뿐이지."

"……."

"농담이다. 너와 같아. 나는 이른바 이능력자라서."

그러며 웃는 올리비아의 푸른 눈동자.

특징적으로 깊이 있는—— 청옥종의 눈동자.

청계종의 귀종, 다시 말해 고대부터 이능력을 이어오는 혈통이다. 잿빛이 도는 흑발을 보면 올리비아는 흑박종의 피가 섞인 듯하지만.

"아버지 쪽이 과거에 린카 주의 호족이라서 미래시 이능력을 물려받았지. 몇 차례 피가 섞이면서 꽤 약해졌으니까 내가 보는 건 기껏해야 3초 뒤까지지만."

"그래서……."

올리비아가 모는 〈스톨른부름〉—— 〈안나마리아〉는 현대의

전쟁에 있을 리 없는 근접전투에 특화한 무장인가, 라고 신은 자기 경우를 싹 무시하고 생각했다.

올리비아는 기껏해야 3초라고 말하지만, 전투에서 3초의 우위는 크다. 특히나 아주 작은 차이로 서로의 생사가 갈리는 근접백병전에서 3초라는 아득한 미래를 읽을 수 있는 것은 절대적인 차이다.

혹시 다시금 붙게 된다면.

다음에는 어떻게 싸울지를 생각할 때, 올리비아가 다 알아본 듯이 쓴웃음을 지었다.

"다음은 어떻게 이길지 생각하는 얼굴이로군, 대위. 아주 조용한 얼굴을 하면서 의외로 지는 것을 싫어해."

"지고 사는 건 성미에 맞지 않으니까요."

무슨 애들처럼 누구보다도 강하기를 바라는 것은 아니지만…… 처음에 전대장 자리에 앉은 뒤로 여태까지 그 지위를 누구에게도 양보한 적 없었다.

"그건 네 패배가 아니라 어디까지나 무승부 같은데……. 뭐, 하지만 마음이 그러니까 그런 실력과 전공이 있는 걸까. 고기동형이라는 신형 〈레기온〉도 결국 너 혼자 격파했다고 하고."

시선을 주자, 맹약동맹의 대위는 어깨를 으쓱였다.

"정보를 제공받고 있거든. 맹약동맹 외에도 모든 세력권이 다."

웃고 있지만 왜인지 살짝 짜증을 내는 듯한 목소리였다. 뭔가 화가 났다는 느낌.

"〈아르메 퓨리우즈〉의 개발로 간신히 빚을 갚았지만, 여태까지 연방이나 연합왕국에서 일방적으로 정보와 기술을 공여했단 말이지. 고맙기는 하지만 솔직히 조금 화가 나기도 해. 우리 맹약동맹으로서는 받기만 해선 안 되니까."

"아니, 정말로 죄송합니다, 밀리제 대령님. 휴가 여행 중인데 억지로 면회 시간을 내시게 해서."

"아뇨……."

고대 양식을 따라서 지어진, 본관에서 떨어진 대욕장 건물의 라운지. 합성염료로 재현된 진보라색을 바탕으로 한 곳에서 레나는 테이블을 사이에 두고 별로 유쾌하지 않은 상대와 의례적인 말을 나누었다.

자신과 같은 군청색 군복, 공화국의 군복.

"무훈은 익히 들었습니다. 고철들에게 점령된 공화국 영토의 해방과 연합왕국 구원. 으음, 훌륭하군요. 역시나 우리 공화국이 자랑하는 전쟁의 여신, 성녀 마그놀리아의 재래입니다."

"기동타격군을 갖춘 연방과 지원하는 연합왕국, 무엇보다도 기동타격군에서 프로세서를 맡는 에이티식스들의 힘 때문입니다. 나는 딱히."

"무슨 말씀입니까. 저를 포함하여 본국 사람들은 모두 확신했습니다."

중령 계급장을 단 그 중년 남성은 딸 뻘인 레나에게 황공하다는 듯이 고개를 숙이며 몸을 움츠렸다.

〈레기온〉전쟁 개시 전에는 교사였겠지. 아이를 겁주지 않기 위해 독실하고 인품 좋은 미소의 형태로 굳어진 듯한 온후한 얼굴.

"우국기사단의 말은 역시 진실이었다고. 우리 공화국의 유능한 장교들이 제대로 관리하기만 하면 열등한 에이티식스들도 〈레기온〉에 대한 유효한 대항수단이 된다고 말입니다."

그 순간, 레나의 표정이 험악해졌다.

또── 아직도 그런 소리를.

레나의 그런 혐오감을── 자신이 아닌 남을 향한 혐오를 다음 말이 깨뜨렸다.

"바로 당신이 체현하고 있습니다, 블라디레나 밀리제 대령님. 공화국 시민인 당신이 지휘하는 기동타격군은── 에이티식스들의 부대는 레기온 전쟁에서 어깨를 나란히 할 자가 없는 눈부신 전공을 계속 세우고 있으니까요."

"……!"

그것은 한 대 얻어맞은 듯한 충격이었다.

우국기사단의── 에이티식스들은 표백제라고 불러대는 일파의 주장.

우량종인 공화국의 백계종이 지휘했다면 열등한 에이티식스를 운용했더라도 공화국이 〈레기온〉에 패배하는 일은 있을 수 없다.

몸서리가 쳐졌다. 그 이상으로 너무나도 창피했다. 현실과 동떨어진 그런 망언을.

하필이면 내가 뒷받침하고 있었다……?

"거……."

충격으로 굳은 입을 간신히 움직여서 말했다.

"거듭 말하겠습니다만, 제86기동타격군은 연방의 부대. 과거에 에이티식스라고 불린 소년병들은 지금 연방 시민, 연방 군인입니다. 그걸 내가 공화국 군인이라고 해서……."

"전공은 잡병들이 아니라 장수의 것입니다. —— 당신이 지휘한 기동타격군에서 올린 공적은 당연히 당신의, 우리 공화국의 것. 지금처럼 연방에 빼앗겨선 안 됩니다. 전공도, 에이티식스들도. 당장에라도 되찾아야죠."

"연방은 에이티식스를 공화국의 박해에서 보호한 것이고."

"설마! 보호라는 이름으로 타국의 자산을 빼앗아도 된다고 생각하십니까?! 돼지를 가축으로 다루는 것은 도리에 어긋나니까 약탈해도 된다고?! 그런 말씀을!"

"애초에 에이티식스는—— 그들은 인간입니다. 자산이거나 가축인 것도……."

테이블을 세게 때리는 소리가 가로막았다. 상체를 내민 중령은 레나와 같은 백계종의, 눈처럼 하얀 두 눈동자로 그녀를 강하게 바라보았다.

어딘가, 필사적으로.

"그런 망언은 거두어 주시지요. 그것은 연방이 우리 공화국을 능멸하기 위한 프로파간다입니다. 공화국 시민인 당신이 해서는 안 될 말입니다."

"…………."

나는—— 나는.

"대령님, 부디 협력해 주십시오. 저는 제 제자들을 전장에 보내고 싶지 않습니다. 저는 그 아이들 중 누구 하나도 죽이고 싶지 않습니다."

그런 주제에 에이티식스들을 다시 싸우게 하고 죽게 하는 것은 개의치 않는다고.

깨달았다. 개탄하듯이.

공화국 사람이 지금도 에이티식스를 인간이 아니라고 거듭 말하는 이유. 표백제가 공화국 시민에게서 지지를 얻는 이유.

에이티식스를 돌려받지 않으면. 그들만을 싸우게 하며 공화국 시민의 안녕을 유지하는 86구의 시스템을 다시금 재건하지 않으면.

〈레기온〉이 지배하는 죽음의 전장에 서야만 하는 것은—— 이번에는 공화국 시민이니까.

자신이.

다름 아닌 레나 자신이 한 차례 무너졌던 방어 시스템의 유효성을 체현하고 있었다……?

레나는 말을 잃고 소파에 몸을 맡겼다. 허탈감과 자기 자신에 대한 실망에 현기증이 일었다.

내가. 내 어리석음 때문에.

긍지 높은 그들이 다시금 인간 형태의 돼지라고 불리게 되다니.

"대령님, 당신도 공화국 사람이겠지요. 조국을 사랑하지 않습니까? 죄 없는 우리 공화국의 아이들을 전쟁에 세워도 된다고 말씀하시는 겁니까!"

뚜벅, 하는 군화 소리가 무례하지 않은 정도의 거리까지 다가와
서 멈추었다.

"사람이 조국에 애착이나 충성심을 느끼는 것은, 조국이라고 부
를 만한 나라를 갖지 않은 나 역시 실감까지는 아니더라도 이해는
합니다만."

레나는 그 목소리에 얼어붙었다. 설마 그 사람일 줄은 생각도 못
했다.

평소의 그는 바닥이 딱딱한 군화로도 발소리를 내지 않고, 더군
다나 지금은 근처 기지에 파견 나갔을 터였으니까.

"조국을 위해 남을 죽이지 않으면 애국심이 없다는 말은 다소 비
약이 심하지 않습니까?"

평소처럼 조용한 목소리로, 조용한 눈빛으로. 그렇게 말한 것은
신이었다.

"시…… 대위. 저기, 지금은 연습 나간 것 아닙니까……?"

"이미 끝났습니다. ……돌아왔더니 묘한 손님이 왔다고 프레데
리카가 그러기에."

그래서 살펴보러 왔다는 걸까.

안도하기 전에 수치심 때문에 쥐구멍에라도 들어가고 싶었다.
그는 언제부터 듣고 있었을까.

눈앞에 있는, 자신과 같은 공화국 군복의 남자가 에이티식스를
계속 헐뜯어대는 그 원인도 들었을까.

그걸 들었다면 어떻게 생각할까.

한편, 중령은 놀라서 신을 바라보았다. 대들 리 없는 개가 자기

한테 짖어대는 것을 본 인간의 얼굴로.

"혹시 네가 대령님이 키우시는 에이티식스인가. 인간 같은 꼬락서니를 하다니 개탄스럽군. 지금은 인간들이 이야기를 하는 시간이다. 주제를 알고 물러나라."

"예, 나는 에이티식스가 맞습니다. 하지만——아니, 그러니까."

신은 담담히 말했다.

주눅 든 빛도 없이, 그저 당연한 말을 하는 목소리로.

"당신에게 멸시받을 이유는 없습니다, 공화국인. 당신 이외의 누구에게도."

레나는 눈을 치떴다.

여태까지 신이 받아치지 않았던 말이다.

신은 여태까지 자기를 향한 모멸 따윈 아무래도 좋다며 흘려넘겼다. 이쪽이 무슨 말을 하든지 어차피 하얀 돼지들은 귀담아듣지도 않을 거고 이해도 못 할 거라면서.

말싸움을 벌여봤자 뜻대로 된 적은 없다.

받아들이지 않는 돼지라고, 말을 하는 척하지만 실제로는 이해도 못 하는 어리석은 돼지라고, 분명 신은 아직도 그렇게 생각한다.

그래도. 더 이상 모욕을 감수하지 않겠다고, 그 말과 차갑고 고요한 시선으로 냉철하게 말했다.

"주제를——."

"아니까 말하는 거다. 나는 가축도 아니고 무인기의 부품도 아니야. 대공세에서 멸망한 공화국과 그 시민이 인류를 초월한 우량종이 아닌 것과 마찬가지로."

　이 문제는 연방에 엄중히 항의하겠다는 헛소리 같은 욕설을 내뱉고 중령은 떠나갔다. 그 뒷모습을 신은 재미없다는 듯이 바라보았다.

　"인간 같지 않은 더러운 유색인이라고 욕했더니 반론을 받았다고 같은 유색인종 국가인 연방에 항의하면 어떻게 되리라고 생각하는 걸까요, 저 남자는."

　"신, 미안해요……."

　"레나가 사과할 일이 아닙니다. 이전에도 말했지만, 신경 쓰는 일도 아니니까요."

　"……."

　레나는 무릎 위에 둔 손으로 스커트 자락을 움켜쥐었다.

　신의 쇳빛 군복과는 다른 공화국의 군청색 군복.

　"하지만…… 미안해요."

　"레나가 사과하고 싶거든 말리지 않겠고, 당신은 공화국 사람과 다르다는 말도 더는 하지 않겠습니다. 다만……."

　반사적으로 올려다보자, 핏빛 눈동자가 바라보고 있었다.

　고개 숙이고 있던 레나를 비치며, 살짝 슬픈 듯이, 걱정하듯이, 그저 진지하게.

　"당신은 공화국 사람이면서 우리 에이티식스의 여왕이기도 합니다. 그걸 이럴 때 없었던 일로 하지 말아 주세요."

"호오…… 신에이 녀석, 완전히 남자의 얼굴을 하게 되었구나."

"뭐라고 할까. 아무래도 그건 그만두는 게 어떤가?"

두 사람이 있는 곳과 다른 건물의 라운지에서 프레데리카는 멋들어지게 장식된 소파에 앉아 이능력으로 그 두 눈동자에 희미한 빛을 띠며 몇 번이고 느긋하게 고개를 끄덕였고, 비카는 완전히 질렸다는 얼굴로 잔소리했다. 한 손에 든 휴대단말의 홀로그램 모니터가 시선이 벗어난 것을 감지하고 자동으로 꺼졌다.

"그야 연합왕국에서의 모습을 보면 노우젠이 걱정되는 것도 이해가 되지만. 그렇다 해도 슬슬 오빠를 졸업하지그래."

"지켜봐 주는 것이니라!"

으르렁대듯이 받아치는 모습에 비카는 살짝 고개를 내저었다. 신은 용케 이토록 건방진 마스코트의 응석을 받아주고 있다. 같은 핏빛 눈동자와 칠흑색 머리여도, 남매도 뭐도 아닌데.

그러고 보면 눈앞의 이 소녀는 어떤 경위로 기동타격군에 있는 걸까.

과거 제국군의 '승리의 여신^마스코트' 관습에 대해서는 비카도 알고, 추측하건대 어디 대귀족의 불장난으로 태어난 아이 정도 될 텐데, 왜 하필이면 이런 부대에.

프레데리카는 통명스럽게 눈을 감았다.

"뭐, 분명히 이 이상은 좀 아니겠지. 시온 녀석 쪽은 어떠했나. 기동타격군은 무사히 전과를 거두었나?"

기동타격군은 현재 신 대신 전대의 총대장을 맡은 제2기갑 그룹의 치리 시온 중위 이하, 제2, 제3기갑 그룹이 대륙 북방 연안의 소국가들에 파견되었는데, 비카는 그 상황을 조금 전까지 휴대단말의 보도용 방송으로 확인하고 있었다.

　"당초 목적은 8할가량 달성한 모양이다. 또 적을 돌파하는 역할을 맡았지만…… 뭐, 화려하게 보도되고 있으니까, 큰 희생이 나온 것도 아니겠지."

　"……?"

　"기동타격군은 적어도 표면상으로는 〈레기온〉의 폭거와 위협에 저항하는 정예부대, 연방이 지닌 비장의 카드다. 그 고전도, 하물며 패배도, 아직 전쟁의 끝도 보이지 않는 상황 속에서 민중에게 알릴 수 없다. 그래선 사기를 지킬 수 없을 테니까."

　총명하게 이해한 프레데리카는 눈살을 찌푸렸다. 임무에 실패할 수 없는, 질 수 없는 부대란 소리는.

　"계속 영웅으로 있어야만 하는 부대란 소리인가……."

　"애초부터 에이티식스들에게는 영웅적 요소가 있고 말이지."

　사람들의 눈을 끄는 일화에 정예다운 실력. 그리고── 비극.

　그 구세주는 십자가에 매달리지 않았으면── 이름도 남지 않았으리라.

　"그대의 부대도 무사한가?"

　"보도는 없지만── 뭐, 무사하겠지. 녀석은 그렇게 보여도 임무 쪽으로는 어째서인지 확실하게 완수하는 여자다. 임무 말고는 걱정스럽지만."

"자이샤라고 했나. 정말이지 그자는 왠지 걱정이 되는구나."

비카와 함께 기동타격군에 파견되어서 직할연대의 차석을 맡은 소령이다. 지금은 맹약동맹에 머무르는 비카를 대신해서 연대 지휘를 맡고 있다.

다만 작은 체구에 멋대가리 없는 안경, 복도를 걸으면 미끄러져 넘어지고, 계단을 오르내리는 중에 자료를 떨어뜨리고, 항상 비카에게 휘둘려서 울상을 하는, 왠지 심약하고 미덥지 않은 여성이다.

참고로 자이샤란 것도 비카가 붙인 '새끼 토끼'라는 의미의 별명이지만, 그 말을 들은 에이티식스들이 이름이라고 착각하여 자이샤 소령이라고 불렀다.

"그렇게 보여도 실기까지 해서 사관학교를 수석으로 졸업했을 텐데…… 아무튼."

"뭐라고……?"

전율로 가득한 프레데리카의 말을 비카는 흘려 넘겼다.

"맡겼으면서 걱정하면 주군 실격이니까. 그쪽은 이번에도 어떻게든 할 거라고 신용하고 있지."

프레데리카는 순간 침묵했다.

주군——왕. 혹은 황제.

"그대는 왕위를 잇지 않을 텐데."

이미 신하도 국토도 없는 황제인 프레데리카.

그래도 아직 황제로 있으려고 하는 프레데리카.

그 책무를 여태까지 하나도 지지 않고—— 그것을 남몰래 후회하면서.

"왕이 되지 않는다고—— 될 수 없다고 해도, 그래도 왕족으로서 행동하는 것인가."

비카는 살짝 고개를 갸웃거렸다.

왕족도 아닌 소녀가 왜 그런 소리를 하는가 싶었다.

"그렇게 있고 싶다고 생각하니까."

†

할 일이 많이 있다고 해도, 가장 분주할 터인 신조차도 일정은 의외로 비어 있었다.

오늘은 하루 내내 일정이 비는 날인데도 그걸 잊고 있었는지, 신이 레나에게 근처 시내에 나가보지 않겠냐고 말을 붙인 것은 그날 아침 식사 자리에서였다.

"한가하다면 말입니다만. 괜찮다면 바람이라도 쐴 겸."

"예, 한가합니다, 갈게요!"

저번에 온 중령 때문에 조금 우울해졌던 레나는 그걸 날려버릴 기세로 힘껏 고개를 끄덕였다.

호텔에서 제일 가까운 시내는 인접한 호수 건너편에 있다. 궤도전차나 지하철 같은 감각으로 오가는 여객선을 타고서 맹약동맹의 특징인 붉은 지붕이 줄줄이 있는 시가지로 향한다.

제안한 신도, 받아들인 레나도, 딱히 뭔가 목적이 있는 것은 아니었다. 시가지의 중앙광장에 나온 노점상들을 구경하고, 처음

보는 과자를 사고, 훈련받은 고양이가 벌이는 곡예에 발을 멈추고, 민예품인 이상한 인형을 레나가 한동안 구경하고.

"티피도 가르치면 저런 걸 할 수 있을까요. 점프나 재주넘기 같은 걸."

"티피는 가능하겠지만, 레나가 그 훈련을 해낼 수 없을 겁니다. 레나는 티피에게 너무 오냐오냐 하니까요."

"으으…… 내가 그런 게 아니라, 신이 티피에게 너무 쌀쌀맞은 거라고요. 그런데 나보다 더 잘 따르다니 너무하다고 계속 생각했는걸요."

놀리는 말에 레나가 토라졌더니 신이 웃음을 터뜨렸다. 그 웃음을 듣고 있으니 왠지 행복해서 결국 레나도 웃었다.

마찬가지로 놀러 나온 프로세서도 많이 있는지, 인파 사이에 때때로 아는 얼굴이 엇갈리며 짧게 인사했다. '오, 레나랑 신이다.'라든가, '저쪽에서 파는 튀김과자가 맛있어.' 라는 식으로.

무역의 나라인 맹약동맹에는 오래전부터 산맥 남쪽에 있는 나라들의 문화도 섞였기 때문에 공화국에서 나고 자란 레나도, 연방에서 사는 신도 그 시가지 모습만으로도 신선하게 느꼈다. 특히나 국토 전체가 평지에 있으며 그중에서도 땅을 정비해서 평탄한 리베르테 에트 에가리테를 익히 본 레나에게는 기복이 심한 산악국가인 맹약동맹 특유의 급경사 시가지 모습조차도 신기해서 마음이 들떴다.

오가는 사람들은 은발이나 금발에 푸른 눈인 청계종이 많아서 레나는 얼굴을 본 적 없는 다이야라는 소년도 그랬다고 문득 생각했다. 그는 티피를 처음 주운 사람이다.

"86구에서도 다들 그렇게 말했지요. 티피는 왜인지 신을 제일 따른다고. 그 무렵에는 아직 티피에게 이름이 없었고, 서로 이름도 얼굴도 몰랐고."

"그때는 조만간 질려서 연락을 끊을 줄 알았습니다."

시선을 들어보니 신은 도중에 있는 선물 가게에서 산 그림엽서를 어깨에 멘 가방에 넣고 있었다.

조부모에게 보낼 생각이라고 했다. 신은 친할아버지인 노우젠 후작과 외할머니인 마이카 여후작과 정기적으로 연락하고 있으며, 아직 교류한 지 한 달 정도밖에 안 된 사이여서 서로 어색함이 있지만, 가족이라고 할 만한 관계가 될 수 있도록 서로 노력하는 모양이었다.

2년 전의 신은 레나를 성녀 행세하는 '핸들러 원'으로만 생각했지만, 지금은 다르다.

마찬가지로 여태까지 만나고 싶지 않아서 피했던 조부모와도 관계를 맺으려고 하고 있다. 그것은 얼마 전까지의 신과 크게 다른 점이다. 레나는 그걸 기쁘게 여겼다.

기쁘긴 하지만 아주 조금…… 적적하다는 기분도 들었다.

"특히나 카이에의 목소리를 들은 뒤에는…… 다시는 동조하지 않을 거라고 생각했습니다."

"아…… 사실은 조금 무서웠어요. 그러니까 좀처럼 결심할 수 없어서…… 그렇게 늦은 시간에 연결했는데."

"놀랐습니다. 아니, 시간을 말하는 것이 아니라. 그렇게 가까이서 〈레기온〉의 목소리를 듣고도, 그러고도 나와 동조하려고 한 핸들러는 레나밖에 없었으니까요."

문득 신은 어딘가 먼 곳을 보는 시선으로 하늘을 올려다보았다. 산간 지방의 여름, 시원하면서도 눈부실 만큼 맑게 갠 푸른 하늘.

"그걸로 끝나지 않았던 게 다행이라고, 지금은 생각합니다."

그 목소리.

레나는 한순간 움찔했다.

이어지는 말을 들어서는 안 된다고 느꼈다.

아직 준비가 안 됐다……. 그럴 각오가 되지 않았다.

"아, 저기……."

"어라, 노우젠?"

갑자기 끼어든 목소리에 고개를 돌려서 보니 마르셀이었다. 신이 걸음을 멈추는 바람에 가려서 여태껏 보이지 않았던 레나가 간신히 보였는지, 마르셀이 머쓱한 얼굴을 했다.

"……이랑 레나. 어, 저기, 방해, 했네. 미안해."

"아니…… 그보다……."

마르셀과 그의 뒤에 있는 붉은 지붕과 목조건축의 가게를 보고 신은 고개를 갸웃거렸다.

"신기한 가게에 있군."

귀여운 인형을 전시대와 가게 앞 선반에 잔뜩 진열한 가게, 아무래도 장난감 전문점인 듯했다. 맹약동맹의 전통공예인지 털이 많은 살쾡이 인형이 잔뜩 전시된 선반 사이에서, 여기저기 뻗친 머리에 눈매 날카로운 마르셀은 참으로 붕 떠보였다.

"어, 응. 모처럼 다른 나라에 왔으니까 니나한테 선물이라도 사다 줄까 하고."

이런 쪽으로는 잘 모른다고 투덜거리면서 크고 작은 인형들을 보고 다녔다. 손에 든 적당한 크기와 가격의 인형으로 할지, 이왕이면 조금 비싸더라도 어린아이가 껴안을 수 있을 정도로 커다란, 선반 제일 위에 있는 인형으로 사 줄까 고민하는 얼굴.

신은 잠시 생각하다가 지갑에서 지폐 한 장을 꺼내 내밀었다.

"그럼 나도 보태게 해 줘."

마르셀은 조금 놀란 얼굴을 한 뒤에 히죽 웃었다.

"그래. 오빠 친구들이 주는 거라고 해둘게. 자세한 말은 안 할 테니까, 눈치 못 챌 거야."

뭔가 떠오른 기색으로 황급히 덧붙인 그 말의 의미를, 레나는 이해하지 못했다.

"언젠가 여러모로 진정되거든 만나주지 않겠어? 유진 그 녀석, 네 이야기를 편지에 썼는지 아주머니도 보고 싶어 하시고, 니나도 분명 더 생각할 수 있는 나이가 되면 알고 싶을 테니까. 마지막 이야기는 아무래도 덮어두고 싶지만."

쓴웃음을 지으며 신은 어깨를 으쓱였다.

"그래. 또 그런 말을 듣는 건 사양이고."

"미안했다니까. 그럼 난 이만 가 볼게. 방해해서 미안해."

마르셀이 커다란 인형을 선반에서 내려서 한 손으로 껴안고 가게 안쪽에 있는 계산대로 향했다. 이어서 가게의 유리문에 달린 벨 소리와 점원과 마르셀이 인사하는 소리가 겹쳤다.

끼어들지 않았던…… 아니, 끼어들 수 없었던 레나는 그 뒷모습을 지켜본 뒤에 물었다.

"누구, 인가요?"

니나라든가, 유진이라든가. 들어본 적 없고 모르는 이름이다.

"특별사관학교 동기와 그 여동생입니다. 에른스트의 의향으로 나나 다른 녀석들은 따로따로 특별사관학교에 들어갔는데, 그때 알게 되어서."

그러고 보니 뤼스트카머 기지에서 다른 연방의 기지로 나가 보면 가끔 신이나 라이덴, 세오나 크레나나 앙쥬에게 말을 거는 해당 기지 소속의 군인이 있었다. 동기일 듯한 소년들 외에도 나이 많은 부사관이나 사관이 예전에 고마웠다고 말을 붙이는 일도 있었다.

레나는 그들을 모른다.

"유진은 대공세 전에 전사했습니다만, 마르셀은 원래부터 알던 사이였는지 니나랑도 면식이 있어서. 나랑도 전혀 관계가 없는 것도 아니고 말이죠."

"……."

모르는 사람, 들은 적도 없는 사람이고, 이야기였다.

생각해 보면 당연하다.

신이 특별정찰을 나가고 연방에 도달한 지도 벌써 2년이 지났다.

2년 동안 신은 연방에서 살았다. 생활이나 인간관계의 기반을 연방에서 두고 2년이나 지났다. 그레테나 마르셀만이 아니라, 레나가 모르는 많은 사람과 만나고 말을 나누며 인연을 쌓고……
86구의 전장 밖에서도 그 나름대로 착실히 살았다.

레나가 없는 연방에서.

그 점이 또다시, 어째서인지—— 아주 조금 서글펐다.

"왜 참모장인 당신이 일부러……."

"진심으로 묻는 건가, 그레테? 공화국 군인이 연방에 한마디 말도 없이 방문했다고 보고한 것은 너일 텐데."

시선이 닿는 곳. 1인용 소파에 느긋하게 앉은 모습으로 빌렘 에렌프리트 참모장은 평소처럼 희미한 웃음을 띠고 있었다. 그가 방문하는 바람에 호텔에서 급히 준비한 객실에서.

"일단 이 여행의 기획자니까. 눈치도 없는 백발 녀석들이 멋대로 쳐들어오는 바람에 에이티식스들의 마음이 상하지 않았을까, 마음이 따뜻한 나로서는 걱정되어서 보러 왔을 뿐이야."

그 말에 그레테는 눈썹을 곤두세웠다.

에이티식스들이 이제 와서 공화국 사람 한둘 정도를 신경 쓰지 않는 것은 샤리테 시 지하 터미널 제압작전을 통해 빌렘 참모장도 알고 있다. 실제로 신경 썼던 것은 레나 정도다.

"핑계라는 거네."

"이 방은 청소를 마쳤다. 말을 흐리지 않아도 좋아."

타국의 시설이지만, 도청당할 걱정은 없다.

"여기에 너희가 있는 것은 당연하게도 기밀사항이다. 밀리제 대령의 소재에 대해서도."

부대의 배속이나 가동 상황은 군사기밀이다. 기동타격군 제1기갑 그룹이 휴가에 들어간 것도 그 시기도, 하물며 그 일부가 맹약 동맹에 체류하고 있다는 사실을 외부인이 알 턱이 없다.

그레테는 눈을 가늘게 떴다.

그 중령은 본래 알 수가 없는 정보를 바탕으로 레나를 찾아왔다.

숨기고 있는 기동타격군의 동정을 어떻게 된 일인지 파악하고 급습한 〈레기온〉과 마찬가지로.

"중령은 그 방문으로 누설된 정보에 접촉할 수 있다고 실토한 꼴이네."

"배후를 포함해서 너무 섣부른 짓이라고 생각하지만. 뭐, 공화국의 정규군은 10년도 더 전에 조국을 지키고 전멸했고, 지금 놈들은 아마추어나 마찬가지니까 그것도 어쩔 수 없나."

그렇게 말하며 빌렘 참모장은 어깨를 으쓱였다.

항상 그림자처럼 따르는 부관이 오늘만큼은 그 뒤에 없었다.

"노우젠 대위에게 쫓겨나서 당일에 돌아간 모양인데…… 그래도 바로 쫓아가면 도중에 붙잡을 수 있겠지. 공화국까지는 아직 꽤 머니까."

†

"평범하게 말을 걸어도 반응이 없는데. 그 여왕은 대체 무슨 생각이야?"

보름 정도 전에 심문관들이 했을 법한 불만을 아네트가 짜증스럽게 내뱉고, 같은 테이블 앞에 앉은 신은 시선만 보냈다. 심문실이 있는 지하 시설의, 역시나 지하에 있는 휴식실.

동석한 비카와 레나도 생각과 곤혹스러움 때문에 말이 없었다.

"전하고 싶은 바가 있으니까 찾으러 오라고 한 거잖아. 그런데 일부러 나와서 붙잡히더니 입 다물고 있어? 뭐 하자는 거야? 으으, 이렇게 되었으면 제어계를 해체해서 기억이든 뭐든 끄집어내는 편이 빠른 거 아니야? 짜증 나."

"내가 말하기도 좀 그렇지만. 경, 참으로 무섭군."

"암호화된 제어계 내부의 프로그램이 아니라 그녀의 뇌 구조체에서 직접 읽어낸다고 해도, 정말로 읽어낼 수 있을지 모르니까 신중해진 거겠지."

"어머님이라는 분은…… 저기, 설득을 위해서 여기로 모실 수 없을까요?"

"병원에서 움직일 수 없다. 다소 힘든 일을 시켰다간 바로 죽을 정도의 환자라서, 도저히 인질로 쓸 수 없다."

"그렇……습니까."

"레나, 그리고 안 어울리는 말은 하지 않아도 됩니다. 지금 꽤 무리했지요?"

도중에 어깨를 축 늘어뜨리는 레나에게, 신은 내심 탄식했다. 도움이 되고 싶다는 마음에서 나온 말인 건 알겠지만, 그렇게 양심의 가책에 시달리는 얼굴로 어울리지 않게 잔인무도한 소리를 하지 않았으면 좋겠다.

최근 들어 레나의 분위기가 조금 이상하다. 표백제가 온 탓이라고 생각하지만, 그것만이 원인이 아닌 모양이다. 저번에 심심풀이로 시내에 나갔을 때도 때때로 불안한 표정을 보였다.

"왕자 전하. 그 여왕이 입 다문 이유, 뭔가 추측할 수 없어?"

"그걸 물어봐도 말이지. 나도 생전의 그것과는 몇 번 이야기했을 정도의 사이다. 그 메시지도 나나 노우젠을 유인하기 위한 덫에 불과했을지도 모르고……."

애초에 제레네가 아닐지도 모른다는 생각은 해 봤자 허사니까 말하지 않았던 모양이다.

그런 말을 꺼내며 비카는 눈살을 찌푸렸다.

"처음에는 정보를 제공할 의사가 있었더라도 우리에게는 말하기 싫다고 생각하는 걸지도 모르지. 그녀의 조국은 제국이고, 연방은 그걸 없앤 나라다. 그게 아니더라도 제레네는 군인을——전쟁을 좋아하지 않았으니까."

신은 한쪽 눈썹을 쳐들었다.

"빌켄바움 소령은 군인 아니었나?"

"그럼 묻겠는데, 경은 전쟁을 좋아하나?"

그렇군…….

"그자는 분명히 군인이었지만…… 그렇기에 전쟁을 싫어했다. 그 오빠는 마찬가지로 군인으로, 전쟁터에서 죽었다는 모양이니까. 그게 〈레기온〉을 만드는 이유라고 말했지. 그 냉철하고 뻐딱한 여자답지 않게 신기하게도 세계를 저주하는 마녀 같은 얼굴을 하고서."

힐끗 뒤를, 거기에 있는 레르케를 바라보고 자조하듯이 어깨를 으쓱였다.

"제레네 자신은 그때의 부상으로 수명에 족쇄가 걸렸으니까 조급해진 것도 있었겠고. 그 정도의 망집이 아니면 〈레기온〉 같은 것을 만들 수 없지. 그래, 〈레기온〉의 비행형 중에는 무장한 것이 없지. 그건 금칙사항, 피아 식별의 정확도 문제 이상으로 제레네가 항공병기를 싫어했기 때문이라고 생각한다. 아까 말한 오빠는 아군 공격기의 오폭으로 죽었다는 모양이니까."

신용할 수 없다고 생각한 걸까. 항공 병기도—— 그걸 조종하는 인간도.

그리고 분명 증오했겠지. 가족과 자신의 생명 일부를 앗아간 전쟁 그 자체를.

"그래서 〈레기온〉을 만든다는 건 앞뒤가 안 맞지 않나?"

"그렇게 말해도 말이지. 다만 증오하니까 그 대상을 없앤다는 것은, 앞뒤가 맞고 안 맞고를 떠나서 흔히 있는 일이겠지."

마녀처럼 저주했던 세계를.

"내가 아는 건 이 정도다. 경이야말로 뭔가 실마리가 될 만한 기억은 없나? 적어도 경의 부군은 나보다도 제레네와 교류가 있었을 텐데."

"아니…… 아마도 나는 만난 적도 없을 거야."

"틀렸나……."

분위기를 바꾸려고 했을까, 아네트가 과장스럽게 어깨를 으쓱였다.

"아무래도 좋은 이야기지만, 조금만 뭔가 어긋났으면 왕자 전하와 신, 그리고 어쩌면 나도 소꿉친구였을지도 모른다는 거네. 우와, 싫다아……."

"그 말을 듣고 보니…… 노우젠, 그러고 보니 파이드는 어쨌지? 공화국의 〈무인기〉 이야기를 들었을 때부터 이상하다고 생각했는데, 그렇다면 그건 결국 완성되지 않았나?"

이상한 침묵이 흘렀다.

"파이드……?"

신이 의아하게 되물었다. 왜 그 이름이 지금, 그것도 비카의 입에서 나온 걸까?

비카는 고개를 갸웃거렸다.

"응? 그것도 기억하지 못하나. 경의 부군이 연구했던 인공지능 시작기다. 둘째 자식이…… 즉, 경이 그렇게 이름을 붙이는 바람에 변경할 수가 없다고 부군이 투덜거리셨는데."

〈스캐빈저〉 파이드가 아니라, 다른 뭔가의 이야기였다.

하지만…… 애석하게도 기억하지 못한다. 솔직히 그런 뭔가가 있었던 것은 희미하게 기억나지만, 이름은 기억에 없었다.

그쪽도 파이드였나. 그렇게 생각하는 신의 옆에서 아네트가 "앗." 하고 소리를 냈다.

"저기, 빵 반죽으로 만든 개처럼 이상한 로봇 말이지? 시작 008호였던가 뭐였던가? 그보다……."

아네트는 신을 흘겨봤다.

"〈스캐빈저〉에도 똑같은 이름을 붙인 모양인데, 넌 네이밍 센

스가 이상한 데다가 하나도 성장하지 않았잖아. 레나하고 막상막
하겠어."

"티피 이야기라면 솔직히 비교의 대상이 되고 싶지 않은데."

"너무해요."

조용히 흘린 레나의 항의는 신과 아네트 모두에게 무시당했다.

"86구에서 네가 붙인 이름은 들었지만, 막상막하 수준이야. 오
히려 상황을 생각하면 네가 더 심해. 레마르크라니, 너무 복잡해
서 오히려 전해지지 않는 야유 같은 거야?"

"그렇게 말한다면 리타야말로 그 무렵에 왜 갑자기 닭 같은 걸
키우기 시작했지? 그것도 암탉 주제에 이상하게 쫓아오는 흉악
한 녀석을."

"악취미라고 말하고 싶어? 닭은 귀엽잖아. 그 뒤로 대공세까지
신세를 많이 졌다고, 달걀이라든가."

"………………아하."

"그 얼굴 뭐야! 그때보다 요리 실력 늘었단 말이야! 난 안 잊었
어! 내가 만들어 준 쿠키를 보고 '괴수?'라고 말했던 거!"

"과자치고 너무 새까맣게 탔고, 왠지 눈이 세 개 있었으니까."

"그럼 반대로 묻겠는데, 새까맣게 탔는데 과자가 아니라면 괜찮
은 게 뭐가 있어! 거봐, 안 떠오르지, 바보, 바보, 바보!"

"저기요……!"

레나가 억지로 말을 가로막는 바람에, 어느새 어릴 적처럼 하찮
은 말싸움에 돌입한 두 사람은 간신히 정신을 차리고 침묵했다.

레나는 왠지 아주 뚱한 얼굴을 하고 있었고, 그러고 보면 레나

앞에서 리타라고 부른 적이 없었다는 것을 깨닫고 신은 이유 모를 죄악감에 사로잡혔다.

"그래서, 저기, 시작 008호라는 그 아이는…… 어떻게 되었어, 아네트?"

"신과 가족이 강제수용소에 끌려갔을 때는 이미 없었어, 어디에도."

약탈에 휘말려서 파괴된 걸까. 어쩌면 반쯤 장난으로 부수기라도 한 걸까.

"헛되이 잃어버렸다. 거참……."

비카는 한 차례 아쉬워하듯이, 비웃듯이 고개를 내저었다. 무슨 소리냐고 묻는 아네트의 시선에 어깨를 으쓱인 뒤에 답했다.

"그건 〈시린〉이나 〈레기온〉과는 달리 순수하게 애완용으로 연구되던 것이지만── 그러니까 인간을 지키기 위해 싸우라는 명령을 받으면 따르겠지. 〈레기온〉은 인간이 아니다. 인간의 좋은 친구로 있어 달라는 존재이유에도 충돌하지 않는다. 인간을 지키며 싸우는 것도 친구라는 존재의 임무라며…… 인간 대신 싸웠을 거다."

아네트는 멍하니 말했다.

"그럼 우리는 우리 손으로 자기 목을 졸랐다는 거야?"

"아네트? 그게 무슨……."

"아니, 그렇잖아? 신의 아버지가 파이드를 완성시킬 시간이 있었으면── 에이티식스를 박해하지만 않았으면 공화국은 진정한 의미로 전사자가 없는 국방을 실현할 수 있었다는 소리잖아!"

"아……."

레나가 얼어붙었다.

공화국이 에이티식스를 프로세서라는 명목으로 무인기에 '탑재'한 것은, 자율전투에 견딜 만한 고도의 AI를 개발할 수 없었기 때문이다. 에이티식스의 인권을 박탈해서라도 그들을 전장에 가두지 않았으면 방위 전력을 유지할 수 없었기 때문이다.

하지만 '파이드'가—— 자율전투마저도 가능한 인공지능이 혹시라도 완성되었으면.

"필요하다고 변명하고, 잘못된 일이지만 눈을 감고, 수백만 명을 죽였다가 결국 들켜서 주위에게 규탄받고. 하지만 사실은 박해 같은 건 필요도 없었어. 우리가 모두 올바르게 행동했으면 에이티식스도, 공화국 시민도 죽지 않아도 되었어. 이렇게……."

아네트는 이를 빠득 갈았다.

나무라는 의도로 받아들여질까 봐 신은 발언을 삼가고 시선을 내렸다.

공화국의 죄다. 아네트의 잘못이 아니다. 레나의 탓도 아니다.

하지만 두 사람은 그렇게 느끼지 않는다.

"얄궂은 이야기가 어디 있냐고……!"

호텔 객실은 2인 1실로, 라이덴과 같은 방을 쓰는 사람은 신이다.

〈무자비한 여왕〉과 관련해서 작전회의라도 했는지, 신은 예정보다 다소 늦게 돌아왔다. 마침 방에 있었던 라이덴은 포트의 남은 물로 커피를 내려주었다.

"수고했어."

"음, 고마워."

호텔의 머그잔을 받다가 신은 문득 재미있다는 듯이 눈을 가늘게 떴다.

"쿠조나 다이야가…… 가끔 너를 엄마라고 부른 건 이럴 때겠지."

"호오…… 머그잔 이리 내놔. 머스터드를 넣어 주마."

"설마 지금 가지고 있나? 정말로 무슨 엄마냐?"

"뭐라고?"

머그잔을 사이에 두고 잠시 으르렁거렸다. 그래도 커피가 엎질러지지 않을 정도로.

"그나저나 저녁까지 아직 시간이 있는데, 이런 시간에 뭘 한 거지?"

"아니, 최종일의 그것들을 슬슬 꺼내서 걸어놔야 할 거 아냐. 너도 슬슬 꺼내 놔. 당일에 주름져도 난 모른다."

"엄마……."

"이 자식이."

커피는 다 마셨으니까 이번에는 조금 더 거칠게 으르렁거렸다.

이렇게 심술을 주고받는 것도 쉽사리 넘겨버리니 라이덴은 재미가 없었다.

"그렇게 말하는 넌 완전히 저승사자란 느낌이 아니게 되었어."

의아해하는 시선만이 돌아왔기에, 라이덴은 침대 위에 주저앉아서 손으로 턱을 짚은 자세인 채로 말했다.

"특히나 레나를 핸들러 원이라고 불렀는데 이제는 완전히 이름으로 부르게 되었고, 먼저 가네 바다를 보여주고 싶네 같은 소리를 하고, 설마 동부전선의 머리 없는 저승사자가 말이지. 아하…… 그래."

히죽 웃으며 라이덴은 말을 이었다.

"너도 말이야. 심문 같은 걸로 도망치지 말고 슬슬 말하시지?"

"조용히 해."

"뭐하면 분위기 잡는 걸 다소 협력해 줄게. 괜찮은 느낌이 나는 경치나 분위기나…… 아, 하지만 최종일이 제일일까."

"조용히 해. 저번에 말하려고 했는데 마르셀이……."

"아무리 벽창호인 너라도, 기왕이면 기쁘게 하는 편이 좋다는 거로군."

"……."

신은 노골적으로 무뚝뚝해져서 입을 다물었고, 슬슬 호랑이 꼬리를 밟았음을 눈치챈 라이덴도 입을 다물었다.

노골적으로, 무뚝뚝해져서…… 감정을 죽일 필요도 없는 순수한 어린애처럼.

"그런 얼굴을 하게 되다니 말이야……."

입에서만 웅얼거렸으니까 신에게는 들리지 않았던 모양이다. 경계하는 눈으로 이쪽을 올려다보았다.

"뭐야?"

"아니."

정말로 변했구나……라고 생각했을 뿐이다.

목욕탕은 아직 열었을 테니까 씻고 오라며 쫓아내자, 신은 의아한 표정을 하면서도 나갔다.

닫힌 문을 보며 라이덴은 생각했다.

처음에 만났을 때는 정말로 동갑내기 아이의 모습만 한 저승사자로 보였다.

표정이나 시선, 그 안에 담긴 마음도 완전히 얼어붙었고, 그만큼 깎이고 갈린 상태였다.

그런 신이 지금 당연하다는 듯이 웃을 수 있다.

잘 웃게 되었다. 그 울보 핸들러와 만난 뒤로는 특히나.

"완전히 포기할 것도 아닌가……."

조국이었을 터인 나라가 죽으라고 명령했다.

소중했을 터인 형에게 죽을 뻔했다.

발을 딛고 선 전장은 〈레기온〉에게 포위되었고, 함께 싸우는 동료는 다들 먼저 죽고. 그런 끝에 저승사자가 되었다. 인간의 악의와 세계의 냉혹함으로 연마되었다.

그래도 구원을 바라도 된다고—— 살아있어도 된다고, 마지막 순간에 보여주었다면.

희망이라고 할 것이 한 조각이라도 남아있다면.

이 망할 세상도 아직, 정말 아주 조금이지만, 포기하지 않아도 되겠다고.

처음으로 그렇게 생각했다.

우리의 저승사자.

그 별명은 일종의 저주로—— 저주이기에 붙들어놓는 족쇄가, 의지하는 십자가가 될 수 있었겠지. 형을 없앤다는, 저주이며 바람이기도 했던 목적도 함께.

죽은 전우 모두를 자기가 도달하는 그 마지막 장소까지 데려간다. 그 역할이 있었으니까 신은 도중에 쓰러지지 않을 수 있었다. 한 걸음이라도 더 오래, 더 멀리까지, 계속 나아갈 수 있었다.

그래도 역시나…… 신 덕분에 주위 사람들이 구원을 얻고 힘을 얻었던 거겠지.

"받을 만큼 받았어. 우리도 슬슬 놓아줘야겠지."

목욕탕에 가 보니 테스트에 참가하지 않은 프로세서들과도 이야기하러 호텔에 온 듯한 올리비아가 있었다. 동물 꼬리처럼 길게 묶어서 흔들리는 그 흑발을 보고 신은 마치 티피 같다고 생각했다. 다이야가 주운, 까만 몸에 다리 끝만 하얀 고양이.

그 무렵에는 이름도 붙이지 않은 채로 적당히 불렀고, 그때는 아직 레나를 벽 안쪽에 사는 무책임하고 태평한 핸들러로만 인식했다.

그런 그녀에게 먼저 가겠다는 말을, 소망을 맡겨도 좋다고 생각한 것은 언제이고…… 그만큼 그녀를 신뢰하게 된 것은 대체 어째서였을까.

신은 눈을 크게 떴다.

"노우젠 대위── 우리는 현재 그녀의 해체를 검토하고 있다. 계속 이렇게 비협조적인 태도를 보인다면 그럴 수밖에 없다. 교섭의 예의로서 이 사실을 전해도……."

"안 됩니다."

신은 정보실장의 말을 짧게 가로막았다. 연방 정보부의, 이 자리 책임자의 말을.

그건 아마도 의미가 없다. 죽음을 두려워하지 않는 〈레기온〉에는 협박이 되지 않는다.

"그보다도 실장님…… 감금실 안에 들여보내 주십시오."

모두가 한순간 경악했다.

"무슨……."

반사적으로 일어서려는 레나를 시선으로 제지했다. 걱정하는 것처럼 터무니없는 짓을 할 생각은 없다. 여태까지처럼 죽어도 상관없다는 마음은 없다.

정보실장, 그리고 자흑색과 적황색 군복을 입은 책임자 세 사람이 한동안 협의하고, 정보실장이 좋다고 고개를 끄덕였다.

"구속구를 재확인해라. 처분용 기총도── 승산이 있나, 대위?"

"용아대산에서 〈무자비한 여왕〉이 제 앞에 나타났을 때, 그녀는 저를 죽이지 않았고── 제 동료가 따라오도록 방치했습니다. 그 이유가 추측한 것과 같다면."

튼튼한 합금으로 만든 잠금장치가 달린, 감금실로 이어지는 게이트가 열렸다. 일단은 이중 격문 중에서 관찰실로 이어지는 문만이.

"지각동조는 기동한 상태로 놔둬라. 너무 접근하지 마라. 위험하다고 판단했을 경우, 그녀를 처분하겠다."

두꺼운 금속 벽을 통과하는 게이트는 통로처럼 길었다. 신은 문을 지나서 안으로 들어갔다. 뒤에 있는 문이 닫힌 뒤에야 간신히 감금실 쪽의 문이 열렸다.

신은 통로와 감금실의 경계, 재질이 다른 바닥의 경계선 위에 섰다.

같은 공간에 선 인간에게, 마치 벌레가 사냥감에 반응하듯 〈무자비한 여왕〉이 벌떡 일어서려고 했다. 하지만 구속 때문에 일어서지 못했다. 그 반사적인, 무기질하고 본능적인 움직임.

그렇다. 〈레기온〉은 그 앞에 서는 모든 것을 살육한다. 인간도, 도시도, 군대도, 나라도, 어떠한 구별도 없이 유린한다.

그것이 그들의 본능이다. 뇌관이 눌린 지뢰가 작동한 상대를 가리지 않는 것처럼, 자동으로 인간을 살상하는 것이 병기의 잔인함과 평등함이다.

하지만 그 본능에 반발하여 이 〈무자비한 여왕〉은 용아대산의 용암호에서 신을 죽이려고 하지 않았다. 마치 가지고 노는 것처럼, 아니면 가치를 가늠하듯이, 그저 지켜보며 다가왔다.

하지만 혹시 그때 그대로 대치하고, 시간이 더 지났으면.

동료들이 신을 쫓아오지 않고, 그녀를 막는 자가 아무도 없었더라면.

"내 목소리가 들리겠지, 〈레기온〉의 여왕."

부를 이름도 없는 것은 불편하다고 다시금 생각했다.

제레네라고는 부를 수 없다. 그렇다는 확증은 아직 없고, 혹시 제레네가 아니었을 때 그녀로 가장할 우려가 있다. 〈무자비한 여왕〉이라고 부르는 것도 아니겠지. 그러니까 이런 식으로밖에 부를 수 없고, 그게 다소 답답했다.

86구에서는 이름 따윈 단순히 식별을 위한 기호라고 생각했다.

죄업이라는 의미라고 욕을 먹었으니까…… 계속 자기 이름을 싫어했다.

2년 전 레나가 이름을 말하고 이름을 물어봤을 때까지 알려고도 하지 않았던 그것을 이상하다고도 생각하지 않았다. 하지만 지금 돌이켜보면 그러고서 잘도 태연하게 지냈다고 생각한다.

"나를 부른 건 당신이겠지. 찾으러 오라는 당신의 메시지는 보았다. 그러니까 당신이 있는 곳으로 갔다. 전하고 싶은 것이 있다면 듣지. 지금, 여기서."

대답이 없다면 이대로.

같은 공간이라고 해도 10미터 넘게 떨어진 곳에서. 달처럼 금빛을 띤 〈무자비한 여왕〉의 광학 센서는 껌뻑이지도 않고 신을 응시했다. 신은 그것에서 약간 초조한 빛이 어리는 것을 보았다.

7년. 장갑 너머로 계속 받아서 익숙해진, 살육기계의 무기질한 살기가 척후형을 지배하기 시작했다. 덜컥, 하고 구속이 무겁게 울렸다.

2년 전. 만난 적도 없는 벽 너머의 레나를 믿은 것은 그녀를 알 수 있었기 때문이다. 이야기를 건네고, 이야기를 듣고……그렇게 서로 상대를 알 수 있었기 때문이다.

대화하지 않으면 알 수 없다.

모르는 것은 믿을 수 없다.

그러니까 그렇게 일방적으로, 시험하려는 짓을 하지 않고.

덜컥덜컥 구속구를 울리던 소리가 멎었다. 새하얀 장갑이 살짝 올라가고, 은색의 둔한 빛이 그 안에 배었다. 유체 마이크로머신. 그것이 무수한 나비로 변해서 날아가는 것은 고기동형 이외에는 관측되지 않았는데.

같은 은색을 띠었던 형의——〈양치기〉로 변한 형의 손바닥.

마지막에 만졌다. 부드러운 손이었다. 그렇더라도 인간의 손과 마찬가지로, 인간을 졸라 죽여버릴 수도 있는 손.

"나는 당신에 대해 아무것도 모른다. 당신이 나를 부른 이유도, 지금 침묵하는 의도도 나로서는 모른다. 그러니까——당신의 말로 가르쳐 줘."

유체 마이크로머신은 계속해서 배어 나왔다. 흘러나와서 어떤 형태를 취하려고 했다.

그것을 두려워하듯이——드디어.

《감금실에서 나가라. ——관찰실로의 대피를 추천.》

열화하여 소리가 튀는 레코드 목소리를 짜깁기한 듯한. 인간이 아닌 지성체가 억지로 인간의 말을 하는 듯한. 아주 듣기 어려운 기계음성으로 말했다.

음원은 대화 수단 중 하나로 감금실에 놓인 정보단말이었다. 만지지도 않았는데 기동한 그것이 홀로스크린에 노이즈를 만들고, 그 노이즈의 강약이 인간의 말을 만들었다.

관찰실에서 술렁거리는 기색이 군복 옷깃 밑에 단 레이드 디바이스와 기동한 지각동조를 통해 귀에 닿았다. 아마도 역사상 최초의 〈레기온〉과의 대화다. 어쩔 수 없는 일이다.

[그렇군. 만에 하나라도 노우젠을 죽이는 것을 꺼렸나.]

술렁거림에 섞여서 비카가 혼잣말을 하는 것이 들렸다.

《대피 완료 후, 응답을 개시한다. 관찰실로 대피하라. ——경고한다.》

인간의 뇌구조를 흡수한 것이 〈양치기〉지만, 인간의 의식이나 감정이 얼마나 남았는지는 모른다. 하지만 그때 신은 분명히……〈무자비한 여왕〉의 분노를 느낀 듯했다.

《몸을 바친 교섭, 훌륭하다. 하지만, 앞으로는 거부한다. 그것을 기억하라.》

그 광경을, 레나는 멍하니 보았다.

몸을 바친 것이 아니었다. 그것은 레나도 확실히 알았다.

유체 마이크로머신을 기체 밖으로 드러내 움직이는 〈레기온〉은 공화국과 연방, 연합왕국이나 맹약동맹, 현재 생존이 확인된 여러 세력을 모두 합쳐도 보고된 사례가 거의 없었다.

레이, 그리고 신과 라이덴 일행을 생포했다는 중전차형, 그것을 포함해도 한 손으로 다 꼽을 수 있다. 어느 〈레기온〉이든, 어느 〈양치기〉든 모두가 갖춘 기능은 아닌 모양이다. 아마도 사실은 고기동형처럼 전용 프로그램이 없으면 불가능한 행동.

그러니까 유체 마이크로머신의 공격 행동에 대해서는 거의 경계할 필요가 없다.

우연히 그 특이성을 〈무자비한 여왕〉이 가지고 있었지만——유체 마이크로머신은 본디 무기가 아니라 제어계의 구성요소다. 〈레기온〉 본체만큼 말도 안 되는 속도는 낼 수 없고, 신은 은색 빛이 나오기 시작했을 때부터 이미 준비하고 있었다. 대피할 수 있는 타이밍을 재면서 말하고 있었다. 애초에 그 은색이 나타나기 전부터 통로에서 완전히 나가지 않았다. 무슨 일이 있거든 바로 통로 안으로 도망칠 수 있도록.

교섭을 위한 다소의 위험은 용인하면서도, 결코 자포자기는 아니다.

바라는 미래를 위해서—— 미래를 그 손에 넣기 위해서.

그 사실에, 레나는 정신이 멍해졌다.

정말로.

변했다고—— 깨닫게 되었다.

신이 관찰실로 돌아온 직후, 장갑 틈새에서 마치 더는 못 견디겠다는 듯이 유체 마이크로머신의 손이 나왔다. 〈무자비한 여왕〉이 구속된 방의 중심에서는 주위의 벽에도 닿지 않을 정도의 길이지만, 폭발할 듯한 기세와 양이었다.

관찰실로 돌아와서 긴장이 다소 풀린 탓일까. 형의 손이—— 그 것도 〈양치기〉의 손이 아니라, 지금은 꽤 흐릿해졌을 터인 목을 조르는 손의 기억과 그때의 공포가 되살아나서, 신의 얼굴은 다소 핏기가 가신 느낌이었다.

그걸 알아차린 비카가 나지막하게 물었다.

"괜찮나, 노우젠?"

"그래. 아무것도 아니야. 다소 예전 기억이 났을 뿐이다."

〈양치기〉에, 아니면 손에 관련된 상처가 있다. 그 말만으로도 비카는 그렇게 추측한 모양이다.

"상처를 건드릴 각오로 저 앞에 섰나. 억지로라도 말을 끌어내려고…… 경은 이전에 죽은 자와 말할 수 없다고 했을 텐데."

"지금도 그렇게 생각하지만……."

산 자와 죽은 자는 교류할 수 없다.

그것은 섭리다. 아무리 원하더라도 뒤엎을 수 없는, 냉엄한 이 세계의 법칙 중 하나다.

하지만 특별정찰이 끝날 무렵, 〈레기온〉 지배 영역에서 쓰러졌을 때. 그 뒤에 형이 구해 주었다.

말을 나눌 수는 없었지만, 서로의 말은 서로에게 닿았다.

신이 망령의 목소리를 듣는 이상, 같은 이치로 그와 정반대의 일도 가능하다.

의사소통은 불가능하지 않고―― 단순히 망령들이 신조차 알아들을 수 없는 형태로 발신하는 것이라면.

산 자와 죽은 자는 교류할 수 없다. 하지만 이승과 저승의 경계를 아직 완전히 넘지 않은 망령과 한 번 죽을 뻔한 뒤로 이승의 강가에 아직도 붙들려 있는 듯한 나라면 혹시.

그것은 신에게도 다소 두려운 추론이다. 그래도 더는 도망치고 싶지 않았다.

"최선은 다하고 싶으니까. 우리가 유리해질 정보를 하나라도 얻을 수 있다면, 종전의 실마리 정도는 될지도 모르지."

비카는 왜인지 유쾌한 듯이 웃었다.

"바다를 보여주고 싶다고 했던가. 그래, 그걸 위해서라면 노력을 아끼지 않을 만하겠지."

"왜 너까지 알고 있지⋯⋯."

"오히려 경은 왜 내가 모른다고 생각했지? 흐음⋯⋯."

안색이 돌아왔다고 판단했을까, 비카는 〈무자비한 여왕〉 쪽을 돌아보았다.

"그 손은, 인간의 뇌 구조를 넣은 〈레기온〉에 반드시 있는 건가."

당연하지만 마이크를 켰고, 또한 창은 투명하게 설정한 상태였지만 대답은 없었다.

비카의 시선에 이번에는 신이 같은 질문을 반복했다. 이번에는 응답이 있었다.

《죽음에 임하고도, 애타게 손을 뻗다가 죽은 자만이.》

〈레기온〉들의 한탄과 마찬가지라고 신은 생각했다. 죽는 순간의 생각을, 마지막으로 남긴 말의 형태로, 기능을 멈춘 뇌가 되풀이하는 한탄. 임종에 이르러서도 마지막까지 사라지지 않았던 갈망과 그것을 갈구하는 손의 형태 또한 단말마의 비명과 비슷하게 형태를 취하는 걸까.

들리는 것은 신의 목소리뿐일까, 아니면 이야기할 상대를 한정할 뿐일까. 마이크에 잡히지 않는 음량으로 정보부원들이 그렇게 말을 주고받았다. 다음에는 만일을 위해 장갑 틈새를 막아야만 하겠다고 정보실장이 중얼거렸다.

《하나 답했다. 하나 답하라. '   '.》

그 소리는 특히나 알아듣기 어려웠지만——마치 기계의 언어를 그대로 음성으로 만든 듯해서——기록용 단말이 가까스로 잡아냈다. '발레이그르'. 〈레기온〉이 신에게 붙인 식별명일까.

《이름은?》

힐끗 신은 시선을 주었고, 정보부원 하나가 끄덕였다.

"신에이 노우젠."

계급과 소속은 일부러 말하지 않았다.

이 방은 전자적으로 차폐되어 있다. 〈무자비한 여왕〉과 〈레기온〉의 통신은 설령 상공에 방전교란형이 섞여서 중계하더라도 불가능하지만, 일단은 조심하는 편이 좋겠지.

〈무자비한 여왕〉은 한순간 숨을 삼키듯이 침묵했다.

《노우젠. 노우젠. 정멸자(征滅者)의 후예. 제국의 칠흑기장. 묻는다. 그 노우젠이, 왜 조국을 배신하고 연방군에 있는가. 빨간눈^{로 터 기 히} 때문인가. ——대답을 바란다.》

〈무자비한 여왕〉은 제국 귀족이——순혈의 야흑종이 염홍종과^{파이로프}의 혼혈로 생기는 아이를 모멸하는 단어를 말했고, 염홍종 정보 사관이 험악한 얼굴을 하며 일어섰다.

하지만 그 모멸도 공화국에서 태어나 86구에서 자란 신에게는 통하지 않았다.

"나는 제국인이 아니다."

《그렇다면 에이티식스인가.》

"어떻게 알고 있지?"

그녀가 제레네 빌켄바움 소령이라면 알 리가 없는, 그 생전에는 존재하지 않았던 멸칭을.

《무르기에. 약하기에. 공화국의 퇴폐한 열등종이기에. 노획 용이. 정보 취득도.》

노획하면 그 뇌에서 정보를 끌어내는 수단이 있다. 아니, 〈레기온〉의 본능, 혹은 지휘통솔을 위한 전체 의사결정에는 〈양치기〉조차도 거스를 수 없는 걸까.

〈무자비한 여왕〉과도 이렇게 대화가 성립한 것은 본진과——그 네트워크와 분리되었기 때문일지도 모른다.

"당신의 이름은?"

질문에 대답했으니까, 그녀의 규칙에 따르면 이번에는 이쪽이 물어볼 차례겠지. 처음에 물어야 했을 것을 묻자, 왜인지 〈무자비한 여왕〉은 살짝 기체를 기울였다. 곤혹스러운 듯한, 혹은 도발이 빗나가서 김이 샜다는 듯한 움직임이었다.

《이미 인식한 것으로 추측.》

"이쪽은 대답했다. 대답해 줘."

거듭해서 묻자, 〈무자비한 여왕〉은 신의 옆에 있는 비카에게 시선을 주었다.

《알겠다. 하지만 불필요. 거기 있는 '철없는 오랜 뱀'에게 확인하라.》

그 순간, 비카의 얼굴이 살짝 굳었다.

그리고 길게 탄식했다.

"역시 너였나. ──제레네."

《긍정.》

〈무자비한 여왕〉은── 제레네는 나지막하게 긍정했다. 의연하게. 그 식별명처럼 얼어붙은 달 같은 무자비함을 띠고.

《나는── 내 생전의 이름은 제레네 빌켄바움. 제국 연구소 소속. 소령 상당관.》

생전이라고 일부러 말한 것으로, 지금의 자신은 이미 인간이 아니라고 암암리에 드러내면서.

제레네의 심문으로 정신없는 심문실을 살짝 빠져나와서, 그 소동이 들리지 않는 복도에서 레나는 혼자 발을 멈추고 천장을 바라보았다. 지하 기지라서 하늘 따위 보이지 않는 무기질한 잿빛.

신은 정말로 변했다.

공화국의 중령과 대치하여, 인간의 악의에 정면에서 맞서는 자세를 보였다.

갓 생긴 가족과, 함께 있는 자들과 관계를 만들고, 그 관계를 유지하려고 노력하고 있었다.

아네트를 어느새 리타라고 부른 것처럼, 잊어버렸던 과거 행복들의 파편을 기억 밑바닥에서 일부나마 건져 올렸다.

계속 차갑기만 한 세계라도, 세계에 아무 기대도 할 수 없더라도 —— 그래도 미래를 바라며 자신의 소망을 이루려 하고 있었다.

그것을 레나는 기쁘게 여겨도 좋을 테지만…… 실제로 느끼는 것은 뒤에 남겨졌다는 쓸쓸함과 땅바닥이 무너질 것만 같은 불안이었다.

약한 사람이라고 생각했다.

하지만…… 역시나 강한 사람이었다.

약함을 끌어안고도, 빛이 보이지 않더라도, 마음 하나, 바라는 것 하나만으로 걸어갈 수 있는 사람이었다.

어쩌면 어느새 신에게는 자신이 필요 없어진 걸지도 모른다. 그렇게 생각한 순간 정신이 까마득해질 만큼 두려워졌다.

그렇지 않더라도 분명 언젠가 깨닫겠지.

바다를 보여주고 싶다고…… 그러길 바라는 상대는 사실 레나가 아니어도 된다는 것을.

과거에는 달랐다.

2년 전의 신은 86구에 갇힌 상태로 반년 뒤에는 반드시 죽을 운명이었고, 주위에는 마찬가지로 반드시 죽는 에이티식스밖에 없었다. 기억해 달라고 바랄 수 있는 상대가 레나밖에 없었다.

레나가 뭔가 특별했던 게 아니다. 그때 신의 주위에 있던 사람들

중에서 유일하게 살아남을 수 있을지도 모르는 인간이 우연히 레나였을 뿐이다.

지금은, 다르다.

86구에서 살아남고, 죽을 운명에서도 해방된 동료들이 있다. 이미 2년이나 살았던 연방에서 만든 인간관계가 있다. 그들은 모두 그를 버리고 가지 않는다.

그러니까 함께 사는 것은── 이제는 레나가 아니어도 된다.

하지만 나는 틀렸다.

레나는 틀렸다. 먼저 가겠다는 말을 신이 남겨 주었으니까, 레나는 여기까지 올 수 있었다. 보일 리도 없는 그 뒷모습을 쫓으며, 계속 싸우자고 생각할 수 있었다.

신이 없었으면 싸울 수 없었다. 그가 남긴 바람이 있었기에── 강한 척할 수 있었다.

힘이 되고 싶다.

두고 가지 말아 달라고 매달리는 역할에, 자기 자신이 매달려 있었음을 이제야 깨달았다. 그를 돕고, 혹은 이끄는…… 주제도 모르는 성녀라는 역할에.

자신에게는 그것밖에 없다. 신과 함께 싸우는 긍지와 신의 곁에서 그를 도울 수 있는 역할. 그것을 잃어버리면── 혹시 신이 레나를 두고 간다면, 더는 걸을 수 없다.

그리고 그때 두고 가지 말아달라고 다시금 매달리는 것은 허용되지 않는다.

레나가 있는 한, 기동타격군은 '공화국의 선진적이며 인도적인 방위 시스템'의 성공 케이스가 된다. 공화국 사람은 아무도 싸우지 않아도 되는, 전사자가 없는 86구의 전장. 그 환상을 보강하는 존재다.

그 환상은 걷기 시작한 신의 족쇄가 될지도 모른다.

그러니까 매달릴 수 없다.

그의 상처가──무거운 짐이 되고 싶지 않다.

나는.

공화국의──하얀 돼지니까.

제3장 Fog blue

"——어라. 여자애도 있나?"

〈저거노트〉용 새 장비라는 〈아르메 퓨리우즈〉의 최종 테스트 도중. 오늘 체크리스트 중 첫 페이지를 마치고 한숨 돌리던 크레나는 컨테이너 너머에서 들려오는 목소리에 시선을 주었다.

〈무자비한 여왕〉이—— 제레네 빌켄바움이 드디어 신의 말에 반응한 뒤로 신은 그녀의 심문으로 몹시 바빠졌다. 신이 상대가 아니면 아무런 말도 하지 않겠다고 제레네가 요구했기 때문이다.

그 결과, 〈아르메 퓨리우즈〉의 테스트에 시간을 내기 어렵게 되었기에 라이덴과 세오, 크레나와 앙쥬가 대신 담당했다.

크레나가 돌아보는 것도 모르고 잡담하는 것은 맹약동맹 군인들인 모양이었다. 적황색 군복을 입은 이들 중 절반 정도는 금발이나 벽안의 청계종 혈통. 다이야와 같다고 문득 생각했다.

"귀엽네. 그보다 아직도 저렇게 조그맣나."

"억지로 싸우게 된 소년병이라길래 굶주린 들개 같은가, 세상을 죄다 저주하는 꼬맹이라고만 생각했는데."

"실제로 이야기만 듣기로는 피도 눈물도 없는 전투 머신 같은 괴물이란 느낌이었지."

"그냥 귀엽기만 하네."

"이런…… 이쪽 본다. 들렸나?"

겸연쩍은 얼굴을 한 뒤에 한 손을 들고 미안하다는 시늉을 하거나 머리를 긁적이는 모습.

그리고 전원이 밝게 웃었다.

"열심히 해라!"

크레나는 크게 끄덕였다.

"응!"

그래, 신은 바쁘니까, 그러니까 그만큼 나도 모두와 함께 열심히 해야지.

그런데.

컨테이너 틈새에 주저앉아 있는 군청색 군복을 힐끗 보았다.

뭐 하는 거야, 레나.

"레나, 왠지 분위기가 이상하네요."

어렸을 적부터 남녀의 구별 없는 86구의 강제수용소와 막사에서 지냈기에, 에이티식스는 또래의 남녀가 밀실 안에 동석하는 걸 금기시하는 가치관이 별로 없다.

호반 도시에서 산 화장품을 꺼내면서 미치히가 말하고, 같이 쇼핑을 다녀온 샤나와 짐꾼으로 불려갔다가 그대로 객실까지 따라온 유토와 리토가 끄덕였다.

미치히는 여러 색깔을 산 립스틱을 꺼내어 대조해 보고, 샤나는 바로 매니큐어 병을 열어서 그 예쁘장한 손톱에 칠하기 시작했다. 슬슬 당일이 다가오고 있으니까, 그 전에 하는 연습이었다.

"샤나, 그렇다고 나한테까지 칠하려고 하지는 마."

"하지만 리토, 당신은 귀여운데. 먹어버리고 싶어."

"무서워……."

"도망치지 않게 하자고는 생각했지만. 저렇게 불안에 떨면 그렇게도 안 되겠고, 실제로 신도 일단 지켜보는 분위기가 되었고……."

잠시 생각하다가 유토가 대답했다.

"레나도 우리와 마찬가지이기 때문이겠지."

"무슨 소리인가요?"

"레나는 대공세에서 많은 것을 잃었지. 가족도, 집도, 아네트 이외의 공화국 지인도, 고향도, 공화국마저도."

뿌리 내릴 조국은 없고, 지켜야 할 가족이나 돌아갈 고향도 없고. 자아의 형태를 지키는 것이…… 하나밖에 없다.

리토가 "앗." 소리를 냈다.

"그래. 우리 에이티식스와 같은가. 긍지밖에 없고, 그것마저 사라지면 더는 움직일 수 없어. 게다가 우리와 달리…… 레나는 다 잃은 지 얼마 안 되었지."

정말로 아주 살짝 찔리기만 해도 흔들려서 무너질 정도로.

"저기, 신…… 레나가 좀 이상하다는 거 알아?"

"알아."

커프링크스라는 것은 단추가 없는 소매를 잠그기 위한 장신구 중 하나인데, 전투 시에 착용하는 기갑탑승복은 물론이고 근무복에도 사용되지 않는다.

당일에 악전고투하는 것도 싫다면서 익숙지 않은 그것을 채우는 연습을 시작했지만, 예상대로 고전하는 세오에게 신은 고개를 끄덕여 주었다.

"아, 그렇구나. 아, 틀렸다. 역시 안 풀어져."

"연방군의 커프링크스는 빡빡하니까 그런 거 아닐까? 얼마 전부터 이상했지만, 제레네의 대답을 끌어낸 뒤로는 명백히 날 피하고 있으니까."

몰래 심문실을 나가는 것도 알아차렸기에, 도중에 좀 억지스럽게 중지하고 쫓아가 봤다.

하지만 복도 중간에 서 있던 레나는 아무것도 아니라며 고개를 내저었고…… 그러니까 대화하고 싶어지면 언제든지 들어주겠다고만 말하는 것으로 그때는 한 발짝 물러섰다. 말하는 쪽이 아직 마음의 준비가 되지 않았는데 억지로 들으려고 해도 잘 풀리지 않는다. 한 달 전에는 정반대로 경험했으니까, 그러는 편이 좋을 것으로 생각하고서.

거기까지 생각한 신은 말했다.

"일단 대화하고 싶어지면 언제든 들어주겠다고 말은 했는데."

"어?"

놀라서 이쪽을 돌아보는 세오.

"⋯⋯⋯⋯어, 저기, 지금 내 앞에 있는 신은 진짜 맞지? 사실은 한 달 전부터 〈레기온〉으로 바꿔치기 당했다든가 그런 거 아니지?"

"무슨 뜻이지?"

"아니 그게⋯⋯ 신이 그런 배려를 할 수 있게 되었구나 하고."

아직도 놀란 채로 그렇게 말하는 세오.

"⋯⋯⋯⋯그야 캐묻고 싶은 마음이야 있었지만."

세오는 대체 자신을 어떻게 생각하는지 의문이 생겼지만, 굳이 말하지는 않았다.

여태까지 자기가 몇 번이나 고민이나 갈등을 품었던 동안. 그동안에 어지간한 일이 없는 한 세오나 주위 동료들은 아무 말도 하지 않았고, 그 사실에 큰 도움을 받아왔다.

아무 말도 하지 않고 있는 처지가 되고서야 비로소 그들이 무엇을 느꼈는지를 알게 된 지금은⋯⋯ 뭐라고 할 말도 없다.

"나는 정리가 될 때까지 어느 정도 놔두는 게 편했지만. 주위는 그것이―― 불필요하게 말을 걸지 않고 기다리는 것이 더 힘들군."

"여왕 폐하, 여왕 폐하. 당일에는 기합 넣고 이런 거 어때? 야하지 않아?"

일단 노크는 했지만 반쯤 멋대로 들어온 시덴이 레나의 객실 침대 위에서 말했다. 앉아 있는 두 사람 사이에 펼쳐진 것은 호수 건

너편 시내에서 시덴이 사온 속옷들.

그것도 이른바 승부 속옷이라고 하는 것이다. 분위기를 띄우기 위해, 참 귀엽거나 노골적으로 섹시한 느낌이 나는 브래지어, 팬티, 뷔스티에, 슈미즈 같은.

'그, 그런 건…… 파렴치합니다! 나는 도저히 못 입습니다!' 라고.

'그건 당신 사이즈의 옷이 아닌데요! 어, 어떻게 내 신체 사이즈를 아는 건가요?!' 라고.

아무튼 그런 느낌으로 새빨개지는 모습을 보고 싶었는데.

그리고 시덴의 경우, 신체 사이즈는 대충 보기만 해도 안다.

"……."

하지만 레나는 완전히 정신이 딴 데 가 있어서, 보여주는 검은색 가죽 벨트와 가느다란 체인이 달린 가터벨트를 거들떠보지도 않았다.

"여왕 폐하? 왜 그래……?"

"예?"

"아니, 저기, 최종일의 그거."

"아아……."

"여왕 폐하는 어차피 저승사자의 에스코트를 받을 거잖아. 그럼 보이지 않는 곳까지 단단히 멋을 부려야지. 그보다도……."

시덴은 저속하게 실실 웃었다.

"어쩌면 보이게 될지도 모르고! 그럴 때 같은 방을 쓰는 아네트는 내가 책임을 지고 밤새도록 바에 붙들어둘 테니까. 그러니까

안심하고……."

'시덴!' 이라고 소리치든가, 새빨개져서 질책할 것을 각오한 시덴이 최선을 다해 농담하는데도.

"아뇨……. 신은 어쩌면 내가 아니라 다른 사람과……."

레나는 완전히 불안한 애처럼 눈을 돌려버렸다.

"뭐……?"

"신은, 내가 아니더라도…… 나는."

하얀 돼지니까.

하지만 그 말을 하고 싶지 않아서 레나는 입술을 깨물었다.

신과 함께 사는 건 내가 아니라도 된다.

나는 결국 그를 상처 입힌 하얀 돼지 중 하나다.

어쩌면 언젠가 함께 있을 수 없어질지도 모른다.

내가 아니라도 된다.

그걸 알아차리고 시덴은 살짝 탄식했다.

"있잖아……, 여왕 폐하."

그리고 가녀린 두 어깨를 느닷없이 붙잡고 다짜고짜 넘어뜨렸다.

"……?!"

매트리스가 깔린 침대라고 해도 거의 밀치다시피 넘어뜨리는 바람에, 레나는 비명인지 경악인지 모를 소리를 흘렸다. 놀란 티피가 펄쩍 뛰고 하악거리려다가 곧바로 책상 밑으로 도망쳤다.

그만큼 이때 시덴의 표정은 살벌했다.

"시덴……?"

"작작 좀 해."

날카롭게 차가운 눈동자였다.

얼어붙다 못해 오히려 뜨거운, 그런 시선이었다.

분노를 머금고 날카롭게 빛났다.

"항상 그렇게, 무슨 일만 생기면 바로 선을 긋고 물러나고. 그야 너는 여왕 폐하야. 그어야만 하는 선도 있겠지. 그런 쪽으로는 뭐라고 안 해. 하지만."

레나는 지휘관이다. 휘하의 누군가에게 죽으라고 명령하는 일도 있다. 그 일선은 넘을 수 없는 것이고, 결코 넘게 하지 않는다. 그건 안다.

하지만.

"지금 네가 우리와의 사이에 그은 그 선은 딱히 필요 없어. 우리는 이미 아무도 너를 하얀 돼지라고 하지 않는데, 멋대로 자칭하면서 벽 안에 틀어박히기나 하고. 언제까지 그렇게 85구 안에 있을 생각이야!"

"하지만 나는 공화국 사람입니다. 알지도 못하고, 의식하지 않고서 다치게 한 쪽입니다. 그건 영원히 변하지 않아요. 내게는 이것밖에 없다고요!"

그 목소리는 비명처럼 울렸다.

어머니는 죽었다. 대공세에서 〈레기온〉에 잡아먹혔다.

아버지는 죽었다. 86구의 냉혹한 현실을 레나에게 보여주려다가, 그 현실에 격추당했다.

칼슈타르도 아네트의 어머니도, 모두 다, 죄다, 죄다 죽었다.

지킬 가족은 레나에게 없다.

돌아갈 집은 레나에게 없다.

그런 상황에서 신과 함께 싸우는 그 긍지마저 잃으면. 부탁받았다고 생각하지만 사실은 자신이 집착하고 있었던 성녀라는 그 역할마저도 언젠가 없어지면.

그렇게 되면 공화국 사람이라는 출신 말고 자아의 형태를 지킬 것은 없다.

그것이 아무리 싫은 것이라고 해도, 자신에게는 그것밖에 남지 않는다.

"그게 뭔 소리야?"

그 비명을 시덴은 코웃음을 치며 내쳤다.

"이것밖에 없다는 말은 어디서 튀어나왔어? 그렇게 간단히 모든 것을 없앨 수 있다고 생각해? 내 눈을 봐."

내려다보는 시덴의 진보라색과 흰색 눈동자.

〈키클롭스〉의 유래가 된, 멀리서 보면 마치 외눈 같은 눈동자.

"아버지는 양쪽 다 은색이었어. 그 설화종의 피는 별로 짙지 않았지만. 양쪽 눈 색깔이 다른 건 어머니한테서. 나랑 여동생은 그 양쪽을 물려받았고, 그리고 어떻게 되었을 거 같아?"

박해자의 피를 이은 은색 눈과, 평시에도 이분자 비슷한 취급을 받을 만큼 드문 오드아이.

모두 스트레스가 쌓여서 파열 직전인 86구에서 시덴은 그 양쪽을 끌어안고서.

"인간도 아닌 열등종이라는 소리를 들은 에이티식스들에게 인

간의 모습을 한 괴물이라고. 마녀라고 불리고. 여동생은 프로세

서도 되지 못했어. 없앨 수만 있다면 없애고 싶어."

이런 기억…… 그런 과거 자체는.

"하지만 과거는 없앨 수 없잖아. 착각도 무력함도 후회도——

그다음에 오는 결단도. 그럼 너도 이제 와서 없앨 수 없어. 공화국

사람이긴 해도 우리랑 같이 싸우면서 하얀 돼지가 아니게 된 '선

혈의 여왕'인 너는 말이지!"

설령 내일 꺾여서 스러진다고 해도. 함께 있었을 터인 모두와 다

른 길을 간다고 해도.

오늘까지 함께 싸웠다는 그 사실은—— 결코 지울 수 없다.

"이봐, 레나. 너는 정말로 공화국 사람이지만, 하얀 돼지는 아니

야……. 그리고 우리의 여왕 폐하야."

그 말에 레나는 움찔했다.

같은 말을 이전에…… 누군가에게 들은 것 같다.

진지하면서도 약간 서글프게…… 어쩌면 언제까지고 서로의

사이에 있는 벽을 넘으려고 하지 않는, 죄악감에 사로잡힌 채로

변하려 하지 않는 레나의 모습에 대고 한 말.

언젠가 들었던 말.

——그렇게 비장한 얼굴, 하지 말아 주세요.

"처음엔 하얀 돼지와 인간도 아닌 것들이었을지도 몰라. 하지만

우리는 이미 그 선을 넘었다고 봐. 그렇다면 나는 너도 넘었으면

해. 신 녀석도 그럴 거야. 그러니까…… 이젠 제발 넘어 달라고."

†

"제레네, 다시금 묻는다. ──왜 나를 불렀지?"

《부정. 탐색 요청은, 고기동형을 격파한 적성 존재 대상. 특기사항 오메가의 실행 트리거, 고기동형의 파괴. 특기사항 오메가의 목격자, 필연적으로 고기동형을 격파한 자다.》

다시금 침묵하는 것은 무의미하다고 판단했을까, 지금의 제레네는 질문에 대답하게 되었다.

다만 어디까지나 신, 혹은 드물게 비카에게만 대답했다. 무엇이 목적인지, 정보를 제공할 의사가 있는지는 몇 번을 물어도 아직 밝히지 않았다.

레나는 오늘도 여기에 없다. 어쩌고 지내는지 갑작스럽게 걱정이 들었고, 그렇게 생겨난 초조함을 억눌렀다.

"그렇다면 왜 고기동형을 격파한 자를……?"

《고기동형을 격파할 수 있다면, 인간이 아닌 자이기에.》

너는 괴물이라고 비웃는 듯한 어조였다.

《살육기계인 〈레기온〉과 어깨를 나란히 하는 자, 인간이 아닌 자이기에. 하물며 개량종인 고기동형의 격파에 이른 자, 인간을 벗어난 괴물이기에. 그렇기에 연구 대상으로, 노획 대상으로 큰 가치가 있다. 우리 〈레기온〉의 목적 달성을 위해, 지극히 가치가 크다.》

그리고 그녀야말로 인간의 길을 벗어난 괴물 같은── 살육만을 위하여 존재하는 전투기계 그 자체의 이질적인 욕망이고 갈망이었다.

　미쳤군. 누군가가 증오를 담아서 으르렁거렸다. 그걸 들으면서
신은 조용히 물었다.

　"뭘 위해서?"

　제레네의 광학 센서가 이쪽을 보았다.

　아마도 그의 목소리에.

　"당신은 뭘 위해 〈레기온〉을 지금보다도 강화하려고 하지? 인
간을 멸하기 위해서인가? 그렇다면 왜 그때 나를 죽이지 않았지?
왜 지금 나와 대화하고 있지?"

　적의는 아니다.

　증오도 아니었다.

　그저 묻기 위한 질문이었다.

　"당신은 뭘 위해──〈레기온〉을 만들었지?"

　제레네의 말에는, 행동에는 모순이 있다.

　진의를 숨기기 때문이라고 신은 생각했다.

　입은 반쯤 강제로 열었다. 앞으로는 똑같은 짓을 할 수 없다. 강
제를 거듭해도 신용을 얻을 수 없고, 신도 제대로 답하지 않는 지
금의 그녀를 믿을 수 없다. 그러니까 그저 알고 싶다고 생각하는
바를 물었다.

　제레네는 잠시 침묵했다.

　그것은 혼란 같았고, 동시에 왠지 모르게 두려움이나 불안 같기
도 했다.

　《내가⋯⋯.》

〈레기온〉 중에서도 약한 부류인 척후형이라고 해도 인간 따윈 종잇장처럼 짓밟는 살육기계가. 마치 두려워하듯이.

《믿지 않나. 에이티식스. 우리 〈레기온〉이 동포를 살육했다. 희롱했다. 유린했다. 학살했다. 그 사실에—— 증오나 분노를, 느끼지 않나.》

신은 한순간 침묵했다.

공화국 86구에서, 그와 같은 에이티식스들은.

그렇다. 약했다. 마치 그게 당연하다는 듯이 차례차례 죽었다. 조국에 버림받고, 멀쩡한 지휘나 지원도 없이, 못나 빠진 펠드레스밖에 받지 못하고.

손쉽게, 어이없이…… 헤아릴 수 없을 만큼 죽었다.

그 모두가 신에게는 소중한 동료이지만…….

"——그래."

그런다고 제레네를—— 〈레기온〉을 믿다고 생각하지 않는다.

생각할 수 없다.

제레네는 달빛 같은 광학 센서를 천천히 내렸다.

거절하듯이, 두려워하듯이. ……후회하듯이.

《……응답 종료. 앞으로의 회답을 거부한다.》

그날, 〈무자비한 여왕〉은 신의 부름에 더 응하지 않았다.

†

"레나, 오늘은 신이 여기 왔어."

잘 울리는 목소리가 들리고, 완전히 다 외워버린 자료를 바라보던 레나는 고개를 들었다. 드디어 테스트가 끝날 날도 보이기 시작한 군 기지의 점심시간.

쇳빛 기갑탑승복 허리춤에 두 주먹을 대고, 크레나가 떡하니 서 있었다.

"제레네인가 하는 거랑 좀 싸운 느낌이라나. 한동안 시간을 둔대. 그러니까 오늘은 이쪽에서 〈아르메 퓨리우즈〉의 테스트에 참가하고 있어. 안 만나도 돼? 요즘은 호텔에서도 신을 피하고 있잖아. 그만큼 우리가 같이 있을 수 있으니까 나로서는 좋지만."

마지막 말은 마치 내뱉듯이 말했다.

"하지만……."

크레나는 그 금색 눈의 눈꼬리를 사납게 곤두세웠다.

"저기, 정신 좀 차려. 나도 레나한테 빼앗기는 건 진짜 싫어."

그리고 다가갔다. 레나가 키가 조금 더 크고 신발도 굽이 높은 걸로 신으니까 신장 차이는 더 벌어진다. 그런데도 정면에서 노려보았다.

이런 여자, 진짜로 싫다.

거짓말처럼 예쁘고, 전장의 느낌이 하나도 안 나고, 멋대로 끼어들어서 어느새 신을 빼앗아 가고. 신이 바라는 것조차도 어느 틈에 바꿔버리고.

진짜로 싫다.

"하지만 레나 말고 다른 사람한테 빼앗기는 건 더 싫으니까. 레나라면 그래도…… 용서할 수 있으니까. 그러니까."

한 번도 관심을 주지 않았다. 줄곧 소중한 동료이자 동생에 불과했다.

그런 사람을 구할 수 없었던 나 대신.

"정신 좀 차려."

언젠가 거절당할까 하는 마음에 불안하게 도망쳤을 텐데, 그가 있다는 말을 들으니 무의식중에 어디 있는지 찾고 있었다. 만나고 싶다고 매달리듯이 생각하면서, 레나는 화장기 없는 입술을 깨물었다.

나는 공화국 사람인데. 매달릴 자격 따윈 없는데.

정말이지 매달리듯이, 거듭 그렇게 생각하면서.

레나에게 유일무이한, 칠흑과 핏빛 색채가 시야에 살짝 들어왔다. 그 이름을 부르려다가 간신히 참고 가만히 서 있었다. 다행히 거리는 꽤 멀어서, 말을 걸지 않으면 알아차릴 것 같지 않았다.

그리고 레나는 우두커니 서 버렸다.

〈아르메 퓨리우즈〉의 본체 앞. 거대한 그 은색 앞에서 신은 맹약동맹의 군복을 입은 긴 검은 머리 여사관과 담소를 나누고 있었으니까.

연인도 아닌 남녀의 거리로는 좋지 않은, 서로의 몸이 닿을 만한 거리. 실제로 그 사관은 활달하게 웃으면서 편하게 신의 어깨를 두드렸다. 누군가가 농담이라도 한 모양이다. 이쪽에서 봤을 때

반쯤 등을 돌린 신이 웃는 입가만이 레나에게 보였다. 소년답게 마음 편한 웃음.

신은…….

내 앞에서는 그런 식으로 마음 편하게 행동하지 않는데.

저런 거리에서 신은 나와 말하지 않는데.

저런 얼굴로 신은 내게 웃어주지 않는데.

왜 저런. 모르는 사람에게.

싫다…….

어느 틈에 정비 크루인 그렌과 토우카가 다가왔는지, 레나와 같은 방향을 보는 채로 그렌이 말했다.

"왠지 앨리스 녀석하고 이야기하는 것 같군. 흑박종의 혼혈이니 비슷해 보이긴 하나."

모르는 이름이다. 눈을 껌뻑이고 레나는 물었다.

"앨리스?"

레나가 있는 것을 몰랐던 모양인지, 그렌은 흠칫 놀라며 물러났다.

"우왓, 대령님. 그런 곳에서 뭘?"

"앨리스가 누구죠?"

"아…… 저기. 오래전 86구에서 제가 있던 기지에서 전대장을 한 사람입니다. 노우젠 대위가 전선에 갓 배치되고 신입일 적, 이렇게 쪼그말 무렵의."

당시의 신이 나이에 비해 꽤 작았다고 해도 다소 무리가 있는 높이에서 손바닥을 수평으로 흔들었다.

"그 전대장이 저 올리비아 대위랑 좀 닮았군요. 같은 흑박종의 피가 섞인 탓도 있겠지만, 그 이상으로 분위기나 말투가 말이죠. 그 녀석도 저런 느낌으로 긴 흑발에 키가 크고 당찬 미인이라서, 노우젠 녀석도 지금 생각해 보면 제법 잘 따랐고……."

"그만."

순식간에 빛을 잃어가는 레나의 안색을 눈치챈 걸까. 토우카가 팔꿈치로 그렌의 옆구리를 찔렀는데, 그게 꽤 셌는지 그렌은 꾸엑 소리를 내며 침묵했다.

그런 두 사람의 모습도 레나의 눈에는 들어오지 않았다.

싫다. 그런 시커먼 감정이 다시금 샘솟아서, 새하얀 머릿속을 순식간에 채워버렸다.

갓 배속되었을 때의 전대장이라면 신에게는 믿음직한 사람이었겠지. 따랐다는 걸 보면 마음씨 착한 사람이었으리라. 그 사람과 비슷하다면 겹쳐 보더라도 이상하지 않다. 벌써 농담을 주고받을 정도로 편하고 가벼운 사이겠지.

그래도 싫다. 이런 건 싫다. 설령 신뢰하던 전대장이라도. 그 사람과 비슷한 여성이더라도. 내게 보여주지 않는 얼굴로 웃는 신은 다른 누구에게도 보여주고 싶지 않다.

빼앗기기 싫다.

한발 늦게 깨닫고 충격을 받았다.

빼앗기기 싫다고?

신의 곁에 있는 것은 자신이 아니어도 된다. 언젠가 곁에 있을 수 없게 될지도 모른다. 그래도 두고 가지 말라고 나는 매달릴 수 없다.

그렇다. 각오했던 그때가 온 것이다. 나는 물러나야 할 때다. 그런데.

빼앗기기 싫다니, 어떻게 그런 이기적인 감정이.

레나는 한눈에 알아볼 만큼 비틀거리는 걸음으로 사라졌고, 토우카는 머리 하나 높은 위치에 있는 그렌의 얼굴을 노려보았다.

"괜한 소리 하면 안 되잖아요, 그렌."

"미안해."

"대령님은 총명한 분이지만, 그래도 이런 화제에는 어떤 현자라도 판단력이 떨어지는 법이니까요. 심술궂은 농담은 하지 말아요."

"미안하대도……. 나로서는 딱히 농담한 게 아니었어."

그렌은 완강히 토우카와 시선을 맞추려 하지 않았다. 실수했다는 자각은 있는 모양이다.

그리고 아직도 〈아르메 퓨리우즈〉 앞에서 이야기하는 신과 올리비아 대위를 둘이서 바라보았다. 어느새 라이덴과 세오가 가세해서, 둘이었을 때와 전혀 다름없는 기색으로 웃으며 농담하고 있었다.

저렇게 올리비아 대위나 라이덴 등과 이야기할 때와. 지금 이 세상의 종말 같은 얼굴로 떠나간 레나와 이야기할 때의 신은 분위기가 전혀 다르지만.

"그렇게 쪼끄맣던 녀석이 벌써 그럴 나이라니."

"7년 전 모습에서는 상상도 못 하겠네요. 그 성격 까칠한 꼬맹이가 말이죠."

마치 설탕을 한 움큼 입에 넣은 기분이 들 정도로 달달한 느낌이어서.

"앨리스한테도 보여주고 싶었어."

"그렇게 친했던 여자와 비슷하다면, 밀리제 대령님도 초조해지겠네요."

"아니, 노우젠 녀석도 나이 터울 많은 누나 정도로 따른 거였으니까. 애초에 비슷하다고 해도 말이지."

"그렇죠……."

이미 보이지 않는, 레나가 비틀거리며 사라진 방향을 둘이서 바라보았다.

곰곰이 생각할 것도 없다. 위협을 느낄 만한 이야기도 아니다.

정말이지.

사랑은 사람의 판단력을 빼앗는다고 하더니만.

일도 없는데 오늘도 새 장비를 확인하러 나갔을 터인 레나가 갑자기 비틀거리며 돌아오는 바람에, 호텔 본관 라운지에서 우아하게 시집을 읽던 아네트는 깜짝 놀랐다.

"아니, 레나. 대체 그 얼굴은 뭐야?"

"아네트……."

말을 걸자, 무슨 귀신 같은 모습으로 다가왔다.

옆에 있던 급사가 소리도 없이 다가와서 준비해 준 의자에 힘없이 털썩 앉았다.

"신이, 맹약동맹의 올리비아라는 사람하고 이야기하고 있어서. 즐겁게."

"아……. 올리비아 대위 말이지. 〈아르메 퓨리우즈〉의 교관으로 기동타격군에 배속된다지. 맹약동맹군에서 손꼽히는 에이스고, 근접전투 특화에, 미래예지 이능력이 있다나."

올리비아는 기갑 그룹에 배속될 예정이지만, 새로운 장비의 지도교관인 까닭에 연구부와도 관계가 있어서 아네트도 이야기 정도는 들었다. 애초에 싹싹한 사람인지 선물로 과자 같은 걸 들고 호텔에 얼굴을 내비치기도 했다.

그러고 보면 꼭 그때마다 레나는 신과 함께 외출을 나가서 없었던가.

"그거야 신도 에이스고 이능력자에 근접 특화니까, 통하는 것도 있지 않겠어? 게다가 레나는 혹시 눈에 들어오지 않았을지도 모르지만, 신도 라이덴이나 세오나 왕자 전하나 마르셀이랑도 평범하게 웃으며 농담도 하거든?"

"신이 86구에서 처음 배속된 전대의, 전대장하고도 닮았다는 걸. 여자 전대장."

"헤에……."

역시 아네트가 한 말은 제대로 안 듣고 있다. '마지막 그 말은 필요 없지 않아?'라고 생각하면서 아네트는 물었다.

"그래서?"

"어쩌지?"

"뭐가?"

"신, 대위하고 이야기하고, 즐겁게."

"그건 들었어."

"같은 에이스고, 같은 근접전 특화에, 같은 이능력자에."

"그건 아까 내가 말했어."

"어쩌지?"

"그래서 뭐가?"

레나의 얼굴이 이 세상의 종말이라는 말을 들은 것처럼 한심하게 일그러졌다.

"빼앗기겠어……."

"…………하아."

아네트는 한숨을 쉬고 싶어지는 것을 간신히 참았다. 지금 와서 대체 무슨 소리를 하나 했더니.

그보다.

혹시 레나는 제대로 오해하고 있는 건가…….

하지만 이어지는 말에는 무심코 눈썹을 곤두세웠다.

"어쩌지, 아네트. 빼앗기기 싫어. 신과 대위가 이야기하는 것도, 같이 있는 것도 싫어. 그런 생각을 하면 안 되는데, 하지만 빼앗기는 건 싫어."

"넌 무슨 소리 하는 거야? 생각하면 안 된다는 건 무슨 소리야?"

"나는, 내가, 공화국이 에이티식스를 아직도 자산이라네, 열등종이라네 말하는 원인이 되어서. 내가 기동타격군에 있는 탓에, 어쩌면 신의 짐이 될지도 몰라서. 그러니까 내게는 그런 생각을 할 자격이 없고."

"멋대로 떠들라고 해. 그것들은 네가 없었더라도 멋대로 그렇게 생각할 거고, 에이티식스들도 딱히 신경 안 쓰잖아. 짐이네 자격이네 하는 건, 그냥 네가 생각이 너무 많은 거야. "

"신도 사실은 내가 아니라도 될 텐데."

"그렇다면 너라도 괜찮은 거잖아. 그런데 너, 연합왕국에서 신한테 무슨 말을 들었더라?"

애초에 미션 레코더에 음성기록이 남아서 아네트도 알고 있다.

레나는 드디어 울음을 터뜨릴 기세였다.

"나는, 공화국 사람이고……."

같은 말을 했다가 꾸지람을 들은 적이라도 있었는지, 그 말을 내뱉다가 더욱 기가 죽은 듯이 어깨를 움츠렸다. 마음은 이해해 줄 수도 있지만, 모르는 척하고 말했다.

"그래. 그래서 뭐? 그것 때문에 신이 널 싫어한다고 그래?"

"상관이고……."

"그러니까?"

이게 멀쩡한 군대라면 상관과 부하의 연애는 다소 문제가 있겠지만, 정규 훈련도 받지 않은 소년병으로 이루어진 기갑부대에 지휘관이 10대 소녀인 시점에서 기동타격군은 절대로 멀쩡한 군대가 아니다.

실제로 에이티식스들은 전대장이네 부장이네 전대원이네 하는 지휘계통상의 상하관계에 별로 개의치 않고 여기저기서 연애 관계를 만들고, 주위에서도 그것을 문제시하는 분위기도 아니다.

"그러니까……."

그렇게 말하다가 레나는 무릎 위에 둔 두 손을 꾹 움켜쥐었다. 결국 '그렇지만.' 이라고 입술이 움직이는 것을 보고, 아네트는 격앙하며 일어섰다.

"그래서 뭐? 설마 이제 와서 내버릴 핑곗거리라도 찾는 거야? 두고 가지 말아 달라는 부탁을 받고서, 두고 가지 않겠다고 대답하고서, 이제 와서 그만두겠다고?"

레나는 퍼뜩 고개를 들었다.

생각하지도 않은 지적이었겠지. 그 얼굴은 경악한 나머지 새파랬다.

"그럴 마음은……!"

"그럴 마음이 없어도 똑같은 소리야. 영문 모를 핑계나 대면서 도망치고, 그러다가 진짜로 없어지면 두고 간 거나 마찬가지잖아."

'너는 선택받은 주제에.' 라는 소리는 너무나도 꼴사나우니까 하지 않았다.

그래도 아네트는 조금 쓸쓸했다.

과거의 관계를 끊어버린 것은 자기 잘못이고, 서로의 길이 갈라진 것은 전쟁 때문이고…… 소꿉친구였던 신과 지금의 신은 근본이 같더라도 너무 많은 것이 달라졌다.

당시의 아네트는 소꿉친구 소년에게 첫사랑이라고 할 감정이 있었고. 지금의 신에게는 같은 감정을 느끼지 않는다. 그래도 지금 그 곁에 있는 사람이 자기가 아니라는 사실에 아주 조금이나마 마음이 꿀꿀한 것도 사실이다.

내가 그 자리에 있어야 했는데……라고, 긴 은발의 뒷모습을 보며 생각하는 정도는.

"있잖아. 빼앗기기 싫다면. 곁에 못 있게 될지도 모른다고 생각하면서도 빼앗기기 싫다면. 너는 신을 어떻게 생각하는 건데?"

"나는…….."

말하려다가 레나는 입술을 다물었다.

말하면 안 된다고 생각하고 있다. 그것이 마치 얼굴에 써 있는 것처럼 아네트는 간파할 수 있었다. 말하면 인정한다는 뜻이다. 그러니까 말하면 안 된다고.

그 마음도 조금은 이해할 수 있다.

그 마음을 인정하는 건 두렵다. 인정했다가 혹시라도 거절당하면. 떠나버리기라도 하면. 그렇게 생각하면 무서울 것이다.

하물며 신이 남긴 뒷모습을 쫓아서, 그와 마찬가지로 끝까지 싸우기를 선택한 레나로서는, 신에게 거절당하는 것은 존재 자체를 부정당하는 것과 같다.

그 가능성이 아주 조금이라도 눈앞에서 아른거린다면, 멈춰 설 정도로 두려울 것이다.

하지만.

"언젠가 네가 한 말을 고대로 돌려줄게, 레나. 얼른 안 하면 닭이 울어. 그렇게 된 뒤에 울어도 늦으니까."

"실망하고 침묵했다, 나는 그렇게 느꼈는데."

"그 점에 대해서는 나도 동감한다. 여태까지의 도발과 달리, 그녀의 순수한 감정으로 보였다."

부웅, 포옹.

바람 가르는 소리와 충격음――이라고 하기에는 너무나도 기운 빠진 소리를 내며 시야 가장자리를 오가는 물체를 무시하고, 신은 완전히 정례행사가 된 비카와의 대화를 나누었다.

오늘 대욕장 입구에 있는 페리스틸리움 홀은 미리 종업원들이 소파를 모두 벽 쪽으로 치워놓았기에 널찍한 공백을 보이고 있었다. '지금이다, 가라! 해치워!' 같은 요란스럽고, 흥분으로 가득해서 커진 환성.

"메시지와 태도도 포함하여, 이쪽을 시험하는 거겠지만. 조건은 고기동형을 격파할 수 있는 것과…… 〈레기온〉을 증오하는 것일까? 아무래도 의도를 모르겠군."

"생각하기에 따라서는, 전혀 증오하지 않는 것이 문제 아니었을까―― 어차."

두 사람의 진지한 말과 분위기를 깨뜨리듯이 베개가 두 사람 사이를 가르며 날아갔다.

아니, 두 사람이 직전에 가볍게 피하지 않았으면 사이좋게 얼굴을 얻어맞았다.

"칫, 빗나갔나."

"기습 실패. 총대장도 왕자 전하도 빈틈투성이라고 생각했는데."

돌아보니 기동타격군에서는 비교적 어린 축의 소년 둘이 투척 자세로 그런 소리를 하고 있었다.

그리고 침묵한 전대 총대장과 왕자 전하를 보고 히죽 웃으며 말했다.

"그보다 두 사람도 참가해요! 아니면 쫀 겁니까?!"

"그런 건가요?!"

"……"

철없고 목숨 아까운 줄 모르는 두 소년을, 신과 비카는 말없이 바라보았다.

신은 '동부전선의 목 없는 저승사자', 비카는 '살모사' 라는 별명을 가진 역전의 프로세다.

얕보이고도 가만히 있는 것은 사실 성미에 맞지 않는다.

"좋아, 상대해 주지."

"어이, 너희들, 덤벼 봐라."

대난투가 시작되었다.

"하아……"

레나 자신은 신을 어떻게 생각하는가.

아네트가 던진 그 질문은, 생각하고 싶지만 생각해야만 한다. 자각하지 않고서 손을 놓지 않기 위해서라도 생각해야만 한다.

두고 가지 않겠다고 대답했으니까.

그것만큼은 도망치면 안 된다고 생각한다. 그때 두려운 마음을 억누르고 간신히 부탁한 신을 배신하고 싶지 않다.

이 시간이라면 아무도 없을 테니까 자신을 돌아보며 생각에 잠기기 딱 좋다. 그렇게 생각하고 각오를 다지며 대욕장으로 향하다가…… 레나는 페리스틸리움 홀에서 발걸음을 멈추었다.

어째서인지 신과 라이덴, 세오 등등, 에이티식스 소년들이 대리석 바닥에 베개를 깔아놓고서 나란히 널브러져 있었기에.

베개를 깔아놓았다는 말은 관용적 표현이 아니라, 정말로 베개가 여기저기에 흩어져 있었다. 또 잘 살펴보니 에이티식스만이 아니라 비카나 더스틴, 마르셀도 격침 상태. 전원이 방금 목욕하고 나왔는지 가벼운 차림에 타월을 걸쳐서, 그 하얀 빛이 마치 피바다처럼—— 보이지는 않지만 마구 흩어져 있었다.

이런 짓을 하고 노는 집안도 아니었던 터라 레나는 본 적이 없지만, 이건 아득한 동방의 전통 놀이라는 베개싸움이 끝난 광경이다.

홀 가장자리에서 소년들을 깨우던 레르케와 또 한 명이 레나를 보고 고개를 들었다.

에메랄드 같은 녹색과 사파이어 같은 군청색.

"아, 선혈의 여왕님! 거참 보기 흉한 모습을 보여드렸군요. 저승사자님이."

"선혈의—— 그럼 당신이 소문이 자자한 기동타격군의…… 실례, 저는."

"올리비아 대위……?!"

하필이면 제일 마주치기 싫었던 상대다. 레나는 무심코 뒷걸음질 치려던 것을 아슬아슬하게 참았다. 너무 무례한 짓이고, 그보다도 꼴사납다.

올리비아는 놀란 듯이 한 차례 눈을 껌벅이더니, 어른답게 사교적인 미소로 표정을 바꿔서 말을 이었다.

"예, 맹약동맹군, 올리비아 아이기스 대위입니다. 뵙게 되어서 영광입니다, 대령님."

"기동타격군 작전지휘관, 블라디레나 밀리제 대령입니다. 저기, 존댓말을 생략해도 됩니다, 대위. 대위는 아직 배속 전이고, 나보다도 연상이고, 게다가 지금은 휴가 중이고요."

에이티식스들 사이에서는 아직 신만이 지키고 있는 경어 사용을 허용하는 것은 왠지 싫은 느낌이 드니까.

열 살 가까이 어린 소녀라고 해도 대령은 대령이다. 올리비아는 다시금 얼떨떨한 듯이 눈을 껌뻑이다가 마음을 굳힌 듯이 끄덕였다.

"그럼 그렇게 하지. 나도 편하게, 올리비아라고 부르든지."

"예……. 그래서, 저기, 이건 어떻게 된 일인가요……?"

올리비아 또한 목욕을 마치고 나온 건지, 멋지게 기른 긴 흑발을 머리 옆으로 모아서 올린 모습이었다. 그야말로 물에 젖은 까마귀 깃털처럼 윤기가 흐르는 머리카락이 펠드레스의 조종사답게 군살 없는 목에 달라붙어서, 같은 여자인 레나의 눈으로 봐도 아름다웠다.

그런데 설마 같이 들어갔던 걸까? 레나는 그렇게 생각하면서도 직접 묻지는 않았다.

 "으음……. 그게 말이지…… 사실 오늘이 빨래하는 날이어서."

 예?

 발단은 각 객실에서 쓰는 대량의 베개를 한 번에 세탁하는 타이밍이라는 것이었다.

 그리고 조용하고 사치스러운 호텔과 온천, 느긋한 호반 도시에서 푹 쉬는 시간을 보내고, 듬뿍 휴식을 얻어서 체력이 남아도는 소년들은 지루해지기 시작했다.

 당연히 호텔 종업원들도 그 점을 눈치챘다.

 그렇다면 어차피 세탁할 거니까 평소에는 하면 안 되는 짓도 좀 시켜 보자고 높으신 분이 허가했고, 창문도 없고 천장의 유리창도 높아서 닿지 않을 거라면서 대욕장의 페리스틸리움홀이 무대가 되었다.

 그리하여 베개싸움 대회(남자 단체전)가 급히 개최되었다.

 "그렇게 호텔 측에서도 괜찮다고 했고. 그들도 분별을 갖추며 놀았으니까 나무라지 말았으면 하는데."

 가볍고 커서 공기저항이 큰 베개니까, 손에 들고 휘두르는 게 아니라 던질 뿐이라면 천이 상하거나 터질 일도 없다.

당연하지만 설령 얼굴에 직격해도 기절할 일은 없으니, 사방에 널브러진 그들은 단순히 잠들었을 뿐이다. 딱 좋게 지쳤을 때 목욕 후의 나른함이 겹치고, 목욕으로 올랐던 체온이 내리기 시작할 즈음이었던 탓도 있어서. 그렇게 졸리기 시작한 사람부터 전선에서 이탈해 최종적으로 양쪽이 전멸하는 쓰라린 결과로 끝을 맺은 모양이다.

일단 왠지 모르게 팀이 있었던 것 같다고, 2년 넘게 지휘관으로 지낸 레나의 경험이 쉽게 간파했다.

간파했다고 해도 딱히 뭐가 있는 것도 아니다.

레나가 지나가는 데 방해된다고 판단한 것일까, 올리비아는 소년들을 깨우는 작업으로 돌아가더니, 레나로서는 절대로 할 수 없을 만큼 자연스러운 동작으로 어깨를 붙잡고 팔을 당기며 흔들었다.

그 손이 홀 중앙 근처에 쓰러진 신에게 뻗는 것을 본 순간, 레나는 평소답지 않게 큰 소리로 말했다.

"내, 내가 할게요!"

근처에 잠든 몇 명이 무심코 벌떡 일어날 정도의 목소리였다.

올리비아도 놀란 듯이 손을 멈추었다. 멈춘 것에 안도했다.

다른 소년들은 몰라도 신에게 그렇게 친밀, 레나가 보자면 너무 가까운 언동은 허락할 수 없다.

건드리지 마.

"다들 내가 깨울 테니까요. 대위는 됐습니다. 고맙습니다."

바쁘게 쫓아내고──다행스럽게도 올리비아는 순순히 따라주었다——다시금 홀의 참상을 둘러보았다. 조심스럽게 시체 사이에 발을 내디디고, 머뭇거리면서 건드려 깨우고, 역시나 잠들어 있는 신에게로 향했다.

자고 있다고 해도 대부분 꾸벅꾸벅 조는 정도였는지, 어지간해서는 건드리는 정도가 아니라 옆으로 다가간 시점에서 눈을 떴다. 근처 동료가 일어나서 눈을 뜬다는 연쇄가 조용히 확산되었다.

하지만 신은 조금 깊게 잠들었는지 일어날 기색이 없었다. 옆에 앉아서 두근거리는 마음으로 흔들어보았다.

"신. 일어나세요. 감기 걸리면 안 되니까요."

일어나지 않아도 되는데, 말과는 달리 그렇게 생각했다.

그러면 신은 나의 것이다. 어디도 가지 않는다. 나의 것이다.

그러니까 일어나지 않아도 되는데—— 이대로 쭉 이렇게 함께 있을 수 있으면 좋은데.

입술을 꾹 다물었다.

결국에는 인정해 버렸다.

그렇다. 함께 있고 싶다. 이루어진다면 언제까지든 계속.

하지만 미래를 바라며 걷기 시작한 신이 어쩌면 자신을 두고 갈지도 모른다고 생각하니 두려워서. 레나 말고도 많은 사람에게 사랑받는 그에게 언젠가 필요가 없어질지도 모른다고 생각하니 두려워서.

공화국 사람이라는 허물도 있어서, 한 차례 느낀 불안을 스스로도 부정할 수 없어서.

그 언젠가가 지금일지도 모른다고, 거절을 두려워하며—— 마음을 인정하는 것도, 전하는 것도 포기하려고 했다.

신에게 거절당하면, 나는 더는 싸울 수 없다. 나 자신을 지킬 수 없다.

하지만 그렇다고 해서 포기하고, 모르는 척하고, 그러는 사이에 누군가에게 빼앗기는 것은 더 싫다.

싫다고 깨달았다.

깨달았으면 더 이상…… 자기 자신에게 거짓말할 수 없었다.

빼앗기기 싫다. 나 혼자의 것으로 삼고 싶다. 그러니까.

꾹. 입술을 굳게 다물었다.

†

그날 밤, 레나는 좀처럼 잠들지 못했는데도 너무나도 일찍 눈을 뜨고 말았고, 그대로 있다간 아네트를 깨울 것 같았기에 조심스럽게 새벽녘의 방을 빠져나왔다.

아침이라면 누군가가 프런트에 있는 로비를 지나서 장미와 녹색의 벨벳 같은 잔디가 깔린 정원으로 이동하고, 거기서 이어지는 우아한 구리색 난간이 달린 계단을 내려갔다.

거기에 있는 것은 눈 녹은 물이 여름에도 차갑고 드넓게 깔려 있는, 바람이 없는 지금은 은거울 같은 호수였다. 궤도전차를 대신하는 여객선도 이 시간에는 움직이지 않는다. 마치 모든 생물이 죽어버린 듯한 정적이, 별들을 비추는 수면과 어두운 하늘 사이를 채우고 있었다.

본 적은 없지만, 바다란 것은 이런 느낌일까? 바람이 없으니까 파도가 일지 않는 물가에 서서 멍하니 그렇게 생각했다. 별의 광채만이 움직일 뿐이지, 아무도 보지 않고 아무것도 없는 원초의, 혹은 종말의 바다.

그렇게 생각했는데 시야 가장자리에 누군가가 일어섰다.

"레나……?"

그 목소리에.

레나는 무심코 눈을 크게 뜨며 돌아보았다.

"신……? 이런 시간에, 이런 데서 뭘?"

"어제 이상한 시간에 잠들었던 탓인지 눈이 떠져서."

신이 있던 곳은 통나무 벤치라서 그 옆에 앉았지만, 처음에는 그 위치가 멀었다. 켕기는 기분이 생겨서 거리를 벌렸지만, 그 마음을 어떻게든 누르고 일부러 거리를 좁히며 앉았다.

화제를 찾다가 일단 떠오른 것을 물었다. 이거라면 이상하지 않겠지.

"제레네는, 그 뒤로 어떤가요?"

"아직 본론까지는…… 솔직히 또 벽에 부딪힌 상태입니다. 대답을 거부하고 있어서."

그다음에 문득 뭔가 떠오른 표정을 했다.

"사실 어제 베개싸움은 그 해결의 실마리를 찾는 것이었습니다."

"그건 거짓말이죠?"

무심코 그렇게 말한 뒤에 레나는 슬쩍 웃었다.

오래간만에 신과 자연스럽게 이야기할 수 있었다.

신도 그걸 노리고 그답지 않게 이런 시시한 농담을 한 거겠지.

그렇기에 레나도 농담으로 말을 이었다.

"파이드, 데려오면 좋았을 걸 그랬네요. 파이드라면 혹시 더 간단히 의사소통이 가능했을지도 모르잖아요. 제스처 같은 걸로."

"그럴지도 모릅니다만, 그 전에 녀석은 슬슬 고집을 부린다고 다 되는 게 아니라는 것을 배워야 합니다."

따라오겠다고 완강히 고집을 부리는 (아마도) 파이드. 이 여행을 떠나기 전에 나타난, 어디서 본 적 있는 그 비장한 상황에 고생깨나 한 신은 진절머리를 내며 말했다.

그리고 부옇게 밝아오는 능선 너머, 희미한 안개가 끼기 시작한 저편으로 눈을 주었다.

"아버지가 연구했다는 '파이드' 말입니다만."

인공지능, 시작 008호. 〈레기온〉과도 〈시린〉과도 다른, 기계지성의 가능성.

"우연히 이름이 같은 탓일지도 모릅니다만, 그 이야기를 들었을 때 혹시 파이드가 그 인공지능이었다면 어땠을까 하는 생각을 잠깐 했습니다. 7년 동안 계속 따랐던 것은 어쩌면 그 '파이드'라서 그런 걸지도 모른다고 말이죠."

비카나 아네트의 말을 따르면 시작 008호에 이름을 붙인 것도 신이라고 하니까, 이름이 같은 것은 우연이 아니지만.

신의 어조는 추론이 아니라, 예를 들어서 어린애가 내일 어른이 되면 뭘 하겠다는, 어디까지나 현실감이 없는 희망사항을 말하는 느낌이었다. 실제로 그럴 가능성은 만에 하나도 없다. 아무리 그래도 〈스캐빈저〉 생산 공장은 군 시설이다. 시작품 인공지능이 섞일 여지가 없다.

그러니까 그 희망에 어울려주는, 단순한 농담으로 말을 이었다.

"그거라면 파이드의 코어 블록을 검사해 보면 진짜 그 아이를 찾을 수 있을지도 모르겠네요. 오래간만이라고 말해 줄지도."

신은 희미하게 쓴웃음을 지었다.

"그렇다면……."

그렇게 말하려다가.

그 웃음이 슥 사라졌다. 그 붉은 눈동자가 깊은 생각에 잠기듯이 아래쪽을 향했다.

"왜 그러나요?"

"아뇨. 그렇다면 싫을 것 같아서 말이죠."

레나는 의아한 눈치로 눈을 깜빡였다.

뭔가 말이 이상하다. 게다가 떠올릴 수 없더라도 그립게 생각하기에, 지금 곁에 있는 파이드가 그 옛날의 친구라면 좋겠다고 느낀 거 아니었나?

" '파이드'가 혹시 살아남았다면. 완성되었으면 인간 대신 싸울 수 있겠지요. 나는 그게 싫습니다. 예를 들어 지금의 파이드가 개량되어 싸울 수 있게 되더라도, 나는 그러고 싶지 않습니다. '파이드' 쪽도 마찬가지입니다. 싸우기 위해 만들어지지 않은 것을 전쟁의 도구로 만들고 싶지 않습니다."

살아있지 않으니까, 인간이 아니니까, 그런 이유로 싸우게 하고 싶지 않다.

레나에게 '파이드'는 정말로 '전사자가 없는 전장'을 실현할 수 있는 가능성이다.

신에게는—— 그것도 역시 전우의, 어렸을 적의 친구의, 전장에서의 죽음이었다.

"〈저거노트〉와 위령비와 함께, 파이드의 잔해도 남아 있었죠? 그건 특별정찰 마지막에 나를 감싸려고 싸우다가 망가진 겁니다. 또 그렇게 만들고 싶지 않습니다. 녀석이 또 죽는 것을—— 나는 보고 싶지 않습니다."

인간의 형태도 생명도 갖지 않은, 못생긴 자동기계라도.

마음 한구석에 아직 남아있던 불안이 입에서 튀어나왔다.

그건. 나도?

내가 죽는 것도……. 그게 아니더라도, 없어지는 것을, 당신은 지금도 싫다고 생각해 주나요?

"그건 파이드가 아니더라도…… 에이티식스가 아니더라도, 말인가요?"

붉은 눈동자가 힐끗 레나를 보았다.

"요즘 고민한 것도, 그것 때문입니까?"

레나는 움찔 굳어버렸다.

굳어서 똑바로 바라보았던 모양이다. 신은 또렷하게 쓴웃음을 지었다.

"내가 말했지요. 이야기하고 싶어진다면 언제든지 듣겠다고. 애초에 다들 눈치채고 있습니다. 우리의 둘도 없는 여왕 폐하가 힘들어하시는 것을."

　놀라서 고개를 들었다. 그 순간, 이날 최초의 햇살이 비추었다.

　여명의 어둠을 햇살이 걷어냈다. 쫓겨난 별이 희미하게 깜빡이는, 투명하고 푸르른 특유의 하늘.

　그 하늘을 배경으로.

　"조금 전의 질문 말입니다만……. 예, 나는 동료 중 누구도 죽지 않았으면 합니다. 누구 하나 정도는 빠져도 된다고 생각한 적이 없습니다. 사라지길 바라지 않으니까, 데려왔지요. 가능하다면 모두가 끝까지 가고 싶었습니다. 그러니까 당신도…… 저기, 없어지면, 곤란합니다."

　그 말은 마치 황야에 내리는 비처럼 레나의 마음에 스몄다.

　그래, 처음부터 신은 말해 주었다. 레나는 공화국 시민인 동시에 에이티식스의 여왕이라고. 레나가 여기에 있어도 된다고.

　단 한 명만을 위한 장소는 아닐지도 모른다.

　그래도 돌아갈 장소는 여기에 있다고 가르쳐 주었다. 여기에 있어도 된다고 말해 주었다.

　몇 번 구원받았는지 모른다. 물처럼 고요한 그 다정함에.

　아아.

　역시 나는, 이 사람을.

한편, 신은 여명의 빛을 바라보면서 다소 마음이 무거워졌다.

틀림없이 지금이 전해야 할 타이밍이었다. 그런데 직전에 주저하다가, 곤란하다는 모호한 말로 얼버무리고 말았다.

라이덴이나 세오가 알면 잔소리 좀 하겠다 싶어서 조금 진절머리가 났다.

게다가 누구도 죽지 않았으면 한다니, 그런 마음은 알리고 싶지도 않다. 그냥 잠자코 있자고 생각하다가.

자기 말이 마음에 걸렸다.

누구도.

죽지 않았으면 하니까……. 그래서 그녀는.

아네트가 눈을 떠 보니 레나가 없었지만, 아침 식사 시간에는 돌아왔다. 하지만 아네트와 같은 테이블에서—— 즉, 신과는 다른 테이블에서 아침을 먹는 것을 보고 '아직도 결심하지 못하는 건가' 싶어서 한숨이 나왔다.

그렇게 생각하는데 갑자기 레나가 말했다.

"아네트, 나 결심했어."

"응?"

그렇게 말하며 바라보자, 레나는 갑자기 잘 들리지도 않게 기어들어가는 목소리로 말했다.

"신에게…… 저기, 좋아한다고, 말할래."

아네트는 눈을 크게 떴다.

그리고 벌떡 일어나서 눈앞에 있는 친구의 어깨를 두 손으로 힘껏 붙잡았다.

"그래! 잘 결심했어! 힘내!"

레나는 목소리가 크다고 허둥댔지만, 신은 이미 식사를 다 하고 사라졌고, 다른 사람들은 대부분 다 알고 있으니까 문제는 없었다.

†

레나가 그렇게 결심할 의지를 굳혔는데, 또다시 올리비아 대위가 호텔에 나타났다.

"자, 꼬마들. 어제도 그랬지만, 슬슬 지루할 때겠지?"

그 목소리는 오늘도 현악기 소리처럼 화려하게 울렸다. 명령에 익숙한, 사람을 매료하는 달콤한 목소리.

레나는 얼굴로는 드러내지 않았지만 '안 와줬으면 하는데' 라고 생각했다.

"어때? 지하 탐험에 흥미 없나?"

"우리의 영봉, 부름네스트 산. 그리고 연합왕국의 험준한 용해 산맥. 그 둘은 사실 그 이름의 유래가 같다."

자연의 동굴과는 명백히 달리 매끄러운, 하지만 기계로 깎아낸 흔적과도 달리 무슨 생물의 내장 속 같은 바위벽과 바닥과 천장으로 이루어진 그 길을, 뚜벅뚜벅 군화 소리를 내면서 올리비아는 걸었다. 부름네스트 산 중턱에 난 바위 동굴. 체력이 남아돌아서 가만히 있지 못하는 소년 소녀들이다 보니 순식간에 대열이 흐트러져서 몇 명씩 나란히 있어도 넉넉한, 인간의 체구에는 어울리지 않는 넓이.

"왕자 전하는 아시겠지만."

그런 전제를 깔더니 노래하듯이 설명을 이었다.

"과거에 원생동물이 마지막으로 도망친 곳, 용해산맥에서는 일각수의 왕가가 그걸 모조리 사냥했다. 그래서 용의 주검(용해) 산맥인 거지. 부름네스트 산도 마찬가지다. 마지막 용(부름)의 둥지(네스트)다. 여기 어딘가에는 아직 그 후손이 남아있다는 이야기도 있고."

그리고 뚜벅거리는 발소리를 내며 돌아보았다. 인간의 작은 키와 체구에는 어울리지 않을 만큼, 아득하니 높은 천장과 이상하게 넓은 공간의 바위 돔.

맹약동맹에서는 홀이라고 불렀다. 본래 무엇을 위한 공간이었는지는 이미 이 세계의 그 누구도 모르지만.

"이 지하 대미궁은 본래 그들이 남긴 것이다. 탐험하고 와라, 꼬마들. 어쩌면 아직 뭔가 있을지도 모르지."

"찬물을 끼얹은 것 같지만 아무래도 무리 아닌가? 애초에 수천 년 전 이야기잖아."

"그런 설정의 탐험 이벤트인 거겠지. 이건 이거대로 재미있어."

그 말처럼 앙쥬는 신이 나서 더스틴을 잡아끌며 계속 앞으로 걸어갔기에, 더스틴은 조금 허둥거렸다. 그녀의 이런 모습은 처음이다.

연합왕국에서 연방으로 돌아온 뒤, 더스틴은 익숙하지 않은 연방의 시내를 몇 번이나 앙쥬에게 안내받은 적이 있지만, 어디까지나 같은 부대의 동료가 해 주는 소소한 참견이었다. 데이트나 그런 게 아니었다.

애초에 앙쥬는…… 더스틴을 싫어하는 건 아니겠지만, 좋아하는 것도 아니다.

그러니까 뭉쳐서 걷는 소년 소녀의 대열에서 마치 떼어내듯이 잡아끄는 것도, 자신과 단둘이 있고 싶어서 그러는 게 아니다.

돌아보니 대열 여기저기에서 적당한 이유를 대고 뿔뿔이 흩어져서 샛길로 빠지는 모습들이 있었다. 프레데리카와 함께 걷는 라이덴이 넌지시 앙쥬와 눈짓을 주고받는 것을 보고, 더스틴도 아하 싶었다.

라이덴이나 세오나 시덴이나 앙쥬 등이 그러기로 정한 것이다. 보고 있자니 답답한 그들의 저승사자와 여왕님을 위한 배려.

그걸 이해했기에, 주위를 둘러보고 눈에 들어온 상대에게 자연스러운 느낌으로 말했다.

"유토, 안쪽으로 조금 들어가면 폭포가 있다나 봐."

"가 볼게. 미치히, 갈까."

"그래요."

이쪽도 극히 자연스럽게 샛길로 빠지면서, 미치히가 엄지를 척세우고 유토가 고개를 끄덕였다. 돌아본 앙쥬도 다른 사람들에게 안 보이도록 주먹을 불끈 쥐었기에, 잘했구나 싶어서 숨을 내쉬었다.

　대열을 완전히 벗어나서 코너를 돌았을 무렵, 누가 먼저랄 것도 없이 멈춰 섰다.

　"어시스트 고마워, 더스틴 군."

　"다행이다. 그런데 저기 두 사람, 요새 또 어색한 것 같은데 괜찮을까?"

　"이번에는 레나가 아무래도 좀 이상했지만······ 아무리 그래도 처음부터 끝까지 다 거들어 줄 만큼 눈치가 없진 않아."

　그렇게까지 친절하지 않다고 말하는 것처럼 들리기도 했다.

　"애초에 신 군은 크레나를 봐주지 않았으니까 그만큼 노력해야 하는데 이럴 때만 신중하다고 할지 겁쟁이가 되고, 레나는 레나대로 다소 매리지 블루 같은 거잖아?"

　앙쥬는 불만스럽게, 답답한 듯이 얇은 입술을 삐죽거렸다.

　"너희의 저승사자와 여왕 폐하는 사랑받는군."

　"그래. 특히나 신 군은 가능하다면 조금 과보호해 주고 싶을 정도로는."

　과연, 관광 명소이며 안전이 확인되었다고 해도, 대미궁이라고 할 만하다.

일부러 조명을 줄여서 어둡고, 거듭 갈라져서 복잡한 길. 이상하게 미끄러운 바위벽은 옥수(玉髓)가 섞여서 이상하게 투명하고, 분기마다 있는 지도를 확인하면서 걷고 있어도 자기가 지금 어디에 있는지 알 수 없어지는 듯한 비일상적 느낌이 있었다.

이동할수록 주위에 있던 에이티식스들이 한두 명씩 사라지고, 어느 틈에 레나와 함께 있는 것은 신 혼자뿐이었다.

"……? 다들 대체 어디로?"

"재미있을 것 같다면서 옆길로 새거나, 경쟁한다면서 뛰어갔는데…… 아무래도 너무 노골적이다 싶습니다."

고개를 갸웃거리는 레나에게 신은 아무것도 아니라며 고개를 내저었다.

"조금 더 가면 옥좌의 방이라고 해서, 원생동물의 완전 골격 화석이 있다는 모양입니다. 거기까지 갔다가 돌아가죠."

"그렇군요……. 너무 늦어져도 안 되겠고, 왠지 나갈 수 없어질 것 같네요."

불빛이 적고 바위벽이 그대로 드러난 길은 폐색감이 있어서 조금 무섭다. 그걸 억누르면서 어깨를 움츠린 레나를 힐끗 돌아보며, 신은 한 손을 내밀었다.

"바닥이 어두워서 위험하니까."

"아……. 고맙습니다."

불안을 들킨 모양이다. 레나는 감사히 손을 잡고, 선도하듯이 반걸음 앞을 가는 신을 따라갔다.

같은 비누 냄새라고 문득 깨달았다.

호텔에서 자체적으로 고안한 제품. 특별히 조합한 정제유를 사용했다고 하는, 목욕탕이나 객실 세면대에 공통으로 놓인 비누.

목욕할 때나 아침에 쓸 때마다 희미하게 깃드는 향기가 신선하고 마음에 들었기에, 레나는 평소에 쓰는 제비꽃 향수를 뿌리지 않았다.

그러니까 같은 향기.

마치 서로에게서 향기가 옮은 것처럼.

그런 생각이 떠오르고, 그 말에서 생각이 이어졌다.

향기가 같다는 건—— 즉.

동침한 남녀의.

레나의 얼굴이 확 빨개졌다. 지식으로는 알지만, 레나에게는 상상뿐이라도 자극이 강했다.

한편, 신은 그런 걸 알아차리지 못했는지, 같은 향기라도 아무렇지 않게 여기는지, 옆에서 힐끗 올려다본 얼굴은 평소처럼 감정이 희미했다.

레나는 왠지 화가 나서 입술을 삐죽였다.

그야 멋대로 이상한 상상을 하고 두근거린 건 자신이지만, 혼자 들뜬 건 바보 같다.

들떠서 두근거리니까…… 냉정하게 있을 수 없어서 자기 심장 소리가 시끄러우니까, 붙잡은 손의 체온이 낮은 것을—— 그 긴장을 깨닫지 못했을 뿐이라는 사실을, 레나는 모른다.

그러니까 조금은 같은 마음으로 있어 주었으면 해서, 그런 마음에 떠밀리듯이 자연스럽게 말이 입 밖으로 흘러나왔다.

"저기…… 저번에는 미안했습니다. 걱정을 끼쳐서."

어느새 조금 전 신이 말했던 옥좌의 방에 도착했다.

바위벽을 갈아내고 세밀한 주름 같은 장식을 단 벽면과 아득히 높은 머리 위까지 똑바로 뻗은 벽이 모여서 거미집 같은 무늬를 그리는 돔 모양의 천장. 올려다보면 영혼이 빨려드는 듯한, 장엄한 광경.

안쪽 벽 전체에는 생물이라고는 믿을 수 없을 만큼 거대한 백골의 날카로운 눈구멍이, 이 방의 주인인 왕처럼, 고대 신전에 모신 난폭한 신처럼, 숨 막히는 장엄함으로 두 사람을 내려다보았다.

레나는 돌아보는 핏빛 눈동자를 올려다보지 않고, 고개 숙인 채로 계속 말했다. 계속 잡고 있던 손을 어느 틈에 꼭 움켜쥐었다.

"하지만……, 기뻤어요. 걱정해 줘서, 기뻤어요. 왜냐하면."

왜냐하면.

내려다보는 붉은 눈동자.

거기에 자신이 비친다는 것이 이렇게나 기쁘다.

"나는……."

그렇게 말하는 두 사람을.

"어머, 이건."

"어쩌면 기대한 것보다."

"좋은 분위기 같구나."

두 사람이 지나간 통로와 다른 곳에서 몰래 지켜보는 앙쥬와 세오, 프레데리카는 저마다 말했다.

　아치 모양의 출입구 바위 뒤에 몰래 숨어서 고개만 살짝 내밀고 엿보는 자세. 같은 장소에서는 라이덴과 크레나, 시덴과 마르셀, 비카와 아네트가 남녀별로 좌우로 나뉘어서 키 순서에 맞게 비슷한 자세로 돔 내부를 엿보고 있었다.

　"그렇게 시간이 있었는데 결국 레나가 하나. 저 바보는 정말로 바보군."

　"뭐 어때, 라이덴. 이러니저러니 해도 끝이 좋으면 다 좋다는 말도 있잖아."

　크레나가 퉁명스럽게 내뱉었다.

　"역시 조금 열 받아."

　"우연이구나, 크레나. 나도 그렇다."

　"그보다 쿠쿠미라, 경은 노우젠에 대한 연모를 부정할지 말지 슬슬 확실히 하면 어떤가."

　"연모…… 아, 아니거든! 나는 그런 게 아니야."

　"바로 그런 점이 문제인데, 쿠쿠미라."

　"전하, 저기, 아무리 그래도 이건 영예로운 연합왕국의 왕자로서 다소."

　"으으. 크레나, 마르셀, 레르케. 모두 시끄러워. 조용히 안 하면 들키잖아."

　"예?! 소생은 전하께 간언했을 뿐, 여러분처럼 엿본 것이……."

　"시끄러워." "닥쳐라, 일곱 살 꼬맹이."

　"면목이 없습니다……."

레나는 아무래도 저번 대화로 고민을 해결한 모양이다.

그렇다면 그 갈등이 끝날 때까지 보류했던 마음을 전해도 괜찮겠다 싶어서, 어둠을 구실로 손을 잡고.

그 기세로 말할 생각이었지만, 어울리지도 않게 긴장하는 바람에 신은 말문이 막혔다.

왜냐하면 같은 비누 향기가 났으니까.

어둠 때문에 시야가 막힌 탓일까, 다른 감각이 예민해진 듯했다. 같은 비누 향기가 났다. 자신이 발소리를 내지 않는 탓에 들리는, 비단이 울리는 듯 긴 은발이 스치는 소리가 귀에 닿았다. 붙잡은 가녀린 손바닥이―― 오늘은 자신보다도 뜨겁다.

목적지인 옥좌의 방, 그 돔에 도착하면 말하자.

도망치는 것임을 잘 알면서도, 신은 이상하게 고동으로 시끄러워진 머리로 간신히 결의를 다졌다.

하지만 그 전에 이름을 불리는 바람에 무심코 돌아보았다가 눈이 마주치면서 움직일 수 없게 되었고.

"왜냐하면, 나는……."

신은 꿈쩍하지도 않고 그저 다음 말을 기다렸다.

자신을 올려다보는 은색 눈동자.

거기에 자신밖에 비치지 않는 것이―― 기쁘다고 생각했다.

문득 떠오르는 게 있어서 아네트가 말했다.

"그러고 보면 앙쥬. 더스틴은 어디로 갔어? 같이 있지 않았어?"

그 말에 앙쥬는 입술을 다물었다. 도중까지는 같이 있었지만.

"더스틴 군은…… 내가 조금 탐험에 열중하다가 잃어버려서……."

하지만. 즐겁다고 생각한 것은 사실이었으니까. 무심코.

한 번 시작된 말은 마치 넘쳐나듯이, 저항 없이 이어졌다.

지금은 눈앞에 있는 사람밖에 눈에 비치지 않는다.

"신, 나는……."

당신을.

그때 커다란 돌이라도 밟은 듯 덜컥거리는 소리가, 분위기를 깨고 울렸다.

"히익?!"

레나는 펄쩍 뛰었다.

아무래도 놀랐는지 신도 조금이지만 긴장한 눈치였다.

펄쩍 뛴 자세와 긴장한 자세인 채로, 두 사람은 소리가 난 쪽으로 눈을 돌렸다. 이 돔으로 이어지는 여러 길 중 하나다.

"누가…… 있나요?"

뭐, 아무리 그래도 지금껏 살아남은 전설 속 생물은 아니겠지.

그늘에 있던 누군가는 벌레인 척하거나 고양이 울음소리 흉내로 넘길까 끙끙대며 고민한 뒤에 결국 천천히 모습을 드러냈다.

은발에 장신, 의미도 없이 두 손을 들고서.

"미안합니다. 납니다."

더스틴.

"……."

무심코 할 말을 잃고, 레나와 신은 더스틴을 쳐다보았다.

평소부터 무표정인 신은 물론이고, 레나까지 크게 치뜬 은색 눈으로 감정 없이 쳐다보니까, 더스틴은 제대로 움츠러들었다. 말하자면 신도 레나도 허를 찔린 생물의 본능으로 굳어버렸을 뿐이지만, 그렇다고 해도 침묵의 응시는 아무래도 무섭다.

"어어, 저기……………… 신경 쓰지 말고 계속해."

그 순간 더스틴의 뒤에서 손이 여러 개 튀어나와서 어깨와 뒷머리와 팔과 옷을 붙잡았다.

그리고 순식간에 통로 안쪽으로 끌고 갔다.

더스틴의 훤칠한 몸이 비명 소리도 없이 통로의 어둠 속으로 사라졌다.

"……."

그렇다고 해서 태연하게 다음 말을 할 수 있을 만큼 레나는 신경이 굵직하지 못하고, 신도 재촉할 만큼 둔감하지 않다.

"저기……."

고동치는 본인들의 심장 소리만이 들리는 듯한 어색한 침묵이 그 자리에 깔렸다.

손들이 더스틴을 잡아간 곳은 빛이 닿지 않는 어둡고 가는 샛길로, 잡아간 것은 물론 라이덴 일행이었다.

"더스틴! 너 말이지!"

"모처럼 아주 좋은 분위기였는데!"

"그걸 왜 깨는데! 분위기 좀 파악해라! 튀어나오지 마!"

"예거, 네놈은 바보인가?! 뭐가 신경 쓰지 말고 계속하란 말이냐, 이 한심한 자식!"

간신히 한동안의 걱정거리가 해결되려는 순간이 날아가는 바람에 모두의 짜증이 치밀었다. 평소라면 2인칭으로 '경'을 쓰는 비카까지 '네놈' 소리를 할 정도로 폭발했다.

도움의 손길을 찾아 주위를 둘러보니 더스틴이 찾던 상대인 앙쥬가 '……아, 나 이제 죽었다.' 싶은 마음이 들 정도로 활짝 웃으며 그를 바라보고 있었다.

정말 많이 화나셨다.

"……………………미안해."

제대로 김이 새버리긴 했지만, 아직 심장이 두근거리고 있으니까 그냥 이대로 말해 버리자고 레나는 결심했다.

조금이라도 의지가 약해지면 바로 얼굴에 드러나려는 주눅을 몇 번이나 참으면서, 마음속으로 고개를 끄덕이고.

"저기!"

생각했던 것보다 큰 목소리가 나왔다.

그 목소리에 레나 자신이 놀라고, 그러는 바람에 모처럼 단단해졌던 결의가 또다시 힘을 잃었다.

하고 싶었던 말이 목젖까지 치솟았는데도 어째서인지 입 밖으로 나오지 않아서, 레나는 입만 뻐끔거렸다.

결국 다른 말을 했다.

"맹약동맹의, 올리비아 대위와. 자주 이야기하는 모양이던데요……."

이런 건 싫다고. 머릿속의 냉정한 부분이 속삭였다.

이러면 마치 질투하는 것 같다. 꼴사납고 창피하다.

아니다…….

꼴사나운 것은 '질투하는 것 같다'는 차원이 아니기 때문이다.

질투하고 있다. 레나는 올리비아에게.

그게 다가 아니다. 신의 주위에 있는 모두를 정말로 질투하고 있다. 레나는 도움이 되지 않는 최전선에서 함께 싸우고 전우로서 힘이 되는 크레나에게도, 앙쥬에게도, 여동생 같은 대접을 받는 프레데리카나 소꿉친구인 아네트에게도. 든든한 상관인 그레테에게도, 남자인 라이덴이나 세오, 어째서인지 곧잘 이야기하는 비카나 동기인 마르셀이나 인간도 아닌 파이드에게까지.

나도 그에게 힘이 되어 주고 싶다.

의논해 준다면 제일 먼저 들어주고 싶다.

다른 여자를 보지 않았으면 좋겠다.

"저기……. 그런 분이, 취향인가요?"

그렇다고 대답하면 어쩌지?

상상만 해도 가슴이 으스러질 것 같다. 대답을 듣는 게 몹시 두려웠다.

내심 겁먹으면서 올려다본 레나에게, 신은.

"예?"

정말로 의아하다는 얼굴을 했다.

뭐라고 할까, '신은 어느 과자를 좋아합니까?'라는 말과 함께 공구함을 내미는 것을 보기라도 한 것처럼, 그렇듯 질문의 의도를 전혀 이해할 수 없었을 때의 얼굴이었다.

대답으로는 대충 YES나 NO를 상정하고 있었고, 그리고 가능하면 NO이기를 바랐던 레나는 뜻하지 않은 반응에 혼란스러워졌다.

"뭐, 뭔가요, 그 대답은?"

신은 역시나 의아해하는 눈치였다.

"분명히 그런 취향인 녀석은 있고, 실제로 86구에서는 드물지도 않았습니다만, 나는 그런 게 아닙니다. 아니, 뭘 어떻게 하면 그렇게 생각하는 겁니까?"

"예……?"

아무래도 이야기가 뭔가 어긋났다. 전제조건에 뭔가 중대한 하자가 있다.

그건 서로 알고 있지만, 어디서 엇갈렸는지 두 사람 모두 곧장 알아차리지 못했다.

신이 먼저 깨달았다.

"레나. 혹시 착각하는 것 아닙니까?"

"뭐, 뭘 말인가요?"

"올리비아 대위에게는 약혼한 사람이 있고―― 게다가 대위는 남자입니다."

"아니, 뭔가 좀 이상하다 싶었는데, 설마 그렇게 착각했다니."

이야기를 들은 올리비아는 화내지도 않고 깔깔 웃었고, 레나는 차마 고개를 들지 못했다.

제각기 산책하던 에이티식스들이 동굴 입구의 홀로 돌아오고, 그 자리에서 책을 읽으며 기다리던 올리비아와 합류한 뒤의 일이었다.

듣고 보니, 아니 여자라고 생각하고 보지 않는 이상 올리비아는 남자가 맞다. 얼굴은 중성적이고, 목소리도 낮은 여자 목소리처럼 들리지만, 골격이나 근육, 피부의 질감은 틀림없이 남자다. 자세히 볼 것도 없이, 가슴도 없다.

"미안합니다. 저기, 머리를 기르고 있고, 여성용 향수를 쓰고 있어서, 여자인 줄…….."

"아하."

올리비아는 쓴웃음을 지으며 자신의 장발을 쓸어 올렸다. 은근하게 풍기는 향수, 6월 새벽의 장미 향기.

"향수는 약혼녀가 애용하던 것과 같은 것을 쓰고 있지. 조종사는 반지를 낄 수 없으니까, 그 대신으로. 머리도 그녀와의 맹세 때문에…… 미련 같다고 웃어도 괜찮은데?"

조종에 방해가 되고 괜히 다칠 수도 있으니까, 조종사는 국가를 불문하고 약혼반지나 결혼반지라도 반지를 끼지 않는다.

하지만 그렇다고 같은 향수를 쓰다니.

정말로 약혼녀를 사랑하는구나 싶어서 미소도 나오고 조금 부러워졌지만…… 다음으로 레나는 깨달았다.

애용했던, 향수.

과거형이다.

그리고 맹세라고 말하는, 자르지 않고 기르는 장발.

미련 같다고 웃어도 괜찮다는 그 말.

"올리비아 대위── 저기, 대위의, 약혼녀라는 분은……."

"3년 전에…… 〈레기온〉에, 잡혀가서."

견디다 못해 레나는 눈을 돌렸다. 자기가 질투했던, 신과의 교류는.

"신과, 자주 이야기한 건, 혹시나."

올리비아는 희미하게 웃었다. 상처가 찢어진 듯한. 집념이나 유령의 망집 같은 웃음.

"그녀가 정말로 붙잡혀 있는가. 그렇다면 지금 어디에 있는가. 그걸 묻고 싶어서. 첫 대면에서 물어볼 이야기도 아닐 테니까, 몇 번 이야기를 나눠 보고서."

이능력 같은 게 아니다. 바로 이 망집이 그를 강하게 만들었다고 레나는 깨달았다. 자르지 않는 머리. 연인의 향수. 여성을 뜻하는 퍼스널네임도 필시 영웅 안나마리아에서 유래한 것이 아니라.

신이 살짝 시선을 내린 것은── 그리고 만난 지 얼마 안 된 올리비아와 레나가 질투할 만큼 친해질 수 있었던 것은 과거에 비슷하게 형을 망집처럼 쫓았던 과거가 있었기 때문이다.

"혹시 〈레기온〉으로 변했다면—— 그녀를 없애는 것은 내가 할 일이니까."

†

《신에이 노우젠. 대답을 거부하겠다고, 나는 선언했는데.》

"들었다. ……하지만 승낙한 기억도 없다."

그리고 신은 마지막 문제 앞에 섰다. 감금실 창 너머로 이쪽을 바라보는 제레네의 금빛 광학 센서.

그것에 처음부터 갈망이 있었다고 신은 생각했다. 무기질해야 정상인, 표정도 없어야 하는 광학 센서에 깃든 빛.

그녀는 처음부터 뭔가를—— 누군가를 기다리고 있었다고 이제야 깨달았다. 찾으러 오라는 그 말을 언제 닿을지 모르는 누군가에게 던졌을 때부터.

"어째서 〈레기온〉을 만들었는가, 라고 저번에 물었지. 그 대답을 듣고 싶다."

질문하면서도 사실은 상상이 갔다. 혹시 그렇다면 여태까지 침묵한 것도, 시험하는 듯한 언동을 보인 것도…… 그 이상한 신중함도 모두 설명할 수 있다.

'파이드' 가—— 아버지가 연구했던 인공지능이 완성되었더라면, 공화국은 정말로 전사자가 없는 국방을 실현할 수 있었다.

그 말을 듣고도 신은 싫다고 생각했다. 혹시나 지금 와서 '파이드'를 발견한다고 해도, 연방이나 연합왕국이나 공화국의 군인 대신 〈레기온〉과 싸우게 하고 싶다는 생각은 들지 않았다.

하지만 '파이드'를 모르는 자라면.

애착이 없는 자라면 정반대로 선택하겠지.

친구로서의 인공지능을 만들려고 했던 아버지조차도 인간과 인공지능 중 한쪽을 전력으로 삼아야만 한다면, '파이드'를 양산하여 전장에 보내는 길을 택했을지도 모른다.

마찬가지로 제레네도.

〈레기온〉을 개발했을 무렵의, 생전의 그녀도.

——돌아와 주길 바랐어.

지금도 들리는, 그 생전의 마지막 생각.

죽음의 순간에 불렀던 그 상대가, 아군의 오폭으로 죽었다는 그녀의 오빠라면.

마지막 순간까지 군인이었던 오빠의 귀환을 바랄 만큼, 죽지 않기를 바랐다면.

"〈레기온〉을 만든 것은—— 인간 대신 싸우게 하기 위함인가. 제국병이, 인간이 그 이상 전쟁으로 죽지 않게끔."

달빛 같은 광학 센서가 스윽 신을 보았다.

망가지긴 하지만 죽는 일은 없는 〈레기온〉을.

두려워하지 않고, 꺼리지 않고, 아파하지 않는다. 싸우기 위한, 그것만을 위한 기계장치를——〈레기온〉이 없었으면 전장에서 죽었을 수많은 동포를 대신하기 위해서.

인간을 죽이기 위해서가 아니라. 인간이 죽지 않게끔 하기 위해서.

"그리고 지금도 죽이고 싶지 않으니까── 당신이 가진 정보를 함부로 흘려서, 만에 하나라도 〈레기온〉 관련 기술을 타국 침략에 이용당하고 싶지 않으니까, 그렇게 정보를 주는 상대를 시험하고 가늠하려는 것인가."

나이 어린 비카는 그저 죽은 어머니를 되살리고 싶었다.

이제는 기억에서도 흐릿한 아버지는 인간의 친구인 인공지능을 만들려고 했다.

그런 두 사람과 교류한 제레네도 그저.

"당신은 처음부터── 인간을 지키고 싶었을 뿐인가."

누구도 죽기를 바라지 않았다……. 신 자신과 마찬가지로.

제레네는 잠시 침묵했다.

그리고.

《묻겠다.》

딱딱하게 갈라진 질문이었다. 냉소를, 냉철을 가장하려다가 실패한 것처럼.

《그렇다면 어떻게 할 것인가. 〈레기온〉을 용서하겠다는 말인가. 에이티식스. 약해서 우리에게 수없이 죽어간 에이티식스. 너의 고향, 가족, 동포 빼앗은 존재를 용서하겠다는 말인가. 네 가족을 네 적으로 만든 것은, 우리일지도 모르는데.》

신은 한순간 입을 다물었다.

그 순간 치밀어 오른 감정의 덩어리는── 형이 죽어서 기계 망령으로 변했다고 안 뒤로 7년, 형을 없애고 2년이 지난 지금도 뭐라고 불러야 할지 모르겠다.

"그래. 그건…… 정말로 그렇군."

감정으로 내뱉는 말이 아니다. 그저 입 밖으로 흘러나오듯이 말이 나왔다.

싸우고 싶지 않았다. 하지만 〈레기온〉이었다. 〈레기온〉이 되었다. 그걸 부수지 않으면 형은 사로잡힌 기계 망령 안에서 영원히 한탄할 것이고—— 그러니까 두고 갈 수는 없었다.

싸울 수밖에 없었다.

그 적잖은 원인이 눈앞의 이 척후형이라면 분명히 그렇다. 그럴지도 모른다가 아니다. 형을 그의 적으로 만든 것은 눈앞에 있는 그녀다.

《다시 묻겠다. 그렇다면 어째서 원한을 느끼지 않지? 나에게. 증오를 느끼지 않지? 원념을 느끼지 않지? 어째서—— 그럼에도 나를 용서할 수 있지?》

신은 잠시 눈을 가늘게 떴다. 용서?

"딱히 용서한 건 아니야. 애초에 원망하지 않으니까. 원망하고 싶지 않아. 그런 것에는 의미가 없어."

망가졌을까? 그래, 맞는 말이겠지.

가족이나 고향을 빼앗겼지만, 그 상대를 증오하지 않는다. 그것은 아마 정상적인 인간의 모습이 아니다.

그래도 미워할 수 없다. 원망하고 싶지 않고, 증오할 수 없다.

깨달았으니까.

백계종이나 세계를, 〈레기온〉을 증오한다고, 사라진 누군가가 돌아오는 게 아니다.

뭔가를 증오한다고 세계나 〈레기온〉이나 백계종이 그가 겪은 고통이나 비탄에 마음을 나눠주는 일도 없다.

미움도 증오도 아무런 도움이 안 된다.

허무할 뿐이다. 그런 것에 의미가 없다고—— 깨달았으니까.

게다가.

"뭔가를 미워하고, 누군가를 증오하고—— 그러다가 나에게 모든 것을 앗아간 녀석들과 똑같은 곳까지 떨어지고 싶지 않으니까."

그것이 에이티식스의—— 자신의 긍지니까.

그것 말고는 아무것도 없는, 제대로 된 원념이나 증오조차 품을 수가 없어진 에이티식스의 긍지.

마치 기도하듯이 두 손을 가슴 앞에 모으고 지켜보는 레나의 모습이 시야에 살짝 들어왔다.

그 순간 깨달았다.

그 소망의 의미를 조금은 안 듯했다.

세계는, 인간은, 자상하지 않다.

세계도 인간도 냉혹하고 잔인하고—— 하지만 냉혹함과 잔인함과 저열함이야말로 인간으로서 올바른, 그래야 할 모습이라고는 생각되지 않는다.

생각하고 싶지 않다.

싫을 만큼 보았던, 눈을 가리게 되는 저열함과. 헤아릴 수 있을 정도밖에 모르는, 우러러봐야 할 만한 고결함. 어느 쪽으로 있고 싶으냐면 하다못해 저열함이 아니라 고결함에 있고 싶었다.

그 소원을―― 레나는, 세계는 아름답게 있어야 한다고 표현한 거겠지.

악랄하고 냉혹한 이 세계의 모습을 알면서도 그것이 올바르다고 인정하지 않는다. 그런 것이라고 포기하고 굴복하지 않겠다고, 추구하는 이상이 아니라 자기 긍지의 선언으로서.

다른 세계를 보았던 걸지도 모른다. 지금도 세계나 인간을 그런 식으로 믿을 수는 없다. 그래도 굴하지 않는 마음만큼은 분명 똑같다고 믿고 싶다.

그러니까 이것도―― 용서가 아니다.

"당신도 용서받고 싶은 건 아니겠지. 다만 지금의 이 세계가 올바르다고 생각하지 않았으니까, 인정하고 싶지 않으니까 바꾸고 싶다, 그렇게 생각했으니까."

전장에서 사람이 죽어가는 세계는.

전장에서 인간이 싸우며 서로 죽이는 세계는.

그리고 그녀가 만들어낸 〈레기온〉에, 그녀가 지키려던 인간이 죽어가는 세계는.

"인간이 죽는 것을 바라지 않는다. 생전에도, 그리고 지금도. 그것이 당신의 바람이니까 전쟁을, 그리고 지금은 〈레기온〉을―― 막고 싶다고 생각하는 것 아닌가."

기나긴 침묵이 깔렸다.

그 끝에 제레네는――〈무자비한 여왕〉은 답했다.

《――그래.》

길고 무거운 탄식 같은 말.

그리고 처음으로 하는 인간다운 말.

《그래, 맞아. 지금으로선 과오밖에 안 되지만. 나는 인간을 구하고 싶었어.》

그 말은 그야말로 참회처럼, 분단된 밀실에 울렸다.

강화 아크릴판을 사이에 둔 감금실과 관찰실에. 죄인과 사제가 서로의 얼굴을 감추는 칸막이를 사이에 두고 마주 앉아서, 밀실에서 죄를 고백하고, 그 죄를 사하는 고해실처럼.

그리고 그녀는 말했다.

이 자리에 있는 연방과 연합왕국과 맹약동맹의 군인들. 그 모두가 고대하던 그 말을.

《좋아. 말할게. 내가 아는 모든 것을. 전하고 싶던 정보를. 다만 조건이 있어. 신에이 노우젠. 그리고 입회자로서 빅토르 이디나로크. 이렇게 두 사람에게만 전하겠어. 다른 자들은 나가게 해. 기록이나 관측, 통신을 위한 장비도 모두 끄고.》

†

제레네의 이야기는 그 중요성에 비해서 별로 길지 않았다.

하지만 그걸 다 듣고 비카는 탄식했다.

어지간해서는 동요하는 일이 없는, 동요해도 겉으로 드러내지 않는 냉혈한 뱀이—— 감정을 주체하지 못하듯이 길게.

"설마……."

감금실과 이어지는 마이크를 끄고 살짝 고개를 내저었다. 요구에 따라 그와 신 말고는 모두가 퇴실해서 두 사람밖에 없는 관찰실.

"설마 진짜로 모든 〈레기온〉을 정지하는 수단이라니. 하지만……."

그렇다.

〈무자비한 여왕〉이—— 제레네가 제시한 것은 대륙 전체에 전개한 모든 〈레기온〉의 정지 코드와 그 발동 절차였다.

하지만.

진절머리 내듯이 고개를 흔들며 비카는 말을 이었다.

"실행할 수 없다면 의미가 없군. 그것만이 아니라 자칫 공개했다간 인류 측이 내부 붕괴한다."

정지 코드를 발신할 수 있는 거점은 하나뿐. 지금은 〈레기온〉이 지배하는 영역 깊숙한 곳에 있는, 옛 제국의 요새 내부.

그건 그나마 낫다. 〈레기온〉의 지배 영역에 있으면 탈환하면 될 뿐이다. 그러라고 있는 기동타격군 부대고, 그걸로 확실히 〈레기온〉 전쟁이 끝난다면 다른 전선에서 병력을 빼서 단숨에 제압하면 된다.

문제는 코드의 발신자다.

정지 코드를 발신하려면—— 그것을 발신하는 〈레기온〉 최고

지휘권한자의 등록과 갱신에는 기아데 황족의 승인이 필요하다.

구체적으로는 유전자 조합. 존귀한 그 피를 통해서만——6년 전 연방군에 의해 전멸해서 지금은 누구 하나 남아있지 않은 지휘권한 보유자의 신규 등록이 가능하다.

10년 전 혁명으로 없어진 황실의 피로.

지금은 아무도 그 피를 갖고 있지 않은 황제의 푸른 피로.

"지휘권한을 갱신할 수 있다—— 그 코드만 알면 그 지휘관의 뜻대로 〈레기온〉을 조작할 수 있다는 것도 그렇지만. 정지 수단은 정말로 문제로군. 연방이 제국을 없앤 탓에 정지 수단이 영원히 사라졌다니."

그조차도 정말로 문제라고 생각했겠지. 괴로운 얼굴로 탄식하고, 그리고 생각을 정리하듯이 시선만 돌려 신을 보았다.

"세 나라의 정보부에는 제레네에게 다른 정보를 제시하게 해서 그걸 알리겠다. 다음 작전계획이나 지배 영역의 생산거점의 위치 정보라도 있으면 그걸로 충분하겠지. 그러면 되겠지, 노우젠?"

"그래."

표정과 목소리를 단단히 가장해서, 짤막하고 신중하게. 신은 고개를 끄덕였다.

감정이 겉으로 잘 드러나지 않는다는 자각은 있다. 10년 정도 전에 형에게 죽을 뻔했을 때부터 감정을 죽였기에.

완전히 몸에 밴 그 습성이—— 지금 이 순간만큼은 고맙다.

이것은 비카에게조차도 들켜선 안 된다.

〈레기온〉은 멈출 수 있다.

발신기지만 제압한다면, 지금 당장에라도.

사람들을 물리길 잘했다. 그러지 않았으면 누가 어떻게 움직일지 예상도 할 수 없는 참이었다.

비카는 모른다.

레나나 아네트도. 라이덴과 세오와 앙쥬와 크레나 이외의 에이티식스도.

하지만 서방 방면군의 장성들은── 적어도 그 일부는.

과거에 에른스트와 함께 그녀를 생포하고, 그리고 그녀를 살려둔 자들은.

그녀의 생존을 알고 있다.

그런 그들이 이 사실을 알면 어떻게 움직일까. 신으로서는 예상도 할 수 없다.

그 끝에 그녀가── 어떻게 될지도.

프레데리카.

기아데 제국의 마지막 여제.

아우구스타 프레데리카 아델아들러.

제4장 Starlight blue

그리고 마지막 밤이 왔다.

맹약동맹에서 보내는 휴가의, 마지막 밤.

그날 밤에는 예의범절 연수 과정으로 체류하는 에이티식스 모두가 참가하는 파티 예정이 있어서, 당일 아침부터 거의 한 사람도 빠짐없이 이를 준비하느라 분주했다. 호텔 종업원들도, 그날을 위해서 초빙한 악단도.

물론 주역인 에이티식스 소년 소녀도 예외는 아니었다.

"와아⋯⋯."

"굉장해. 예뻐⋯⋯."

기동타격군의 프로세서, 성인이 되기 전인 에이티식스들의 서류상 보호자는 연방 정부의 고관이나 옛 귀족들이다.

말하자면 상류계급 사람이다. 그리고 상류계급에 속하는 자들은 지켜야 할 체면이나 위신이란 것이 있다. 하물며 타국 사람들의 눈이 닿는다면 더욱 그렇다.

설령 그것이 서류로만 명시된 피보호자라도. 양자로 들인 것도 아닌 에이티식스 아이들이더라도.

그런고로 파티를 앞두고 저 멀리 연방에 있는 보호자들이 프로세서 소녀들에게 보낸 이브닝드레스는 정말로 화려했다.

각 집안의 문장이 박히고 리본으로 장식된 상자. 그것에서 꺼낸 오늘 밤을 위한 의상은 전장밖에 모르는 소녀만이 아니라 머리를 단장해 주거나 화장을 도우려고 호텔에서 준비해 준 여성들도 눈을 빛낼 정도였다. 각 가문의 전속 디자이너가 실력을 발휘한, 연방의 최신 유행 드레스.

화려한 빨간색, 귀여운 분홍색. 시원스러운 푸른색에 고귀한 보라색, 청초한 순백색에 근엄한 검정색. 그것들은 명주나 시폰이나 벨벳, 레이스나 프릴과 천에 따라서 표정을 바꾸었다. 이를 장식하는 것은 금은색 자수와 리본과 비즈, 정교한 조화와 오늘 이 시간에 만개하도록 계산해서 딴 생화.

10대 소녀들에게 맞게 다소 얌전한, 그래도 화사한 장신구가 이브닝드레스의 가슴팍이나 손목, 묶은 머리 위에서 빛을 발했다.

소녀들이 재잘재잘 떠들면서 드레스를 입는 한편, 소년들의 의상은 연방군의 제복 중 하나인 야회복으로 통일되었다.

바짝 선 옷깃을 목 앞에서 여미고 아래쪽 옷단은 트는 형태인, 검정색에 가까운 쇳빛 재킷. 그 어두운 색조에 대비되어 환하게 비치는 비단 셔츠와 어두운 적색 커머번드. 재킷 가장자리 장식과 젖힌 소맷자락의 자수는 어두운 은색이며, 왼쪽 가슴에 주르

륵 매단 메달. 셔츠 자락의 젖힌 더블커프스를 고정하는 검정과 적색을 띤 매의 깃털 모양 커프링크스가 둔하게 빛을 반사했다.

연방에서 부사관과 병졸은 군에서 군복을 대여해 주지만, 사관은 자비로 구입하는 것이 원칙이다. 과거 휘하 병사들에게 무기를 지급하던 귀족 사관과 신민이면서 징병되어 무기를 받던 부사관이나 병졸의 차이. 연방이 제국이었을 적부터 이어지는 관습 중 하나다.

그런 한편으로 사관에게는 군복에 손보는 권리가 암묵적으로 인정되었다. 현재 전력 유지를 위해 통일 규격이어야 할 전투복이나 기갑탑승복에는 인정되지 않지만, 전투와 관련이 없는 예복이나 야회복이라면 조금쯤 변경했다고 뭐라고 하지 않는다. 구체적으로는 천의 변경이나 염색의 농담 조절, 자수하는 의장이나 커프링크스의 변경 정도라면.

이것 역시나 제국 시절부터 내려온 관습이다.

그러므로 연방군의 야회복으로 통일되었다고 해도, 소년들이 입은 의복은 세세한 면에서 모두 차이가 나며, 머리칼이나 눈동자, 피부색에 맞추어 쇳빛의 느낌이 미묘하게 달랐다. 소녀들의 드레스만큼 노골적이진 않지만, 이것 또한 보호자인 옛 귀족, 정부 고관들의 체면과 긍지에 따른 것이다.

어쩌면 부모는 아닐지라도, 그들 나름대로 정을 준 것일지도.

그 모습들을 보고 비카가 한쪽 눈썹을 슬쩍 올렸다. 그도 연합왕국군의 전통적인 크라바트 야회복 차림이었다.

"호오, 잘 어울리는군. 참으로 잘 꾸몄어."

남성의 의복은 예복이나 양복 등, 군복에서 유래한 것이 많다.

예를 들어서 남성 정장은 블레이저 타입의 근무복이 원조고, 옷깃을 세운 학생복의 기원은 역시나 군복이다. 턱시도 또한 군의 야회복에서 시작되었다.

즉, 군인들이 그 몸에 걸치고 멋을 내기 위해 만들어진 의복.

신체가 채 성장하기도 전부터 전장에서 살고 전투를 위해 연마된 에이티식스들의 몸에는 당연히 잘 어울린다.

하지만.

목 앞에서 모아 잠근 옷깃이 답답하다는 듯이 만지작거리면서, 라이덴은 진절머리 내는 기색으로 말했다.

"솔직히 답답한데."

"익숙해져야지."

마찬가지로 귀찮아하면서 세오가 말했다.

"이런 걸 왜 하는데. 파티 같은 건 솔직히 나갈 생각 없는데."

비카는 흥 하고 콧방귀를 뀌었다.

뭔가를 비웃는 게 아니라, 그냥 웃었다.

"그야 못 하는 것보다 할 수 있는 쪽이 즐길거리가 더 많기 때문이지. 오늘은 동료들끼리 즐기는 자리다. 예의 따윈 아무도 따지지 않아."

재잘재잘 떠드는 소녀들의 목소리로 소란스러운 대기실의 한구석. 마지막으로 몸 전체를 확인하는 용도로 늘어선 전신 거울 중

하나 앞에서, 레나는 거울에 비친 자신을 보았다.

드레스를 입고, 머리도 올렸고, 화장도 완전히 끝마쳤다. 머리 모양도 화장도 복장도, 평소의 군복 차림과 다른 자신이 거울 안에서 바라보고 있었다.

오늘을 위해 준비한, 새로 맞춘 이브닝드레스.

연합왕국으로 파견 나갔을 때 비카에게 받은 드레스는 아름답지만, 더는 입을 생각이 없다. 적어도 신의 앞에서는 두 번 다시 입지 않는다.

그때는 아직 그렇다고 자각하지 않았다.

사실은 알고 있었지만, 그렇다고 인정하는 용기가 아직 없었다.

그러니까 그때는 모르는 척하고 입을 수 있었다.

지금은 다르다.

그러니까 이제—— 그 드레스는 두 번 다시 입지 않는다.

슬며시 두 팔을 펼치고 거울 앞에서 빙 돌아보았다. 옆으로 퍼진 것은 아니지만 다리의 형태가 보일 정도도 아닌 스커트 자락이 한 발 늦게 그 움직임을 따랐다.

화려한 드레스다. 수영복과 마찬가지로 이 여행을 위해서, 이 파티를 위해서 고른 드레스다. 천과 색상과 디자인을 이것저것 고민하고, 옷에 맞출 헤어스타일이나 화장도 생각하고, 이것을 입는 날을 두근거리는 마음으로 그리면서.

그렇다. 오늘 파티를 기대했다.

여행의 마지막 날 밤에 파티가 있다고 들었을 때부터 마음이 둥실둥실 들뜨는 느낌이었다. 드레스나 헤어스타일을 고민하는 것도 즐거운 시간이고.

여태까지는 파티를 좋아하지 않았다.

공화국에서는 집안 사정 때문에 필요했으니까 출석하긴 했지만, 사실은 파티에 나가고 싶다고 생각한 적이 없었다.

과거의 영광을 과시하는 듯한 궁전에는 정치와 허영, 돈과 욕망만이 소용돌이쳤다. 다가오는 사람은 모두가 과거에 귀족이었던 밀리제 가문의 자산이나 이름, 인맥이 목적이었고, 사탕발림인 것이 틀림없어서 공허하기만 한 인사치레에 미소로 답하는 게 괴로워서.

너무 결벽하다고, 행동거지가 서툴다고 뒤로 비웃음을 샀지만, 허식과 빈말밖에 없는 그 하찮은 공간에 익숙해지는 것도 너무나도── 싫어서.

그러니까 싫었다.

오늘 파티는 다르다.

여러 동료와, 그 사람이 있다는 것만으로 이토록 다르다.

여행 전부터 몇 번이나 머릿속으로 그렸다. 이 드레스를 입고 그 사람의 앞에 나설 때를. 어떤 얼굴을 할지 상상하고. 무슨 말을 해 줄 것인지 공상하고.

어느 틈에 계속── 그 사람을 생각하고 있었다.

이제 인정하자.

솔직해지자.

켕기는 마음도 불안도── 그런 것에 빠져서 눈을 돌릴 수 있는 사치를, 이제 버리자.

애초에 사실 그런 건 이런 전시에 없었을지도 모르니까.

눈을 돌리는 동안에 잃어버릴지도 몰랐다. 잃는 것이 무서워서, 거절당하는 것이 싫어서 인정하지 않았지만…… 인정하지 않고 잃었다간 분명 크게 후회할 것이다.

후회하지 않기 위해서.

마지막으로 벨벳을 깐 상자에서 꺼낸, 섬세하게 세공한 초커를 목에 둘렀다.

저번에 휴가가 시작된 직후 맞이한 그녀의 생일에, 파티가 있거든 하고 가라는 말과 함께 아네트가 선물해 준 것이다. 이 여행과 파티에 대해 안 뒤로는 잊지 말라고 거듭 당부하는 말을 들었다.

오렌지색 꽃처럼 세공한 금줄에 적색과 은색 보석을 박은 초커.

전장으로 떠나는 기사가 갑옷을 걸치듯이, 잠금고리를 걸었다.

거울을 보고 고개를 한 번 끄덕인다.

각오하자.

나는.

무도회장.

고대에서 근대까지 여러 양식으로 지어진 이 호텔에서 복고 중세 양식의 건물 중앙에 있는 공간이다. 과거에는 살롱으로 사용되었던, 많은 인원을 수용할 수 있는 사교 공간.

건축 당시 볼트 양식이었던 천장은, 지금은 다 같은 형태의 유리 천장으로 개축되었다. 오래되어서 다소 일그러졌지만 투명하게 잘 손질된 유리. 이것을 동맹의 역사를 묘사해서 새긴 은 격자가 받치고 있다. 왠지 모르게 온실 같은, 거대한 새장 같은 그 거대한 레이스 장식 너머에 있는, 맹약동맹의 여름 별자리와 어두운 밤하늘.

오늘은 초승달이 떠서 하늘이 어둡다.

그리고 그 천장 아래, 악단과 꽃과 경식이 있는 홀에서 환담과 춤추는 자들이 그리는 원이 피어난다.

"더스틴 군."

소녀들의 대기실에서 이어지는, 좌우의 중2층에서 이어지는 계단이 층계참에서 하나로 모이고 홀로 내려가는 형태의 계단.

그 마지막 계단에서 살며시 손을 내미는 앙쥬를 보고, 더스틴은 멍하니 서 있었다.

앙쥬는 푸른빛이 감도는 은발을 높게 틀어 올려서 등 뒤로 길게 늘어뜨렸다. 그 달빛 같은, 얼음비 같은, 차가운 외모.

몸에 걸친 이브닝드레스는 깊은 어둠 같은 사루비아 블루로, 은발과 하얀 피부에 잘 어울렸다. 훤칠한 장신이 돋보이는, 고대의 여신이 입은 옷처럼 섬세하고 무수한 주름.

장신구 사이에서 빛을 내는 돌은 새벽녘 하늘처럼 투명하고 희미한 청색을 담은 천청석(天靑石). 아름답지만 경도가 낮아서 깨지기 쉬운 성질인 탓에 이렇게 다듬어서 액세서리로 만드는 일은 별로 없다.

투명한 것처럼 하얗고 가는 손을 내미는 그 모습에 더스틴은 숨을 집어삼켰다.

"나라도 괜찮을까, 앙쥬?"

"이러고서 더스틴 군 말고 다른 사람에게 에스코트 받으면, 아무리 그래도 내가 못된 여자잖아."

쓴웃음을 짓는 앙쥬의 가늘고 하얀 손을 조심조심 잡았다.

더스틴은 제국에서 이민을 온 백은종으로, 백계종의 귀종인 백은종은 제국에서 중~하급에 속한다고 해도 귀족 계급이다. 사교장에서 행동하는 법, 에스코트 방법은 어릴 적부터 교육받았다.

그럴 텐데도 스스로도 웃길 만큼 몸이 뻣뻣했다.

잘못 만들어진 꼭두각시 인형 같아진 더스틴을 보고 앙쥬는 심술궂게 웃었다.

"게다가 내가 붙잡고 있지 않으면, 더스틴 군은 또 신 군과 레나에게 돌격할 것 같고."

"그러니까 그건 미안하다고……."

더스틴은 한심할 만큼 기죽은 얼굴을 했다. 그때는 한발 늦게 합류한 미치히나 샤나 등도 신나게 갈궜다. 더불어서 신은 다다음날까지 더스틴에게 미묘하게 냉담했다.

"그나저나 레나는 또 몰라도 노우젠이 내게 화낼 자격은 없는 것 같은데……."

"연합왕국에서 조난당했을 때 이야기?"

그때는 분위기 좋았는데, 신이 더스틴을 방해했다. 게다가 더스틴과는 달리 노골적이고 고의로.

문득 떠오른 듯이 앙쥬가 몸을 틀어서 등 쪽을 보았다. 목 주변이 별로 트이지 않은 디자인이라서 당연히 등도 보이지 않는 드레스.

"등이 트인 드레스는 제시간에 맞추지 못했네. 비키니도."

연방으로 돌아온 뒤로 앙쥬는 등에 있는 흉터를 치료하기 시작했다. 하지만 한 달 정도로는 눈에 안 띄게 할 수 없었다.

"또 다음이 있겠지. 그때 입으면 돼."

앙쥬가 웃었다.

분명히 다른 누군가를 보는 거라고 더스틴은 생각했다.

"그래. 다음에."

"어이."

"왜."

에스코트 상대의 팔짱을 끼고 파티 회장을 걸으면서, 라이덴은 말을 건 상대를 내려다보았다. 이제 와서 말하기도 그런데.

"왜 짝이 이렇게 됐지?"

"키 때문에?"

천연덕스럽게 답한 시덴은 여성 중에서는 제법 키가 큰 편이다. 남성 중에서 평균 이상의 신장인 신이나 비카와 비슷한 정도. 즉, 평균적인 소년과 비교해도 키가 큰 편이다.

"프로세서 중에는 여자가 적으니까, 여자끼리 할 수도 없고. 짝 없는 녀석들이 울겠네."

"그야 뭐, 남자들끼리 짝인 건 소름끼치지."

그 말 그대로의 표정으로 라이덴이 말했다. 혹시 그렇게 되었으면 정말 죽을 맛일 것이다.

애초에 라이덴의 신장을 생각하면 짝이 될 만한 소년 프로세서가 거의 없다. 애초에 시덴과 키가 비슷한 상대는 잘해야 비카, 아니면 신 정도다.

그런 악몽은 무조건 사양하고 싶다.

"그렇지? 그럼 내 덕분에 솔로가 되지 않은 늑대인간은 나한테 뭔가 할 말이 있지 않아?"

시덴이 풍만한 가슴을 들이대듯이 매달렸다.

오늘의 시덴은 볕에 탄 피부가 눈에 띄는, 흰색에 가까운 상아색 새틴 드레스 차림이었다. 가슴께도, 군살이 전혀 없는 등도 아슬아슬할 정도로 터놓았고, 한쪽을 터 놓은 드레스 치마에서는 군살 없는 다리가 엿보였다. 드레스 전체를 장식하는 금색 자수에 맞춘 금팔찌가 걸을 때마다 자그락자그락 울렸다.

머리가 짧으니까 틀어 올리지 않았지만, 강하게 빛나는 글리터로 화려하게 장식한 시덴이 웃었다.

어딘가 자신만만하게, 씨익 하고.

"어때?"

칭찬받기를 기대한 듯한 그 얼굴은 평소에는 하지 않는 화장도 있어서 또래 소녀다운 귀여움이 있지만, 라이덴의 가슴은 조금도 두근거리지 않았다.

애초에 시덴이니까.

"으음……. 뭐, 미인인걸."

"우와, 마음이 하나도 안 담겼어. 열받아."

시덴이 대놓고 못마땅한 얼굴을 했다.

그러더니 버릇없이 등을 찰싹찰싹 때렸다.

털끝만치도 마음이 담기지 않은, 평소처럼 악어 같은 미소.

"너도 남자답네, 라이덴. 반할 것 같아."

"참 고맙수다."

백 명 가까운 프로세서, 나아가 그레테나 정비원 등 후방요원도 포함한 파티 자리다.

마치 화려한 꽃밭을 보는 것처럼 형형색색의 드레스로 차려입은 소녀들. 악단의 연주. 이야깃소리와 웃음소리.

그 진한 색채가, 떠들썩한 소리가. 그 순간, 신에게서 멀어졌다.

중2층 대기실에서 이어지는 계단. 암적색 융단을 금색 난간이 채색하는 그곳을, 레나가 내려왔다.

화려하게 빛나듯이 아름다운, 그러면서도 주위의 존재를 쫓아 내듯이 결벽한, 진홍색 장미.

바탕에 깔린 화사한 장미색, 그리고 검정 레이스와 리본과 비즈. 선혈의 여왕이라는 별명과 제대로 일치하는, 위엄조차 느껴지는 옷차림이었다. 일부를 틀어서 작고 붉은 장미와 검정 레이스 리본을 무수히 장식한 은발. 목 주위가 우아하게 트인 야회복. 가냘픈 목을 꾸미는 보석과 오렌지색 꽃 모양의 초커.

몸매가 드러나지는 않지만, 가녀린 체형을 절묘하게 보여주는 비단 드레스가 계단을 내려올 때마다 조명을 반사하며 빛났다. 전체적으로 은실로 섬세하게 장미 무늬를 수놓은 그 드레스는 주인의 움직임에 맞춰서 딱딱한 빛의 무늬를 떠올리게 했다. 마치 인어의 비늘 같다. 아름다운 목소리와 모습으로 인간을 홀리는, 아름다운 마성.

신은 거의 무의식중에 손을 뻗었다.

그러자 레나도 덩달아 손을 뻗었다.

자석의 다른 극끼리 이끌리듯이.

물이 높은 곳에서 낮은 곳으로 흐르듯이.

자연스러운, 마치 당연한 섭리처럼.

조종간과 개머리판이 익숙한 딱딱한 손바닥에, 옥을 조각한 것처럼 가녀리고 섬세한 손이 가볍게 들어갔다.

그렇게 되도록 미리 세심한 주의를 기울여서 만들어낸, 한 쌍의 공예품처럼.

딱 합쳐져서, 그렇게 되면 더는 떨어지지 않는 듯이.

전해지는 체온은 레나가 조금 더 낮았다. 아니면 자신이 높을 뿐일까.

계단을 내려가는 레나에게 맞춰, 잡은 손을 천천히 당겨서 이동을 도왔다. 그 호흡은 완벽하게 맞았다. 안 될 거라고는 생각도 하지 않았다.

계단을 한 단, 한 단씩 내려가서, 같은 높이에 섰다. 제비꽃 향기가 은은하게 풍겼다.

레나가 좋아하는 향수의 향기다. 잘 알고 있었을 터인 향기에, 오늘은 왠지 취한 것처럼 머릿속이 어질어질했다.

군복 차림일 때보다도 굽이 더 높은 것을 택한 모양이다. 기억하던 것보다도 시선의 위치가 가까웠다.

눈이 마주치자 레나가 웃었다.

은색 눈동자.

자신에게 다가오는 손을, 마치 그것이 자연스러운 것처럼 자기 손으로 매끄럽게 잡았다.

평소라면 뒤늦게 깨닫고서 심하게 허둥댔을 것이 뻔한 그 행동도, 지금의 레나에게는 전혀 문제가 되지 않았다.

그 정도로 시선도 의식도 눈앞의 사람에게 빼앗겨 있었다.

목에서 옷깃을 단단히 여미고, 아래로 보이는 옷은 앞을 터놓은, 연방군의 독특한 쇳빛 야회복. 정말로 군인다운, 그러면서 어딘가 귀족 느낌이 나는 그 모습이 오랫동안 전장에서 살았지만 제국 귀족의 피도 진하게 남은 다부진 체구와 단정한 외모에 잘 어울렸다.

연방군의 야회복은 제국군 시절에서 색깔만 바꿔서 이어받은 전통적 의복이라고 했다. 그 과거의 디자이너는 분명 눈앞에 있는 이 사람을 이상형으로 삼고 디자인했을 것이라고, 진심으로 생각했다.

평소에는 하지 않는 향수 향기가 희미하게 났다. 분위기를 단단히 조이는 듯한, 달콤하지 않고 차가운 두송나무의 향기. 그것만으로도 취한 것처럼 아찔했다.

아니면 정말로 취해 버리고 싶은 것은 눈앞의 둘도 없는 붉은 눈동자일까.

내려다보는, 바라보는, 핏빛 눈동자.

빨려들 것 같다고 생각했다.

그러자.

레나에게 둘도 없는 그 핏빛 두 눈동자가 갑자기 크게 떠졌다.

잠시 경직한 채로 있다가, 한 방 먹었다는 얼굴로 고개를 들어 천장을 쳐다보았다.

어지간하면 표정이 변하지 않는 그답지 않게, 하얀 얼굴이 조금 붉다.

"신……?"

무슨 일일까 하고 고개를 갸웃거리다가.

갑자기 깨달았다.

신이 입은 연방군의 쉿빛 야회복. 그 소맷자락. 중후한 은색 자수가 있는 곳에서 엿보이는, 하얀 더블커프스의 커프링크스.

소매를 고정하는 그 장신구가 연방군 본래의 매의 깃털 모양이 아니라.

투명한 흰색과 맑은 적색 보석을 뿌려놓은, 오렌지색 꽃 모양이었다.

레나가 목에 한, 흰색과 적색 보석을 박은 오렌지색 꽃 모양 초커와 똑같다.

그 사실을 깨달은 순간, 레나도 무심코 천장을 쳐다보았다.

"아네트……!"

천장을 쳐다보는 얼굴이 뜨겁다. 아마도 지금 자신의 얼굴은 새빨갛겠지.

그런 거였나.

친구에게 하는 선물로는 조금 과하다 싶은 특별 주문형 액세서리를 선물한 것도.

파티 때 꼭 챙기라고 끈덕질 정도로 말한 것도.

"레나도, 리타에게."

"역시 신도……?!"

"예전에, 내 생일이라는 날에. 파티에서 예복이나 야회복을 입을 일이 있거든 그때 하라고 들었습니다."

신을 포함하여 에이티식스는 가족이나 고향, 자기 생일조차도 기억하지 못하는 자가 많지만, 공화국 국군 본부에 은폐되어 있던 인사기록을 통하여 어느 정도 판명되었다. 그리고 그것은 당연히 연방군 인사정보에도 반영되었다. 또한 장본인들은 관심이 없어서 확인도 하지 않았으니까 애가 탄 사무 담당자가 어느 날 전원에게 연락해 강제로 알려주었다.

그러니까 레나도 그날에 맞춰서 작은 선물도 보냈는데(그리고 두 달 후 레나의 생일 때는 신이 주는 선물도 받았지만), 설마 그때부터 일을 꾸몄다니.

게다가 여기 있는 사람들이 모두 알아차릴 만한 것으로.

실제로 둘러보니, 알아차린 모양인지 웃음을 숨기거나 슬쩍슬쩍 눈을 돌리며 모르는 척하는 소년 소녀 몇 명이 보였다.

레나는 새빨개져서 신음했다. 여기에는 없는 친구에게.

"정말이지……! 장난이 너무 심해, 아네트……!"

"에취."

"뭐지, 감기라도 걸렸나, 펜로즈? 아니면 누가 어디서 악담이라도 했나?"

오늘과 지금 한정이어도 일단은 파트너다. 간신히 고개를 돌리고 귀엽게 재채기를 흘린 아네트에게, 비카는 걱정하는 기색도 없이 말했다.

에이티식스들에게 시범을 보이는 차원에서, 경험자들이 왈츠를 한 곡 추던 도중이었다. 템포가 빠른 삼박자에 맞춰서 아네트가 입은 드레스의 시퐁 자락과 머리에 장식한 장미 리본이 둥실둥실 춤추었다. 각각 색조가 다른 헬리오트로프로 통일한 시퐁과 장미와 리본. 보석만큼은 액센트를 위하여 연하고 편안한 녹색 페리도트다.

조금…… 아니, 몹시 특이하다고 해도 역시나 왕자 전하다. 리드할 때는 그런 느낌이 나지 않을 정도로 자연스럽고 교묘하게 해서, 몇 년 동안 사교도 댄스 레슨도 소홀히 했던 아네트라도 지금으로선 문제없이 출 수 있었다.

그건 그렇고. 아네트는 쓴웃음을 지었다.

자신과 비카의 향수 향기가 섞이는 게 왠지 모르게 신경에 조금 거슬렸다.

비카는 왕족, 그것도 북쪽의 대국인 연합왕국의 왕자다. 쓰는 향수 역시 재료나 조합 모두 최고급이겠지. 아네트의 향수도 싸구려는 아니다. 별개의 조향사 손을 거친 것이라고는 해도 일류가 만든 것이니까. 다른 향기와 섞이는 것을 전제로 만든 것이 느낌을 서로 해칠 리도 없는데.

"아니. 아마도 어딘가의 둔한 두 사람이 간신히 내 지원사격을 알아차린 거겠지."

아네트는 그 둔한 두 사람이 있는 곳을 일부러 보지 않고 대답했지만, 비카는 스텝을 밟는 틈틈이 일부러 돌아보며 확인했다.

"그렇군? 보아하니 뭔가 커플링으로 맞춰주었나? 그 어딘가의 둔한 두 사람에게는 몰래."

"생일 선물을 빙자해서 똑같은 디자인으로 초커와 커프링크스를 하나씩 줬어. 그걸 여태껏 몰랐으니까, 진짜 뭐라고 할까."

생일이 얼마 전이었던 레나는 몰라도, 신의 생일은 5월이니까 그 선물을 준 것은 지난번 연합왕국 작전 이전이다. 오늘까지 꼬박 두 달 정도 시간이 있었다. 그동안 아네트의 꿍꿍이를 전혀 눈치채지 못했으니까, 지금의 그가 아네트에게 얼마나 무관심하고 특별한 감정이 없는지 노골적이라서 눈물이 날 정도다.

그야 주면서 '파티가 있으면 챙겨가.' 라고 했던 말은 간신히 흘려듣지 않았던 모양이니까, 그나마 나은 편이지만.

비카가 시선을 주고 있는 저쪽에서, 당사자 두 사람은 아무래도 딱딱하게 굳은 모양이다.

물론 그걸 구경하고 싶은 마음이 굴뚝같지만, '고작해야 디자인이 같은 장신구를 한 정도로 저러다니, 너희는 너무 풋풋한 거 아니야?' 같은 마음이 안 생기는 것도 아니다.

비카가 시선을 되돌리며 말했다. 속내를 읽히지 않는 그답지 않게, 아무래도 진심에서 우러나온 듯한 동정심을 담아서.

"경도 참 고생이 많군."

아네트는 절절하게 고개를 끄덕였다. 하필이면 이 독사 같은 왕자에게 동정받는 것은 아니꼽지만.

"진짜로 그래."

친구의, 혹은 소꿉친구 소녀의 장난에 서로 속으로 원망이랄까, 불평을 늘어놓은 것도 아주 잠깐이었다.

한 가지 사실을 깨닫고, 레나는 뚱한 얼굴을 했다.

지금, 또.

아네트를 리타라고.

"내년 생일. 아니, 올해 성탄절에는 나도 커프링크스를 선물하겠어요. 신의 눈 색깔에 맞춰서 화염석류석으로."

<small>파 이 로 브 가 넷</small>

"무슨 소립니까, 갑자기?"

"아무것도 아니에요."

괴이쩍은 표정을 짓는 신의 눈을 피하고, 고개를 홱 돌렸다.

유치한 모습을 본 신이 곤혹스러워하는 기색이 느껴졌지만, 기분이 상한 이유를 말하는 것은 조금 창피했다.

다른 여자에게 받은 것을 쓰지 말았으면 한다니.

레나는 고개를 돌린 채로 다시금 얼굴을 붉혔다.

역시 나는 신을 좋아한다.

그런 의도가 아니더라도, 제일 사이좋은 아네트에게 받은 거라도, 다른 여자에게 받은 것을 쓰지 않았으면 좋겠다.

분명 계기를 만들어 주려는 마음으로, 응원해 주려는 마음으로 선물했을 아네트에게는 미안하지만, 싫은 것은 싫다.

넘기고 싶지 않다.

누구에게도.

그렇다고 해도 신은 제1기갑 그룹의 전대 총대장이고, 레나는 작전지휘관이다. 아무리 동료들만 있는 모임이라고 해도 두 사람 모두 언제까지고 같은 상대와 있을 수는 없다. 일단은 잠시 이야기하고 헤어졌다.

사실은 처음 한 곡은 같이 추어야 했지만, 한 번 그랬다간 손을 놓을 수 없어질 것만 같아서.

"한 곡 어떤가, 밀리제 대령."

"그래요. 올리비아 대위."

올리비아는 맹약동맹의 검은색 야회복 차림으로, 긴 흑발을 눈동자 색깔과 맞춘 사파이어 머리핀으로 하나로 묶었다. 중성적인 외모에 그 헤어스타일은 이상하게 이국적이었다.

그리고 지금에 와서는 다소 곱상하게 생겼을 뿐, 중성적이라고 해도 명백한 남자로 보인다.

자신은 도대체 얼마나 절박하고 초조했나 싶어서, 레나는 살짝 자기혐오에 빠졌다. 10대 대령이라는 이상한 경력을 지닌 소녀에게 깍듯하게 예의를 갖춰 상관으로 모시고, 신이나 다른 프로세서들과도 일찍 친해지려고 노력하기만 한 사람에게 대체 무슨 생각을 한 걸까.

손을 잡고 손등에 살짝 입술을 맞추는 시늉을 하는 것은 맹약동맹만이 아니라 대륙 남부 국가들의 예법이다. 잠깐 못마땅한 기색을 보인 신이 눈에 들어오는 바람에 레나는 허둥대고, 올리비아는 내심 마음이 훈훈해졌다. 정말이지 알기 쉬운, 아직 마음을 숨기는 법도 익히지 못한 아이들이겠지.

86구의 죽음의 전장에서 연마되면서 인간성도 떨어져나간 전투광이라고.

에이티식스를 호국을 위해 소비하는, 냉철하고 냉혈한 피투성이 여왕이라고.

소문만 듣고 괴물들이 득실대는 부대라고 생각했던…… 과거의 자신을 남몰래 부끄러워했다.

괴물도 아니고 영웅도 아니다. 여기에 있는 것은 다소 일그러졌을 뿐이지 다들 미숙하고 사랑스러운, 아직 10대인 아이들이다.

춤추는 사람들 너머에서 지휘자가 지휘봉을 휘둘렀다.

다음 곡이 시작되었다.

"크레나는 신이랑 안 춰도 돼?"

"응."

왈츠의 삼박자를 타는 것은, 실제로 해 보면 별로 어렵지 않다.

학교에서 막 배운 것을 따라가는 동안에 조금씩, 아주 조금씩 재미있어진 템포를 밟으면서 세오는 파트너에게 물었다. 과연, 왕자 전하의 말처럼 할 수 있어서 손해 보는 일은 없는 모양이다.

크레나는 고개를 끄덕이며 왠지 홀가분한 눈치로, 그러면서도 뭔가 결심한 것처럼 어딘가 고집스러운 기색을 드러내고 있었다.

"아니, 짝을 바꾸는 건 이런 자리에서는 보통인가 봐. 저기 봐, 실제로 레나는 지금 올리비아 대위랑 추고 있고, 신은…… 어, 왜 신은 프레데리카랑 추고 있지……?"

"됐어……. 여기는 내가 신의 곁에 있을 자리가 아니니까."

그렇게 말하지만 틀림없이 예쁘다고 세오는 생각했다.

여성의 복식은 아직 잘 모르겠지만, 드레스도 장신구도, 짧은 와중에도 잘 묶은 머리도, 평소에는 거의 하지 않는 화장도.

크레나가 입은 것은 밝은 카나리아색의, 폭이 넓은 리본을 어깨 아래부터 가슴께까지 돌려가면서 묶은 듯한 디자인의 귀여운 드레스였다. 스커트는 다소 부푼 형태라서, 회전할 때마다 슬쩍 나부꼈다. 그리고 허리 뒤에 단 금색 튈과 같은 색의 화사한 하이힐.

그러니까 에른스트라면 틀림없이 반대했을 법한 라이플 총탄 모양의 은색 귀걸이가 갈색 머리카락 사이로 흔들리는 모습이,

드레스에도 여성의 장신구에도 익숙하지 않은 세오의 눈에도 어색하게 비쳤다.

"그러니까 됐어."

"자, 신에이. 실전 전에 한번 봐 줄 터이니, 리드해 보아라."

"아무래도 신장 차이가 너무 커서 힘든데."

"무슨 소리를 하느냐, 어리석은 것. 잘 들거라. 이런 자리에서 신사란 결코 숙녀를 부끄럽게 만들어서는 안 된다. 우선은 그걸 명심하여라."

그런 말을 하자면 프레데리카는 아직 숙녀라고 할 나이가 아니라고 생각했지만, 아무리 신이라도 굳이 말하진 않았다.

——잡혔을 때는 아이였기에 눈감아줬다.

아이니까 지금도 방치되는 거겠지.

멸망한 기아데 제국의, 허수아비였다고는 해도 한때 그 나라의 주인이었던 프레데리카는 항상 정권 전복의 계기가 될 수 있는 재앙의 씨앗이다. 혁명으로 민주주의 체제가 되었으면서도, 눈앞의 〈레기온〉의 위협에 대응하기 위해서 옛 대귀족들에게 권력을 남길 수밖에 없었던 연방에서는 특히나.

그런 그녀에게 지금 이상의 가치를 부여하는 제레네의 정보를 어떻게 다루어야 할지, 신은 아직 정하지 못했다. 귀국하거든 에른스트에게 보고해야만 한다고 생각하고, 프레데리카 본인에게도 말해야겠지만, 그래도 될지도, 그렇게만 하면 될지도 가늠이 되지 않았다.

그런 판단을 할 수 있을 만큼, 신은 아직 연방을 모른다.

프레데리카가 고개를 살짝 갸웃거렸다.

핏빛 눈.

같은 색채를 자기가 가지고 있으니까 곧잘 잊을 뻔하는—— 연방에서는 거의 없다고 하는 기아데 황실 특유의 칠흑과 진홍색이 섞인 색채.

"왜 그러느냐."

"딱히……."

지금은 그걸 생각하지 않아야 하는 장소다. 살짝 고개를 내저어서 신은 그 생각을 쫓아내려고 했다.

프레데리카는 가볍게 코웃음을 쳤다. 마음에 걸린다는 듯이, 살짝 성질이 난다는 듯이.

"뭔지는 모르지만, 그대는 일단 자기 자신이 바라는 것을 쫓도록 하여라. 하물며 오늘 밤 정도는 누구도 뭐라고 하지 않는다."

신은 쓴웃음을 지었다. 프레데리카의 이능력은 과거나 현재의 광경을 볼 수 있어도, 그때의 목소리를 들을 수는 없다. 그러니까 제레네가 한 말도 모를 텐데.

"그렇군. 미안해……."

프레데리카에 대해서는 앞으로 반드시 생각해야만 하겠지만.

오늘 밤은. 오늘 밤만큼은……. 오늘 밤이야말로.

"시덴, 저기, 아무래도 이건."

"뭐가 어때서, 오늘밤뿐이야. 이건 연수니까 동료들만 있는 자리고. 애초에 요즘은 딱히 잔소리하지 않는 곳도 있다고 들었어."

전통적인 파티 매너에서는 꺼리는 동성 파트너. 그리고 바로 그 전통적인 매너 교육을 받은 레나는 눈살을 찌푸렸지만, 한편으로 시덴은 개의치 않았다. 레나가 여성, 시덴이 남성 포지션을 맡는 슬로 왈츠.

어색함이 없는 리드를 보면 남성과 여성, 양쪽의 스텝을 연습한 것일까 싶었다. 사회적으로 나름 높은 지위에 있는 사관에게는 상응하는 교양이나 예의범절도 요구된다. 그러니까 특별사관의 필수 과정에 예법의 일종으로 사교 댄스가 포함되는 것은 당연하지만, 지금은 전시다. 예법도 교양도 뒤로 미뤄지기 일쑤라서 최소한의 시간밖에 내지 않는다고 들었다.

즐겁다고 생각하고. 즐기고 싶다고 생각하여 그러는 거라면 좋다고 생각한다. 새로운 것을 즐기려 하는 것이라면.

리드하는 시덴은 진행 방향으로 시선을 주면서도 주위 전체를 의식하고 있어서 레나를 보지 않았다.

그 조용한, 진보라색과 흰색의 두 눈.

연지를 바른 입술만이 조용히 움직였다.

"레나."

갑작스럽게 부르는 말에 눈을 껌뻑이며 올려다보았다.

시덴이 여왕 폐하가 아니라 이름으로 부른 건 오래간만인 것 같았다. 지각동조만으로 연결되었을 때도, 대공세 후의 협력 상황에서도, 항상 레나를 장난스럽게 여왕 폐하로 불렀으니까.

시덴은 어딘가 먼 곳을 바라보기만 하고, 레나를 보지 않았다.

"걱정하지 마. 오늘의 너는 기적처럼 아름다워."

"일이 끝났으면 돌아가, 빌렘."

"뭐, 내친김이지. 이래 보여도 원래는 제국 귀족이다. 에이티식 스들에게 예의범절을 가르치는 데 부족함이 없지."

매너 연수라는 명목이라면, 당연히 강사라고 해야 할까, 시범을 보여야 할 인물이 필요할 텐데, 바로 그 시험 강사여야 할 그레테 와 빌렘은 꽤 어색한 분위기였다.

그레테는 예의에 어긋나지 않게 아슬아슬한 거리를 두고 완벽 한 슬로 왈츠의 스텝을 밟는, 참으로 재주도 좋은 심술을 선보였 는데, 지금 와서는 빌렘 참모장도 쓴웃음조차 짓지 않았다. 그레 테에게는 내키지 않는 바지만, 검은색 벨벳에 파란 비즈를 박아 서 밤하늘 같은 이브닝드레스를 입은 그녀와 균형 잡힌 장신에 쇳 빛 야회복을 차려입은 참모장의 조합은 정말이지 그럴싸했다.

"다음 곡부터는 역할에 맞게 아이들에게 스텝을 가르쳐 주지. 조금 정도는 질투해 주겠나?"

"전혀."

그레테도 다음에는 소년들의 스텝을 최대한 봐줄 생각이고.

"뭐, 하지만 고맙다는 말은 할게. 저 아이들이 여기에 올 수 있게 해 줘서 고마워."

그 말에 참모장은 어쩐 일로 허를 찔린 얼굴을 했다.

"그런 말을 들을 일은 하지 않았어. 이 정도야 알리바이 공작이지. ——최선을 다했다는 증거만 있으면 나중에 무슨 일이 생기더라도 연방에는 책임이 돌아오지 않아."

언젠가. 모종의 원인으로 연방과 그 시민들이 에이티식스를 이분자로 간주하여 배척하더라도. 에이티식스가 결국 평화에 적응하지 못하고 치안을 어지럽히는 원인이 되더라도.

그때까지 연방이 교육과 치료에 정성을 쏟았다면, 그런 모습을 보여주었으면 변명거리가 된다. 저버려도 어쩔 수 없다고, 각 나라와 시민들이 그렇게 여기게 할 수 있다.

결국은 그걸 위한 보험이다. 맹약동맹이라는 타국을 휴가 여행지로 결정한 것조차도.

"상관없어. 종이 한 장의 '증거'로 끝내는 게 아니라, 실제로도 여러모로 애를 썼으니까…… 저 아이들은 분명 받아들일 수 있을 거야."

참모장은 짧게 코웃음을 쳤다. 하찮다고 말하듯이.

"금방 정에 얽매이는 너의 그 어리석음은 내 마음에 안 들어."

그레테는 그 얼굴을 옆에서 올려다보며 미소를 지었다.

"후훗, 당신의 냉혹하지만 무의미하게 잔인하지 않은 점만큼은 내 마음에 들어."

몇몇 소년, 그리고 마찬가지로 정장을 입긴 했지만 주역이 아니니까 한 발짝 물러나 있던 정비원들과도 춤을 추고, 평소에는 별로 말하지 않는 상대와도 의식해서 말하고 다니느라 간단한 요깃거리를 차린 테이블을 돌아다니고, 왈츠 제안을 받으면 어색하게 미소로 응대하며 또다시 춤을 추고.

작전지휘관의 임무로서 그런 일을 반복했더니, 어느새 파티가 끝나갈 시간이었다.

회장에 흐르던 왈츠가 끝나고, 레나는 평소답지 않게 긴장한 얼굴인 정비원 그렌과 인사를 나누고 멀어졌다.

또각 하는 하이힐 소리를 내며 돌아보려다가 눈을 치떴다. 희미하게 풍겨오는 향기.

맑게 퍼지는 두송나무 향기.

한겨울의 아침, 눈 덮이고 얼어붙은 침엽수림 향기.

돌아보자, 머리 반 개 정도는 높은 위치에 있는 핏빛 두 눈동자와 시선이 마주쳤다. 그 또한 미처 알아차리지 못했던 걸까, 레나를 시야에 두면서 눈을 휘둥그레 떴다.

"신……."

"레나."

조금 멍하니 있는 신의 너머에서, 마찬가지로 방금 인사를 나누고 신과 헤어진 듯한 샤나가 레나를 슥 보더니 어깨를 으쓱이고 발을 돌렸다. 사막갈종의 피가 섞인 갈색 피부와 긴 흑발과 연한 청색 눈. 어두운 적색과 비슷한 계통이지만 다소 밝은 은적색 무늬가 들어간, 몸에 달라붙는 듯한 이국적인 드레스를 살짝 펄럭이며.

왈츠를 추면서, 리드에 따르는 척하면서, 신을 조금씩 레나의 곁으로 유도한 거라고, 그 뒷모습을 보고 깨달았다.

아네트도, 시덴도, 샤나도, 모두가 이렇게 넌지시 레나를 도와주고 있었다고.

신도 레나와 마찬가지로 무도회장을 돌았던 거겠지.

더군다나 이런 자리에서 남성에게는 혼자 있는 여성을 놔두지 않고 말을 걸고 댄스를 권할 의무가 있다. 그렇긴 해도 나이 어린 소년들은 아무래도 머쓱할 테니까, 총대장인 신은 레나보다도 훨씬 많이 왈츠 상대를 맡았을 것이다.

그런데도 자세 하나, 호흡 하나 흐트러지지 않고.

서로 바라보는 채로, 마음을 빼앗긴 것처럼 멍하니 서 있었던 시간은 대체 얼마나 길었을까.

다음 곡의 전주가 시작되어서야 두 사람은 정신을 차렸다.

먼저 신이 각오한 얼굴을 했다.

"한 곡, 어떻습니까. 레나."

"아, 예."

내미는 손에 반사적으로 응했다. 딱딱하고 커다란 손바닥. 인사를 나누고, 다소 허둥지둥 자세를 취했더니, 그 손이 드레스 허리춤을 감싸고 몸을 받치는 바람에 두근거렸다.

삼박자의 시작에 맞춰서 첫 걸음을 옮긴다.

멜로디를 타고 완만하게. 커다란 물새가 그 우아한 날개를 펄럭이듯이.

뜻밖에도 신의 리드는 교묘해서, 레나는 왠지 초여름 바람을 탄

꽃잎이라도 된 기분이었다. 뭐든지 다 맡기고 있으면 되는 기분 좋은 행복감과 조금 희롱당하는 듯한 불안감.

너무 빨리 배워서 가르치는 맛이 없다고 댄스 교사들이 투덜거렸다는 말이 문득 떠올랐다.

학교 수업의 일환으로 급하게 배웠다고는 해도, 신은 오늘까지 전장에서 살아온 에이티식스 중 하나다. 운동신경이 나쁜 것은 아니니까 딱히 복잡하지도 않은 스텝을 기억해서 재현하는 것 정도는 어렵지도 않겠지. 음악만이 아니라 상대의 페이스나 템포에 맞추는 것도 정교한 연계로 〈레기온〉과 대치한 그들에게는 간단할 것이다.

오히려 지금은 레나의 스텝이 더 꼬일 정도다. 공화국의 좋은 집안 출신으로 왈츠도, 그 이상의 댄스의 스텝도 제대로 배운 레나가 서툴 리가 없는 데도.

다른 에이티식스 소년들, 비카나 마르셀이나 올리비아와 출 때는 자연스럽게 나왔던 움직임이 어째서인 마음대로 되지 않았다. 본래의 리듬보다 다소 뒤처진 것을 다급히 수정하려다가 자기 다리에 걸릴 뻔했다.

하지만 심장 고동이 너무 요란스럽고, 그러는 바람에 머릿속이 껌뻑대는 것 같고, 반대로 다리는 비틀비틀 불안하기만 해서.

이렇게 가슴이 고동치면 혹시나 들리지 않을까 싶어서, 레나는 조금 높은 위치에 있는 신의 얼굴을 몰래 살폈다. 시선이 마주치는 게 무서워서, 시선이 마주치면 자신의 이 마음을 다 들킬 것 같아서, 부끄럽고 무서운 나머지 완전히 고개를 들지 못했다.

스치듯이 바라본 그 하얀 얼굴은 평소와 마찬가지고, 하지만 어딘가 진지한 듯이 조용한 느낌이라서.

"……."

나는 이렇게나 가슴이 두근거려서, 그런데도 너무나도 행복해서, 어쩌면 이대로 죽을 것만 같은데.

너무하다 싶어서, 레나는 얼굴이 발개진 채로 입술을 삐죽였다.

눈앞에 있는, 아니 품에 있다고 표현하는 것이 정확할 만큼 가까이에 있는 레나가 살짝 입술을 삐죽였지만, 신은 알아차리지 못했다. 배운 지 아직 한 달도 안 되는, 기억 속 스텝을 따라가느라 빠듯했기 때문이다.

동료들밖에 없는 자리라고 해도 학교 수업이 아니라 진짜 파티에서 추는 건 이게 처음이지만, 그래도 오늘 내내 이런 적은 한 번도 없었다. 처음에 추었던 프레데리카부터, 뭔가 꿍꿍이가 있는 얼굴로 춤을 권한 샤나까지, 나름 많은 사람과 추었지만 누구와도 딱히 의식하지 않고 스텝을 밟을 수 있었다.

그랬을 텐데, 지금은 필사적으로 쫓아가지 않으면 다음 움직임을 모르겠다.

긴장한 나머지 내뱉은 숨소리가 레나에게 들리지 않았으면 좋겠다고 속으로 생각했다. 한심하다. 포개진 손에서 전해질 것만 같은, 심장에서 혈관을 따라 온몸에 울리는 바람에 귓가에 대고 웅웅대는 듯한 고동 소리도.

파트너를 배려해야 하는데도, 레나의 얼굴을 볼 여유가 없었다. 봤다간 끝장이고, 더는 움직일 수 없게 될 것만 같아서 차마 볼 수가 없었다.

공화국의 좋은 집안 출신에 파티도 왈츠도 여러 번 경험했을 레나는 이제 와서 이런 식으로 긴장할 일도 없겠지만.

레나를 전혀 원망하거나 미워하지 않지만…… 그것만큼은 조금 너무하다고, 신은 생각했다.

그래도 화려하게, 우아하게 악곡이 진행되는 동안, 두 사람에게서는 서서히 상대를 너무 의식한 부끄러움도, 허세도 긴장도 사라졌다.

곡이 끝났다. 인사하고 떨어져서, 뒤로 물러나든가 다른 상대를 찾는 것이 예의다. 하지만 서로에게 인사하고도 두 사람은 그 손을 놓지 않았다.

놓기 싫다고 생각했다.

놓기 싫다고 상대의 눈이 말하는 것을 느꼈다.

왈츠 상대를 찾는, 혹은 물러나야 하는 짧은 시간이 지나고.

손을 잡은 그대로, 다음 곡이 시작되었다.

레르케는 댄스 홀의 벽가에 그림자처럼 서 있었다.

파티장에 무기를 가지고 들어가는 것은 허용되지 않는다. 그러니까 검은 풀어놓았지만, 평소에 입는 진홍색 군복에 화려하지 않도록 땋아 올린 금발. 음료를 마실 일 없는 그녀에게 몇 번 급사가 다가왔지만, 내미는 잔은 모두 정중하게 사양했다.

춤추다 지친 자를 위해 댄스 홀 벽에는 의자가 몇 개 있었다. 그중 하나에 프레데리카가 앉은 것을 보고, 레르케는 체크무늬 나무 바닥을 밟으며 다가갔다.

"지치셨습니까, 공주님. 마실 것을 가져올까요."

"아니, 상관하지 않아도 된다. 본래는 사교계에 나갈 수 없는 몸이니 말이다."

프레데리카는 바닥에 닿지 않는 다리를 드레스 안에서 흔들거리면서 말했다. 사실 어느 정도 나이를 먹고 나서야 사교계에 데뷔할 수 있다. 그 나이가 되지 않은 프레데리카는 본래 이런 파티 자리에 참석할 수 없다.

장미꽃을 엎어놓은 것처럼 부풀린 스커트 자락의, 연녹색 비단에 은색 레이스 리본을 장식한 드레스. 틀어 올릴 수 없는 머리를 같은 색 리본으로 장식했다. 그런 것은 모두 그녀의 정교한 귀여움을 돋보이게 하지만, 사실은 하나같이 프레데리카가 아이니까 허용되는 장식이다.

"그대는 추지 않는 건가?"

"소생은 무인이기에."

댄스 스텝은 기본적인 왈츠부터 지금은 별로 추는 일이 없는 전통적인 미뉴에트까지 인조 뇌에 얼추 다 입력되어 있지만, 출 수 있는 것과는 다르다고 생각한다. 그것은 기록이다.

경험은 물론이고, 추억도 아니다.

"그대의 주인과 한 곡이나마 추지 않아도 되겠느냐고 묻는 것이야. 리드가 뛰어나면 거기에 맡기면 될 뿐이지."

"어라, 뭔가 보였습니까?"

"그대가 아니라 그대의 주인 말이다. 강하게 생각하고 있으니 아무래도 보여서 말이다."

뒷말은 다소 겸연쩍은 느낌이었다.

"저자는 사실 기다리고 있는 게 아니겠느냐. 호위병은 주인의 검이자 방패이지만──주인이 호위병을 꼭 검이나 방패로만 생각하는 것도 아니겠지."

"……."

그럴지도 모른다.

혹여나 그렇다면.

"그래선…… 안 됩니다."

올려다보는 붉은 눈동자에 어깨를 으쓱여주었다.

"소생은 소생의 근본이 된 분의 모습을 베낀 관짝에 불과하기에. 묘나 관짝과 춤추는 것은──그 또한 죽은 자밖에 없기에."

그러니까 아직 살아있는 비카의 손을 내가 잡는 일은 결코 없다.

만에 하나라도 죽은 자신의 곁에 그를 끌고 가는 일이 없도록.

악곡이 흐르고, 끝나고, 다시 시작되고 흐르는 것을 반복하는 가운데.

의식해서 만들었던 자세가 그 멋과 우아함을 지킨 채로 자연스럽게 풀어졌다. 마치 서로의 의식이 녹아들듯이, 상대의 움직임을 알 수 있었다.

왈츠 템포에 맞추던 스텝을, 신도 레나도 어느새 상대의 템포에 맞추고 있었다. 조용히 가라앉은 두 개의 심장이 같은 리듬으로 고동을 새겼다.

그 행복에 두 사람은 도취했다. 둘이면서도 하나인 듯한 충족감과 만능감.

지금이라면 뭐든지 알 수 있을 것만 같았다.

고개를 들자 당연하다는 듯이 시선이 마주쳤다. 누가 먼저랄 것도 없이 자연스럽게 행복한 미소가 번졌다.

앞으로도 혹시.

어떤 미래를 바라야 할지 모르게 되고.

전진하는 것을 두렵게 여기고.

어느 쪽이 뭔가를 두려워하고, 뭔가에 상처받고, 뭔가에 곤혹스러워서 걸음을 멈추고.

도저히 나아갈 수 없게 된다면──그때는 둘이서.

이런 식으로 서로 손을 잡고.

말로는 표현하지 않았다.

그래도 전해진다고, 왠지 모르게 알았다.

그것이 잠깐의 환각 같은 감응으로, 음악과 춤이 끝나면 아스라이 사라져서 남지 않을 것이라도, 지금 이 한순간만큼은 전해지고 서로 이해할 수 있다고 생각했다.

오래된 유리 너머로 비추는 촉촉한 여름의 별빛을 반주로 삼아. 창문 너머의 테라스에서 떠도는 시원한 밤기운과 밤의 꽃향기로 박자를 맞추고.

별빛을 통해서 밤도 꽤 깊었음을, 레나는 깨달았다. 앞으로 음악이 몇 곡 더 연주되고, 마지막으로 인사를 나누고 끝나겠지.

끝나거든 말하자.

아니, 안 된다. 그래선 안 된다. 그게 아니다.

끝나기 전에 말하자.

끝나면 꿈도 깰 것이다. 평소 심약하고 불안한, 강한 척하기만 하는 자신이 다시 돌아온다.

그러니까 종이 울리기 전에. 은색 드레스가 사라지기 전에. 유리구두가 벗겨지기 전에.

연회는, 음악은, 춤은 마법이다. 사람 마음을 고양시키고──평소에는 체면이니 보신이니 하는 것에 숨겨두었던 진짜 마음을 꺼내는 용기를 준다.

"신…… 나중에, 저기."

그래도 그 말을 꺼내는 데는 대단한 용기가 필요했다.

개미 소리처럼 작은 목소리가 되었다.

"하고 싶은, 말이………… 꺄악?!"

그리고 춤추는 도중에 다른 데 의식을 빼앗긴 탓일까. 말하는 도중에 잘 닦인 나무 바닥 사이 아주 작은 이음매에 레나의 구두굽이 걸려 버렸다.

레나의 몸이 쑥 내려갔다. 그리고 잽싸게 붙잡아 끌어안은 신의 가슴에 매달리는 자세가 되었다.

의식과 고동이 서로 녹아드는 듯한, 마법 같은 시간이 흐려졌다. 서로의 심장이 각기 다른 고동을 새기기 시작했다.

마치 서로 포옹하는 자세가 된 두 사람에게, 자신과 다른 고동이 직접 전해졌다. 다시금 고동치기 시작한, 상대방도 고요한 마음이 아니라고 웅변하는 그 울림도.

품에 안긴 몸은 가냘프고 가벼워서 행여나 세게 껴안으면 부러질 것만 같다고, 신은 생각했다.

매달린 몸은 상상했던 것보다도 튼튼해서 이것이 남자의 몸이라고, 레나는 생각했다.

그렇다. 의식한 순간, 특히나 이성에게 면역이 없는 레나는 얼굴에 피가 확 몰렸다.

"레나?!"

아직 주위는 왈츠와 음악 속이었다. 조용하지만 분명히 당황한 신의 목소리가 멀게 느껴졌다.

어질어질 현기증이 일어나는 바람에 서 있을 수가 없어서, 몸을 받쳐 주는 팔에 매달렸다. 몸이 뜨거워져서 왠지 폭발할 것만 같은 기분이었다.

우연히 근처에 있던, 우연히 둘이서 짝을 이룬 라이덴과 프레데리카가 말했다.

"너희는 꽤 오래 췄잖아. 지친 거 아니야?"

"테라스에 나가서 바깥 바람이라도 쐬면 어떻겠느냐. 신에이, 데려가주도록 하여라."

신이 레나를 조심스럽게 챙기고 나가자, 지켜보던 두 사람은 다시금 한숨을 쉬었다.

　정말이지.

　"아, 신이 겨우 레나를 밖으로 데려갔구나."

　"두 사람 다 이상하게 자기 생각만 못 한다니까……. 이렇게 사람이 많은 곳에서 고백할 배짱은 신이든 레나든 없잖아."

　세오와 아네트가 다가와서, 라이덴은 한쪽 눈썹을 세웠다. 내용 자체에는 동감하지만.

　"뭔가 요상한 조합이로군."

　"아니, 적당히 파트너를 바꾸다 보니 서로 짝이 없어서."

　"오늘은 구석에서 구경만 하고 있기도 그렇잖아."

　"크레나는 어디 갔어?"

　세오와 아네트가 슬쩍 바라본 곳. 댄스 홀 중앙 근처에서는 크레나가, 그리고 어찌 된 일인지 시덴이 함께 춤추고 있었다.

　"실연당한 사람들끼리, 라는 건가."

　"그만둬, 프레데리카."

　"어, 그렇다면 시덴은 그쪽? 듣고 보니 분명히 이상하게 레나 문제로 신하고 충돌하긴 했는데……."

　"아, 몰랐어? 86구에서는 드물지도 않아. 아니, 그리 일반적이지 않다는 사실은 우리도 연방에 온 뒤에야 알았어."

　"그, 그래……?"

아네트는 경악하고 말았다.

 댄스 홀에서 유리로 된 대문으로 이어지는 석조 테라스는 작은 모임이 가능할 정도로 넓었다.

 잘 닦은 회색 석재는 희미한 별빛을 받아 창백하게 빛나고, 한여름이라고 해도 표고가 높은 산악의 나라에서 부는 고원의 시원한 밤바람. 장미덩굴 모양을 한 테라스 울타리에 엉겨서 흐드러지게 핀 작고 하얀 꽃들이 달큰한 향기를 풍겼다.

 댄스나 술에 지친 손님이 바람을 쐬면서 쉬기 위한 테라스다. 금속으로 된 담쟁이덩굴을 엮어서 만든 듯 섬세하게 가공한 벤치가 여럿 있는데, 신은 그중 한곳에 레나를 앉혔다.

 테라스에서는 호텔과 인접한 호수가 시야를 밤하늘과 호수로 양분하는 형태로 보였다. 눈이 녹은 물이 흘러들어서 생긴, 여름인 지금도 헤엄칠 수 없을 정도로 차갑다는 호수. 산 정상의 만년설을 따라 부는 바람이 위로 지나가서 항상 차갑다고 한다.

 여기에서도 한 사람 대기 중이던 급사가 차가운 음료를 올린 쟁반을 한 손에 들고 다가와서, 신은 잔을 두 개 받아서 하나를 레나에게 건넸다. 길쭉한 유리잔에 작은 거품이 일어나고, 향기를 봐서는 도수가 낮은 사과주에 상큼한 민트를 섞었다.

 레나는 시원한 마실 것을 한 모금, 두 모금으로 다 비운 뒤에야 숨을 내뱉었다.

 "미안해요. 조금, 진정되었어요."

이런 추태를 저지른 것은 처음이라고, 레나는 생각했다.

파티는 싫어하지만 익숙하긴 했다. 그럴 텐데.

하필이면 신의 앞에서.

"조금 지친 것 아닌가요. 휴가라도 놀 때는 체력을 쓰니까요."

"그런 이유도 있을지 모르지만요……."

그보다도.

곁에 당신이 있으니까.

당신 앞에서는 반듯하게 있고 싶어서.

그래서 긴장하는 바람에.

아, 그렇지.

"미안해요."

"이번에는 뭡니까?"

"저기…… 다른 사람들하고도 이야기하고 싶었을 텐데. 나한테 시간을 쓰게 해서."

"아하."

어딘가 대수롭지 않다는 듯이 맞장구를 치며 신은 자기 잔을 단숨에 비웠다.

"괜찮습니다. 파티라고 해도 오늘은 같은 부대의 행사고, 오늘이 아니어도 이야기할 수 있는 사람만 있으니까요."

그렇게 말을 끊는 그 목소리의 미묘한 변화와 말 사이에 생긴 약간의 공백을, 레나는 금방 알아차리지 못했다.

오랫동안 이 호텔에서 일하면서 손님의 호흡을 잘 파악할 줄 아는 초로의 급사는 금방 알아차렸다.

그림자처럼 다가와 두 사람의 손에서 빈 잔을 받고 다시 그림자처럼 물러나, 그대로 눈치 빠르게 테라스에서도 모습을 감춘다.

"사실, 오늘은 당신 말고 다른 사람과 있고 싶지 않았으니까요."

"예……?"

고개를 든 그 순간.

테라스 너머, 호수 위.

바람이 약해서 거울처럼 맑은 수면의 잔물결 사이에서 뭔가가 빛났다. ──그림자가 아니다. 배다. 작은 배 몇 척의 실루엣.

빛의 꼬리를 늘어뜨리며 하늘로 올라가는. 삐익 하고 피리 소리처럼 바람을 가르는 소리.

잠시 후, 달빛도 없는 어두운 밤하늘에 펑 하는 소리와 함께 화염의 꽃이 피었다.

그것을 올려다보면서, 레나는 이끌리듯 일어섰다.

지금 그건.

"──불꽃놀이."

그 순간, 유리 천장을 색채의 난무가 하얗게 물들였다.

하늘에 퍼지는 화염의, 빛의 고리. 그 강한 빛에 춤이 멈춘다. 한 발 늦게 울려 퍼지는, 속에 잔잔하게 울리는, 하지만 에이티식스들도 익숙한, 귀가 먹먹해질 정도인 화포의 굉음보다는 다소 시시한, 흑색화약의 폭발음.

반짝반짝. 마치 별이 터진 것처럼, 부서진 별이 떨어진 것처럼,

빛을 깜빡이면서 불똥이 내려왔다. 초승달이 뜨는 밤에 무지개 빛깔로 핀, 아름다우면서 덧없는 꽃불.

말이 끊긴 댄스 홀에 음악 소리만이 경쾌하게 퍼졌다.

모두가 올려다보는 곳에서 화염의 꽃이 두 번, 세 번, 하늘로 치솟는다.

누군가가 중얼거렸다.

"불꽃놀이?"

그걸 시작으로 와아 하는 환성이 퍼졌다.

"불꽃놀이야."

"오랜만에 봤네. 아니지."

"10년 만이던가. 우와……!"

안쪽 계단, 좌우의 계단이 합류하여 무대처럼 된 곳에 사람의 실루엣이 나타났다.

맹약동맹 사람 특유의 군더더기 없는 건장한 체구. 붉은 색상의 민족의상을 두른 그 사람은 이 호텔의 지배인이었다.

시선이 모이는 것을 확인한 그 사람이 거창하게 움직여 인사한다. 그리고 숙였던 몸을 쭉 펴고서 목청을 높였다.

"기아데 연방, 제86기동타격군의 에이티식스 여러분!"

백 명은 물론이고 그보다 두 배는 여유롭게 들어가는 댄스 홀 전체에, 마이크가 없는데도 목소리가 닿았다. 이 산악지대의 얼마 안 되는 목초지에서 오래전부터 염소를 친, 그 몰이꾼들이 이웃한 산에 있는 동료들과 말을 주고받기 위해서 잘 울리도록 훈련한 목소리.

"86구를 살아남아서 우리 산악민족의 나라에, 왕룡이 잠든 영봉의 기슭에 잘 와주셨습니다. 즐거운 연회의 마지막에 저희 호텔에서 드리는 선물입니다. ——부디 즐겨 주시길 바랍니다!"

　대기를 울리고, 하늘을 물들이면서, 그러고도 계속되는 불꽃놀이 풍경 아래에서. 악단이 새롭게 흥겨운, 화려한 행진곡을 연주하기 시작했다.

　함성을 지르며 떠드는 동료들 사이에서, 라이덴과 세오와 크레나는 그저 조용히 불꽃을 올려다보았다.

　"불꽃놀이. 그래, 오래간만이네."

　"전에도 딱 이 무렵이었지. 벌써 2년이나 됐나. 훨씬 더 오래전 일 같은데."

　"그때는 몇 사람이 더 있었는데. 다섯 명이 아니라."

　2년 전. 아직 그들이 86구의 동부전선 제1구역에 있었을 무렵의 이야기다.

　전면시킬 목적으로 모이게 된 스피어헤드 전대의, 그 절반 이상이 공화국의 의도대로 전사했을 무렵. 앞으로 한 달 남짓이면 남은 모두도 죽는다고는 아직 레나에게 말하지 않았지만, 모두가 다시금 각오를 다지던 무렵인 늦여름.

　그 각오도, 씻어낼 수 없는 피로도, 그때는 의미가 없었으니까. 무의식중에 눌러놓고 있던 분노나 죽음에 대한 공포도, 그 하룻밤만큼은 잊을 수 있었다.

기억한다. 방치된 폐허 속 축구장, 인공적인 빛이 없어서 어두운 밤하늘. 몇 년 만인지도 몰랐던, 전장에서 본 불꽃놀이.

지금 생각하면 조그만 불꽃이지만. 화려하고 요란하고 하늘을 전부 물들이는 불꽃보다도 훨씬 귀중했다.

그때, 그 자리에서 같은 불꽃을 본 사람은 프로세서도, 정비원도, 이 자리에 있는 다섯 명을 제외하면 이제 아무도 없다. 같은 구역에 있었으니까 우연히 보았을지도 모르는 당시 제1구역 제2전대부터 제4전대의 전대원들도 지금은 몇 명 남았을까. 아니면 하나도 남김없이 전멸했을까.

그때는 그것을 이상하게 여기지 않았다.

왜냐하면 그때는 아직.

크레나가 말했다. 절절하게.

"다들 그게 마지막일 거라고…… 그때는 그렇게 생각했는데."

오래된 유리 천장을 통해 조금 일그러져 보이는 불꽃 아래에서, 앙쥬는 그 색채의 난무를 올려다보며 움직이지 않았다.

"전에……."

가만히 있는 앙쥬에게 다가온 더스틴은 그녀가 흘린 목소리에 반응해서 시선을 돌렸다. 말을 거는 건지 혼잣말인지 종잡을 수 없는, 조용한 그 목소리.

"전에 불꽃을 보았을 때도…… 다이야 군은 이미 없었어."

"……."

"더스틴 군…… 미안해. 나는 아직 당신을 다이야 군처럼 생각할 수 없어. 앞으로도 그럴 수 있을지 모르겠어. 그래도 제발."

밤의 어둠을 잠시 밀어내기는 하지만 낮처럼 밝힐 수는 없는, 한순간 피었다가 아련하게 흩어지는 화염의 꽃. 그것을 올려다보며 앙쥬는 말했다.

그것 또한 너무나도 아련한, 세계의 어둠을 밝힐 수도 없는 기도처럼.

"없어지지 말아 줘. 부디 앞으로도 죽지 말아 줘."

"알았어……."

에이티식스는 인간의 죽음에 익숙하다고 생각했다.

샤리테 시 지하 터미널에서, 해부된 인간의 뇌 표본을 태연하게 내려다보던 신의 얼굴을 옆에서 보고. 수북하게 쌓인 수만 개의 부패한 시체를 목격하고도 겉으로는 거의 동요하지 않았던 그들을 보고.

대공세부터 두 달에 걸쳐 함께 싸운 그들의── 옆에 있던 동료가 날아가더라도 계속 싸우는, 인간의 형태를 한 병기 같은 그 모습을 보고.

익숙해져서 이제 태연한 거라고 생각했다.

태연할 리가 없었다.

태연하지 않으니까── 태연하지 않지만, 그래도 참을 수 없을 정도로 동료가 차례로 죽어 나가니까, 더는 참지 않아도 되도록, 마음이 흔들리지 않도록 얼린 것에 불과하다.

그 얼음이 녹으면 좋겠다고 생각했다.

자기 탓에 다시금 얼어붙지 않기를 바랐다.

"약속할게. 나는── 너를 두고 먼저 죽지 않아. 절대로."

†

식별명 '발레이그르' ── 아니, 신이라는 이름의 에이티식스 소년병은 뭔가 일이 있었는지 오늘은 심문하러 오지 않았다.

그들의 귀환에 맞춰 연방 시설로 보내질 예정인 제레네는 현재 수송용 컨테이너 안에 다시 들어가 있었다. 만에 하나라도 통신이 이루어지지 않게 대비한 금속 격벽, 불빛도 소리도 없는 어둠 속에.

고기동형에 인류에게 보내는 메시지를 넣은 것은 도박이었다.

그것도 너무 승산이 낮은 도박. 고기동형을 격파할 자가 있을 리가 없고, 그렇다고 해도 연합왕국의 〈레기온〉 지배 영역에 있는 그녀에게 도달할 리도 없고. 찾아왔다고 해도 그자가 정보를 맡기기에 합당한 인물일 리도 없다. 고기동형을 물리쳤다면, 그자는 군인이다. 국가의 검으로서 무언가를, 누군가를, 조국을 위해 희생하는 것이 그들의 역할이다.

〈레기온〉에 대한 명령 권한을 얻는다면 대부분의 사람은 그것을── 막기 위해서가 아니라 〈레기온〉을 다른 나라에 돌리는 칼날로 이용하려고 들겠지.

신과 이야기하고, 처음에는 그 고백을 듣고는 역시나 도박이 실패했다고 여겼다.

연방의 군인이고, 그것도 하필이면 노우젠—— 제국군에 군림한 정멸자의 후예. 살인을 자랑으로 삼는 혈통의 인간.

무엇보다도 자신과 이야기했을 때의—— 〈레기온〉과 대치하고도 아무런 적의나 증오도 보이지 않는, 거의 광기나 마찬가지인 그 침착함에.

가족이나 동포를 잃고도 증오할 수 없다면, 가족이나 동포조차도 사랑할 수 없는 인간이었다는 뜻이다. 잔인무도함에 분노할 수 없다면 그것을 간과하는 자라는 뜻이다. 그런 상대에게 그녀의 희망을 맡길 수는 없다.

그게 아니었다.

아니어서 다행이라고, 제레네는 은빛 어둠 속에서 생각했다.

《보고 있을까, 노 페이스. ——안 보겠지. 당신은 더 이상 나를 위해서 움직이지 않아. 나를 탈환할 필요 따위 없으니까.》

내 이름은 군단.[레기온] 우리는 많기에.

지배 영역에 있는 자동공장형으로 얼마든지 양산할 수 있으며, 얼마든지 대체할 수 있는 것이 〈레기온〉이다.

대체할 수 있다는 것은 사실—— 제레네를 포함한 지휘관기도 마찬가지다.

연합왕국과의 전선을 맡는 지휘관기도 곧 다른 〈양치기〉가 메우겠지. 변하는 것은 없다. 다소 전술이 치졸해도 숫자의 폭위로 짓뭉개고 압도하는 것이 〈레기온〉이다. 제레네 하나가 사라져도 〈레기온〉의 주력에는 아무런 영향도 없다.

그러니까 노 페이스도, 그를 포함한 〈레기온〉 통괄 네트워크 지휘관기들도, 이미 그녀를 보지 않는다. 잡병들이 부서졌을 때와 마찬가지로 등록을 말소하고—— 그것을 끝으로 그녀의 꿍꿍이를 알아차리지 못한다.

《노 페이스. 아니…….》

그가 인간이었을 적의 이름을 소리 없이 중얼거렸다.

그 이름을, 제레네는 알고 있다.

당시 아직 대부분의 〈레기온〉은 중앙처리계의 수명이 다할 때까지 시간이 있었지만, 언젠가 반드시 찾아올 그 수명의 대책으로 그 무렵부터 이미 대체품을 모색하기 시작했었다. 그때 대체품으로써 시체의 뇌구조를 복제한 것 중 하나가 노 페이스다.

당시부터 제레네는 연합왕국 전선에 있었으니까 전사한 그자의 유해를 직접 본 것도 아니고, 해체한 것도 그녀가 아니지만. 통괄 네트워크 지휘관기로서 공화국 전선을 통해 보고받았다. 그러니까 그의 이름은 알고 있다.

그 자신은 잊었을 얼굴도.

시작품 중 하나에 불과했던 노 페이스가 현재 통괄 네트워크의 지휘관 중 하나로 뽑힌 그 이유도.

《당신을 저지하겠어……. 이미 〈레기온〉도 아니게 되어 가는 당신을.》

올려다보는 레나의 은색 눈동자에 마지막 별똥의 광채를 남기고. 밤하늘에 빛의 폭포를 만들며 불꽃놀이가 끝났다.

잔향이 멀어지다가 밤의 어둠 속에 사라졌다. 색색의 별똥이 반짝이면서 다 타서 떨어졌다.

그 모습을 올려다보니 이상하게도 다소 서글픈 기분이 들었다.

축제가 끝날 때 특유의, 지나간 계절을 돌아보는 듯한, 사라져가는 뭔가를 생각하는 듯한, 서글픔과 쓸쓸함.

두 번 다시 오지 않을 한때를 보낼 때의.

"혁명제의 불꽃은 아직 볼 수 없을 것 같네요."

옆에서 슬쩍 시선을 보내는 게 느껴졌다.

그걸 느끼면서도 돌아보는 일 없이 레나는 생각에 잠겼다.

혁명제. 8월 한여름에 열리는 공화국의 축제.

도심의 더럽고 밝은 하늘의 아무도 보지 않는 불꽃을——그래도 같이 보자고 약속했다.

2년 전 혁명제 밤에—— 그로부터 한 달 뒤에 신과 스피어헤드 전대는 결사행을 가게 된다는 사실을 그때는 모른 채.

같은 하늘 아래. 서로 얼굴도 모르는 채로.

"혁명제 자체는 이 뒤에 있겠지만. 우리는 이제부터 훈련과 〈아르메 퓨리우즈〉의 훈련으로 바빠지겠고요. 들었나요, 다음 파견 예정을……?"

"예. 다음은 북방 연안의 나라들이었던가요. 성가시게도 〈레기온〉 거점이 있어서 제2, 제3그룹이 공격하다 지쳐서 일시적으로 철수한다고 들었습니다."

연방 북쪽, 연합왕국 동쪽에 위치하는 작은 나라들이다. 〈레기온〉의 위협에 맞서 국가의 벽을 뛰어넘어 단결하여 대항한다는 그 나라들에는 한 달 전부터 기동타격군의 현 작전부대가 주둔하고 있다.

포위망을 허물기 위한 중점 제압을 맡았지만, 그 결과 드러난 적 거점에 예상하지 못한 고전을 거듭한 끝에 결국 작전을 재고하게 되어서.

"공화국도…… 혁명제는 위신을 걸고 실시하겠지만, 불꽃놀이에는 손이 미치지 못하겠지요. 발전시설과 생산공장의 재건은 아직 안 끝났고, 북부 영역 탈환은 현재 〈목양견〉이 많아서 난항이라나 봐요."

공화국만이 아니다. 어디든 그렇다.

그러니까 기동타격군이 여기저기서 무모한 작전에, 그것이 역할이라는 이유로 자꾸 투입되고 있다. 연합왕국에서는 눈 속에서 적진을 돌파하고, 지도 하나 없는 적 거점을 강습해 제압했다. 현재 작전을 담당하고 있는 제2, 제3기갑 그룹도 간신히 성공했다고는 해도 북부 연안국들의 전장에서 자칫하면 전멸할지도 모르는 적진 돌파를 실시한 처지였다.

올해 혁명제에는 갈 수 없으리라.

간다고 해도 불꽃놀이는 없다.

내년이라면 있을까. 불꽃놀이는. 혁명제는——— 공화국은.

내년까지, 자신은, 신은…… 인류는 살아남을 수 있을까…….

비관적인 생각은 한 번 떠올랐다 하면 빙글빙글 맴돌며 뇌리를 지배한다. 안 되겠다 싶어서, 레나는 연지를 살짝 바른 입술을 깨물고 고개를 흔들어 그 생각을 쫓아버렸다.

그런 일은 없다. 왜냐하면 약속했으니까. 혁명제의 불꽃놀이를 보겠다고, 전쟁이 끝나면 바다를 보러 가겠다고.

그러니까 그때까지 자신도 신도, 모두 죽을 수 없다.

매달리듯이 생각한 순간, 떨어지는 불똥을 올려다보고 있던 신이 입을 열었다.

"그렇다면."

행진곡 연주를 마친 악단이 다시금 왈츠 연주로 돌아갔다.

템포가 느린 슬로 왈츠. 연회의 막바지에 어울리는, 포근한 꿈을 유발하는 듯한, 흥겨움의 잔재를 아쉬워하는 듯한, 아주 조금 서글픈 멜로디.

시간을 생각하면 이게 마지막 곡이겠지. 이 나라에서의, 이 밤의, 마지막 한 곡.

그 서글픔에 떠밀리듯이 신은 입을 열었다.

꼭 말해야 한다고 생각할 것도 없이, 그 말은 자연스럽게 입에서 나왔다.

눈이 녹아 들판을 적시는 강이 되어 흐르듯이.

자연스럽게.

"그렇거든 다음 기회에—— 내년 혁명제 때 보러 갑시다. 내년이 안 되거든, 그다음에. 축하할 수 있게 됐을 때, 언젠가 꼭."

2년 전, 불꽃놀이를 본 밤.

그때 신은 이룰 수 없다고 알면서도 레나의 말에 응해 주었다.

이루어지지 않는다고 알았으니까, 함께 있기를 바라는 레나의 말에 명확하게 대답해 주지 않았다.

보고 싶다고 진심으로 바라는 것조차도.

지금은 다르다.

"지금은 그것도—— 이룰 수 없는 소원이 아니니까요."

죽을 터였던 운명을 뛰어넘어 살아남았다.

그리고 살아도 된다고 배웠다.

뭔가를—— 미래를. 바라도 된다고도.

눈앞에 있는 그녀에게.

도움을 받았다. 몇 번이나 구원을 얻었다.

그것은 분명 그런 줄도 모르는 동안에도.

시선을 내려서 바라보았다. 아무런 말도 하지 않았는데 이끌린 듯이 이쪽을 바라보는 은색 눈과 시선이 마주쳤다.

애타게, 이름을 불렀다.

"——레나."

"축하할 수 있게 됐을 때, 언젠가 꼭. 지금은 그것도—— 이룰 수 없는 소원이 아니니까요."

이끌린 듯이 바라본 곳에서, 여태껏 본 적이 없을 정도로 진지한, 붉은 눈과 시선이 마주쳤다.

그 깊이에, 레나는 가슴이 뛰었다.

소용돌이치던 불안이나 공포가 거짓말처럼 사라졌다.

당신이 그렇게 말해 준다면, 분명 이루어지겠지. 아무리 불가능하게 보여도, 기적처럼 이루어지겠지.

진심으로 그렇게 생각할 수 있었다.

밤에 별이 빛나듯이.

봄에 꽃이 피듯이.

그것과 마찬가지로 지극히 당연한 섭리처럼, 진심으로 믿을 수 있었다.

자연스럽게 숨을 한 차례 들이마셨다.

무의식중에 두 손을 올려서 가슴 앞에서 모아 쥐었다.

말한다면 지금이다. 전할 거라면—— 지금 이 순간밖에 없다.

당신을 좋아한다고.

전쟁이 끝나거든. 축하할 수 있게 되거든 혁명제의 불꽃놀이를. 그때는 부디 함께 그 불꽃을 보러 가자고.

언제가 될지 모르지만, 그래도 함께. 가능하다면 몇 번이든.

그렇게 말하려고 입을 여는데.

"——레나."

그 목소리는 그녀를 부르는 말에 막혔다. 숨을 삼키고, 그대로 호흡이 멎었다.

왠지 모르게 특별한 말이 온다는 것을 알 수 있었다.

갑자기, 불현듯 무섭다고 생각했다.

듣기가 무섭다. 이건, 다음에 오는 것은 결정적인 말이다.

여태까지의 관계를, 어색하게 엇갈리면서도 신기하게도 마음이 편했던, 모호한 관계성을 깨뜨리는 말이다.

그걸 깨뜨리고 다른 무언가로 바꿔버리는 말이다.

어쩌면 깨뜨리고 끝일지도 모른다. 새로운 뭔가를 만들지 않을지도 모른다.

변화는, 파괴는 불가역이다.

들으면 돌이킬 수 없다. 듣는 것이 무섭다.

그것은 몸까지 얼어붙는 듯한 공포였다.

하지만.

들어야 한다.

들어야 한다.

신은 분명 더 무섭다. 스스로 변하려고, 어쩌면 깨져서 돌이킬 수 없을지도 모르는데 변하려고 발을 내디딘 신은, 기다리기만 하는 레나보다 훨씬 두렵다.

그것을 듣지 않는다면 분명 후회한다.

가슴 앞에서 두 손을 꼭 모아 쥐었다. 숨을 삼키고는 숨 쉬는 것조차 잊었다. 입술을 꼭 다물고 기다렸다.

그리고 신은 말했다.

"나는——당신을 만날 수 있었던 것에 감사합니다."

그 말에는 마음속 온갖 감정이 담겼다.

솟구친 감정은 이름을 붙일 수 있을 만큼 단순하지 않았고, 그렇기에 신은 그대로 목소리에 담았다. 그 감정을 말로 표현해 보니, 고백한 말에 모두 집약되었다.

그것만으로는 부족하다고 여기지만, 그것을 완전히 전할 수 있는 말은 세상 어디에도 없을 것이다. 그러니까 부족한 말로 전할 수밖에 없고, 그것이 너무나도 답답하고 안타까웠다.

"당신이 없었으면 2년 전, 제1구역에서 형을 없애고 끝까지 싸우다가 죽었겠지요. 전자가속포형을 해치우고 싸울 이유를 잃어버렸겠지요. 용아대산의 용암호에서 돌아가야만 한다는 생각을 하지 않았겠지요. 당신은 언제나 나를 구했습니다."

함께 싸우고, 먼저 죽어간 모두를 마지막 순간까지 데려가는 신은—— 그렇기에 모두를 먼저 떠나 보내는 존재였다. 자기 기억만큼은 누구에게도 맡길 수 없어서, 혼자 끌어안은 채로 스러질 운명이었다.

그녀에게라면 맡길 수 있다고 생각했을 때—— 그것은 분명 무엇과도 바꿀 수 없는 구원이었다.

2년 전, 86구에서부터. 그때는 얼굴도 몰랐던 그녀가 버팀목이었다.

1년 전, 양귀비 꽃밭에서. 쫓아온 그녀의 말에서 싸울 이유를 얻었다.

한 달 전, 설산의 전장에서. 유일하게 소망할 수 있었던 미래를 받아들여 주었다.

"당신이 있어 주었기에—— 살아도 된다고, 생각할 수 있게 되었습니다."

레나는 눈물이 올라오는 것을 느꼈다.

그래요.

그래요──── 신.

그건 나도 그래요.

당신과 만날 수 있었으니까, 나는 지금 여기에 있어요.

〈검은 양〉과 〈양치기〉의 비밀을 알고, 대공세에 준비할 수 있었어요. 당신들이 있었기에, 보고 있으면서도 보지 않았던 세계의 냉혹함을 알 수 있었어요. 자신의 추함을 알 수 있었어요.

그리고 당신이라는, 쫓아갈 뒷모습을, 함께 있고 싶다고 생각하는 사람을 찾을 수 있었어요.

"당신이 있었으니까 나는 86구를 빠져나왔습니다."

당신이 있었으니까 나는 하얀 돼지가 아니게 되었어요.

당신이 있기에 내가──── 지금의 내가 있을 수 있어요. 나의 확실한 일부로, 당신의 말이 살아 숨 쉬고 있어요.

그러니까.

나를 바꾸어 준. 나를 살게 해 준.

당신을.

"당신을 좋아합니다."

그 말을 막힘없이 할 수 있었던 것에, 신은 내심 안도했다.

전하고 싶은 말이다. 꼭 전해야 한다고 생각했던 말이다. 그런 것조차도 이 순간에 말할 수 없다면, 말이란 것에는 아무런 의미도 없다.

몇 번이나 구원받았다.

그런 그녀에게—— 이런 것으로 보답이 될까.

앞으로도 이런 소망에, 응해 줄까.

그렇게 생각하니 앞이 캄캄해질 만큼 두려웠지만—— 말했다.

"나는 당신에게 바다를 보여주고 싶습니다. 당신과 함께 바다를 보고 싶습니다. 본 적이 없는 것을. 전쟁에 갇힌 채로는 볼 수 없는 것을. 같은 풍경을 당신과 보고 싶습니다."

그것은.

즉.

"당신의 곁에 있고 싶습니다. 함께 살고 싶습니다. 가능하다면 —— 언제까지고."

레나는 아무 말도 못 하고 그저 그 은색 눈동자를 크게 떴다.

말을 꺼낼 수 없다. 말로는 형용할 수 없었다.

나도.

언제까지든.

함께 있고 싶어요. 함께 가고 싶어요.

당신이 가는 그 마지막까지. 당신이 도달하는 그곳까지.

기억과 이름을 가슴에 품고서가 아니라. 기억과 마음에 안겨서가 아니라.

함께.

살아서.

기쁘다고 생각했다. 사랑받는 것이 기쁜 게 아니다. 좋아한다고 고백을 받아서도 아니다.

같은 마음이란 것이 기뻤다.

그러니까.

답해야 한다고.

답해야 한다고.

답해야 한다고.

빛의 속도보다도 빠르게.

그 마음에 떠밀린 것처럼, 말보다도 생각보다도 먼저, 몸이 움직였다.

그야말로는 느리니까.

말로는 부족하다.

전하고 싶은 마음의 몇 분의 일도, 분명 이렇게 하는 것보다도 훨씬 못 전해진다.

한 걸음도 안 될 정도로 가까운 서로의 거리를, 앞으로 발을 내디뎌서 좁혔다. 놀라서 눈을 크게 뜨는 신이 도망치지 못하게 어깨에 손을 대고 발돋움해서.

머리 절반 정도 되는 신장 차이는 오늘 레나가 하이힐을 골랐던 만큼 많이 줄어들었다. 평소보다 가까운 위치에 있는 그 입술에.

입술을 부딪치듯이 키스를 했다.

작가 후기

남자 군복은 정의입니다! 안녕하세요, 아사토 아사토입니다.

싸우는 소녀의 정의가 파일럿 수트라면, 싸우는 소년의 정의는 군복이라고 생각합니다. 뭐가 좋냐면 멋지죠. 그리고 섹시합니다. 튼실한 근육에 블레이저 근무복이라든가. 튼실한 근육에 전투복이라든가. 또 볕에 탄 흔적. 실로 야합…… 아니, 멋집니다.

그런고로 이번에는 군복 파티입니다. 아마도 삽화로는 못 쓰겠지만, 그건 어쩔 수 없겠죠…….

자, 그러면.

항상 감사합니다! 『86 -에이티식스-』 제7권 '미스트'를 보내드립니다.

맹약동맹편이라고 해야 할까요……. 그렇게 말할 정도로는 맹약동맹이 활약하지 않았지만요. 작중 시간축은 연합왕국편의 한 달 뒤, 신 일행이 휴가를 겸해 전용 학교에 다녔던 한 달이 끝난 뒤의 이야기입니다.

학교에 갔을 때 이야기 말입니까……? 저도 읽고 싶습니다(쓰고 싶다).

아, 참고로 이 후기는 완전히 스포일러니까, 후기를 먼저 보는 사람은 이번 페이지에서 덮는 게 좋을 것 같습니다.

평소처럼 주석이라고 할지 뭐라고 할지.

· 1장의 그거

I can fly로 시작하는, 여러분이 고대하신 그 장면. 지금도 꽤 길지만, 사실 초고에서는 40페이지 정도 되었습니다. 모두가 장난을 치면서 슬금슬금 길어지는 바람에…….

아니, 5, 6권은 순조롭게 두꺼워졌으니까, 7권은 반성해서 2권 정도의 페이지를 목표로 하자고 담당자에게 말했습니다만, 뚜껑을 열고 보니 슬금슬금 길어져서…….

· 새로운 등장인물

아슬아슬할 때까지 이름이 결정되지 않거나, 올리비에라고 하려다가 도중에 올리비아로 써버리거나, 패밀리 네임을 틀리는 등, 이름으로 꽤 고생했습니다. 참고로 3권에서 슬쩍 나온 벨 아이기스 중장의 손자입니다. 여걸 할머니가 조금 무서운 나이.

여기부터는 스포일러 주의. 예입.

타 이 틀 사 기 는 아 닙 니 다

아니, 『86 —에이티식스—』 '온천여행편' 이라는 서브타이틀을 붙일 수는 없잖아요. 현대 패러디냐. 뭐, 온천에 시내 데이트, 남자들의 베개싸움(단체전), 담력시험에 불꽃놀이, 수학여행 패러디의 정석 같은 짓을 하고 있지만. 여자 베개싸움? 아마 나중에 하지 않았을까요.

아, 참고로 미스트=온천의 수증기입니다. 참으로 억지스럽지만, 기분 탓, 기분 탓이에요.

그런고로 전투 없이 완전 라이트한 에피소드였습니다. 이래도 괜찮나? 정말로 걱정되네요.

그런데 4권 언저리부터 곧잘 '문체가 바뀌었네요. 글에 익숙해졌군요.' 라는 소리를 듣는데, 실제로 4권 서두나 이번 7권이 제 본래의 문체입니다.

1~3권이나 5, 6권의 문체도 물론 본래라고 할까, 자연스럽게 쓸 수 있습니다만, 7권에서도 계속하려면…… 시리어스 모드가 지속되지 않아서 말이죠…….

마지막으로 감사 인사를.

담당 편집자 키요세 님, 츠치야 님. 이번에도 지옥까지 함께하시게 해서 죄송합니다. 컬러에는 꼭 수영복 여자 그림을! 수영복 여자 그림을!

시라비 님, 수영복에 사복에 드레스에 야회복에, 역대급으로 일러스트가 어려우셨을 것 같습니다. 하지만 저는 아주 즐겁게 썼습니다. 죄송합니다. 감사합니다.

Ⅰ-Ⅳ님. 이번에도 말도 안 되는 고집을 부려서…… 점점 깜짝병기 대회가 되고 있는데요. 또 저지를 것 같습니다…….

요시하라 님. 만화판 2권이 발매했군요! 연재는 드디어 레이가 등장…… 죽은 형에 대한 복잡한 감정을 담은 신의 웃음에는 오싹해졌습니다.

그리고 이 책을 찾아주신 여러분. 항상 감사합니다. 한 걸음 나아갔다가 갈팡질팡하고 뒷걸음질 치고 엎어지고 해서 답답한 신과 레나도, 이번에는 조금 진전이 있다……고 생각하는데요. 어땠습니까? 다음에는 평소와 같은 에이티식스로 돌아가니까, 전투가 적어서 섭섭했던 분도 기대해 주시길!

그러면 이만. 이제는 진짜로 폭발해라, 이것들아! 라고 할 정도로 러브러브 꽁냥꽁냥하는 두 사람의 곁으로. 당신을 잠시 데려갈 수 있기를.

후기 집필 중 BGM : EYES ON ME
　　　－ featured in FINAL FANTASY Ⅷ (Faye Wong)

후기 뒤에도 한 장면이 더 있습니다. 기왕이면 이대로 계속해서 봐 주세요.

입술을 포갠 시간은 체감상 영원처럼 길었지만, 실제로는 숨을 한 번 쉴까 말까 한 정도였겠지.

맞닿은 열기의 감미로움에 정말로 취해버릴 것 같은 한때.

몸을 떼자, 서로의 숨결이 입술 사이로 섞였다. 하나가 되었던 듯한 체온과 고동이 둘로 나뉘는, 기묘한 쓸쓸함.

인간은 본디.

둘이서 하나였다고 말한다.

신의 분노를 사고 그 벌로써 둘로, 두 사람으로 나뉘었다. 그 이후로 모두가 갈라진 반신을 찾는다고 말한다.

그러니까 입술을 포개는 것은, 마음을 포개는 것은 행복이고.

떨어지는 것은 한순간이라도 쓸쓸한 것일까——.

갑작스러운 일에 신은 눈을 크게 뜬 채로 굳어버렸다.

이를 올려다보는 레나는 그저 생각했다.

그렇게.

평소의 당신이라면 상상도 할 수 없을 만큼 멍해진 얼굴로, 빨개진 얼굴로 굳어버려서.

웃기다고는 생각하지 않았다.

그저 하염없이 사랑스럽게 느꼈다.

먼저 죽은 누군가를 위해, 그것이 긍지라면서 끝까지 싸우기 위해, 많은 일을 견디며 마음에 갑옷을 두르고, 그 갑옷이 마치 본래의 얼굴인 것처럼 항상 걸치게 된 사람이다.

사실은 이렇게 아직 어른이 되지 못한 소년에 불과한 사람.

그렇기에 갑옷 안에서, 아주 가끔만 볼 수 있는 진짜 얼굴이, 정말이지 사랑스럽다.

그 감정에 떠밀리듯이, 어깨에 올렸던 손을 얼굴로 가져갔다. 몸을 뻗어서 다시금 입을 맞추려다가.

문득, 정신이 번쩍 들었다.

지금.

나는.

뭘 했지?

귓가에서 울리듯이 벌렁대며 시끄러운 심장 소리와, 스스로도 알 수 있을 만큼 뜨거운 얼굴과.

입술에 남은 달콤한 감촉과.

"…………?!"

뜨거운 것을 만진 것처럼 두 손을 뗐다. 실제로 손바닥으로 느낀 신의 체온은, 평소 레나보다도 체온이 높긴 했지만, 지금은 뜨거울 정도였다.

그 손으로 자기 입술을 눌렀다.

조금 전에 포갰던 입술.

하지만. 아직.

좋아한다고 말하려고 했는데.

그보다 먼저 좋아한다는 말을 듣고.

아직.

나는 내 마음을 전하지 않았는데……!

마음이 앞서나갔다고 깨달은 순간, 레나는 일찍이 없을 정도의 공황에 빠졌다.

실수했다.

자기도 좋아한다고 먼저 전해야만 했다. 그런데 같은 마음을 먼저 고백받아서, 기쁘고 행복하고 감격해서. 솟구친 충동, 혹은 욕망이라고도 해야 할 것에 떠밀린 채로, 대답하기도 전에 입부터 맞췄다.

이렇게. 대답하지 않으면 아직 연인 같은 관계가 아닌데.

이렇게.

천박한 짓을.

눈앞에 있는, 그때까지 멍한 기색이던 붉은 눈동자가 정신을 차렸다. 한 차례 껌뻑이더니, 다시금 레나를 비추었다.

그 입술이 움직였다.

뭔가 말하려고 한다. 그건 알았다. 하지만 그 탓에 레나는 더욱 혼란에 빠졌다.

머릿속이 새하얘진 채로 입을 놀렸다.

"아, 아, 아니, 이건 아니에요, 저기."

뭐가 아닌지는 레나 자신도 몰랐다.

"저기……."

반사적으로 '미안합니다.' 라고 말하려다가, 그래서는 오해를 산다고 깨닫고 황급히 삼켰다. 삼켰지만, 그런다고 그것을 대신할 정도로 눈치 빠른 말이 떠오르지도 않았다.

나도 좋아한다, 지금이라도 그렇게 말하면 좋을 텐데, 거기까지 생각이 닿지도 않았다.

"아, 안녕히 주무세요. 좋은 꿈 꿔요!"

결국 엉뚱한 소리를 지르고, 꽁지가 빠지게 도망쳤다.

마법이 풀린 신데렐라처럼, 벗겨진 은색 하이힐 한쪽이 별빛이 쏟아지는 창백한 돌바닥에 떨어져서 나뒹굴었다.

"…………………………………………………………………
어어. 그렇다면…………?"

레나의 행동과 발언의 차이 때문에 마찬가지로 대혼란에 빠진 신을 그 자리에 혼자 남기고.

86 −에이티식스− Ep.7

− 미스트 −

2023년 01월 20일 제1판 인쇄
2024년 11월 20일 제4쇄 발행

지음 아사토 아사토
일러스트 시라비

옮김 한신남

제작 · 편집 노블엔진 편집부

발행 데이즈엔터(주) ｜ **등록번호** 제 2023−000035호
주소 07551 서울특별시 강서구 양천로 570 NH서울타워 19층
대표전화 02−2013−5665

ISBN 979−11−380−2305−4
ISBN 979−11−319−8539−7 (세트)

86—EIGHTY SIX—Ep. 7 —MIST—
ⓒAsato Asato 2019
Edited by 전격문고
First published in Japan in 2019 by KADOKAWA CORPORATION, Tokyo.
Korean translation rights arranged with KADOKAWA CORPORATION, Tokyo.

구매 시 파손된 도서는 구매처에서 교환하실 수 있습니다.
기타 불편사항, 문의사항이 있으신 독자님께서는 노블엔진 홈페이지 [http://novelengine.com] 에서
Q&A 게시판을 이용해 주시기 바랍니다.

아사토 아사토
관련작 리스트

───────────── ◆ ─────────────

겉은 성녀, 속은 야수. 귀족 아가씨의 미소로 본성을 감추고,
소녀는 파란으로 가득한 두 번째 세계에서 무쌍한다!!

새비지팽 레이디
사상 최강의 용병은
사상 최악의 잔학 영애가 되어서
두 번째 세상을 무쌍한다

1~2

'신에게 선택받은 자'의 증표로 일컬어지는
눈부시게 빛나는 머리카락의 소유자이자 궁극
의 마력을 지닌 공작 영애, 밀레느. 우아하게
머리카락을 휘날리며, 어여쁘게 검을 휘두르는
왕국 제일의 미소녀 검사. 그러나 그 속은……
《야만스러운 송곳니(새비지팽)》의 별명을 지닌
사상 최강의 용병?!
 경이적인 신체 능력만으로 수많은 적을 해치
운 전설의 전사는 엄청난 마력을 자랑하는 기
적의 영애였다! 파격적인 마력과 전투력을 겸
비한 소녀는 대륙에 이름을 떨치는 맹주의 자
녀를 끌어들여 세계의 정세를 뒤바꾸어 나간
다……!

호쾌한 역사 회귀×빙의 판타지! 개막!!

 아카시 칵카쿠 지음 | 카야하라 일러스트 | 2022년 10월 제2권 출간
청춘의 상상, 시동을 걸어라!